前　言

二班长是位在抗战后期入伍的老兵，打过日本鬼子、国民党反动派和美帝国主义。参加革命后，在中国共产党和革命军队的培养、熔炼下，不断进步和成长。如今他已是 85 周岁高龄的老人，离休后还在念念不忘"我是一个兵"，听党和毛主席的话，照党和毛主席的指示办事，发挥余热，为人民服务，做一个永不褪色的共产党员。

二班长入伍不到半年当了班长——"二班长"，可以说，这是他立志一心干革命的起点，是他真正踏进革命队伍的起步。在他的革命生涯中，曾担任过多项职务，"二班长"这个职位给他留下的烙印最深，他永远忘不了当年生死与共的同班和全排、全连同志亲切称呼他"二班长"的情景。"二班长"最欣赏的就是"我是一个兵"这个荣耀的名称，是共产党的兵，革命的兵，为人民服务的兵；最欣慰的就是"我是一个兵"是一支英雄辈出的伟大军队的兵，这支军队为人民打天下，消灭敌人，保卫国家，做出了伟大贡献。所以他事事处处按照"我是一个兵"的职责要求自己，鞭策自己，尽"我是一个兵"的责任。

二班长自己常说，他只是一个普普通通、平平淡淡、没有出奇的人。而同志们却知道，他在部队中曾当过战士、班长、排长、副连长（无连长）、团长、副师长，在机关中当过参谋、科长、作训处长，还当过高等学府战役战术教员。参加过抗日战争，解放战争鞍海战役、新开岭战役、四保临江、辽沈战役、塔山阻击战、平津战役、进军西南战役和抗美援朝战争，立过战功、受过奖励。除战斗时，他认为在机关、部队中，做了一点工作，发挥了一点作用，取得了一点成绩，心情极为舒畅，与同志感情最深。可算独挡一面的有4次：（一）当团作战参谋南川剿匪时；（二）下部队锻炼当团长时；（三）艰难紧张当作训处长时；（四）边工作边学习当高级系学员1队（将军队）队长时。他的最大特点是：没有一点架子，与战士、职工、基层干部、下级人员打成一片，朋友相待，像亲兄弟一样，并愿为人办事，助人为乐，得到赞扬。

二班长经常回想往昔的峥嵘岁月，想把自己忠于党、忠于人民、忠于革命事业的点滴经历记载下来，给后人特别是年轻人留下一点精神财富，尽到自己作为一个共产党员最后的责任。

我根据二班长的战斗、工作、学习的情况和他讲过的话、所做的笔记、文稿，并参阅他人的著作和有关资料，整理出《我是一个兵——二班长军中岁月》，他的革命经历和经过的知道的事情，以供学习和参考。二班长不愿凸显自己的姓名，二班长就是他的名字。由于本人的水平所限，难免有不当之处，尚望指正，不胜感激。

作者
2013 年 1 月 30 日

目　录

第一章　当八路　打日本

一、家乡情况/3

二、脑壳差点开花/5

三、战友情义深/6

四、负伤不下战场/7

五、日本投降了/8

六、日本侵华的罪行/10

第二章　解放战争　打倒蒋介石

一、全国人民期望和平/17

二、蒋介石摇起橄榄枝/18

三、毛主席到重庆/19

四、蒋介石抢地盘打内战/20

五、我军挺进东北/21

六、鞍海战役/26

七、参加新开岭战役/28

八、四保临江/32

九、辽沈战役/38

十、平津战役/58

十一、大军南下/72

第三章 抗美援朝 保家卫国

一、打败了美帝/91

二、最有远见、最有胆略的人——毛泽东主席/93

三、工作最多、睡眠最少的人——周恩来总理/110

四、最能打仗、最勇敢的人——彭德怀司令员/112

五、最可爱的人——中国人民志愿军/114

六、最尴尬的人——美国侵略者/121

七、《血与火的较量》/123

八、为 180 师洗冤/129

第四章 进驻旅大 保卫北京

一、旅大战略地位/139

二、交接防务装备/140

三、辽东半岛大演习/142

四、提前授军衔/144

五、解放军第一次授军衔/145

六、到高级炮校学习/148

七、当团长/148

八、当作训处长的 10 年/151

九、京城百万群众洒泪相送周恩来总理/175

十、"九一三事件"/175

第五章 伟大领袖与世长辞

一、巨星陨落/185

二、丰功伟业/187

三、俭朴作风/190

四、准确评价/192

五、敲响"四人帮"的丧钟/195

第六章　欢呼粉碎"四人帮"

一、"四人帮"的主要罪行/201

二、粉碎"四人帮"的行动/202

第七章　到院校　育人才

一、他怎么就来到军事学院的/207

二、当教员/208

三、当队长/209

四、奉命离休/215

第八章　访问朝鲜　告慰英魂

一、缅怀先烈　告慰英灵/221

二、回忆战斗　颇有感慨/223

三、友好情谊　万古常青/227

第一章

当八路　打日本

一、家乡情况

二班长！二班长！

17岁的二班长，1927年8月1日出生，1945年1月入伍，1945年12月入党。入伍后，当战士、副班长时，思想进步，作战勇敢，工作积极，为人本分，团结同志，能吃苦耐劳，打日、伪军尤其是在昌邑县战斗中，表现机智英勇，入伍不到半年，就当了胶东军区西海独立团1营2连二班长。

二班长虽然是穷家出身，但念过几年书，是当时班、排的"秀才"，帮同志看家信、写家信。行军中，争着抬攻城墙的云梯、爆破器材，帮助体弱年小的同志扛枪、背背包。驻防时，给房东挑水、扫院、清扫猪圈、牲口棚等，脏活累活抢着干，全团召开战斗动员大会登台表决心，帮助同志补衣服，捉虱子、用开水烫虱子，同志间亲如兄弟，大家喜欢叫他"二班长"。他也经常说："我是一个兵！"

二班长家有9人，伯父、父母和兄弟姊妹6个，他上面有姐居二、兄弟3个他是老大。家有正房3间、倒屋（不见阳光）2间，好地1亩3分及几亩坡地、洼地。惟一的宝贝是那头小毛驴，冬天怕它冷，牵到屋里与人同住。父亲识些字，是一家之主，主要务农，农闲时也挑担做点小买卖，由于生计困难经常发火打骂老婆、孩子。没有妻儿的伯父扛长活当长工帮助养活全家人。母亲带着大一点的孩子种地、挖野菜、摘树叶。可以说二班长是吃地瓜、地瓜叶、树叶，过艰苦生活长大的。到外村上小学时，学生中午带饭有3种颜色：富家子弟带白的（白面馒头），中等人家孩子带黄的（小米面饼子），穷人家孩子带红的（高粱面饼子和地瓜）。二班长当然只能带红的和咸菜，就这还是全家人省吃俭用供他的。他从小聪明好学，学习成绩居全班第一、二名。每天放学回家一点闲不着，放下书就挑水、挑泥垫猪圈，假期成天干农活，小时家庭生活的熏陶磨炼，养成了他勤劳好学、能吃苦、与劳苦人心心相连的品格，为他打下了一生的政治底色，培植了他走上革命道路的基本素质。

二班长家乡是国民党统治区，抗日战争时期，尽管国共两党合作，但国民党宣称中国只有一个党——国民党，只有一个领袖——蒋委员长，国民党军队是"中央军"、"国军"；共产党是"共匪"，八路军是"匪军"，红眼红鼻子，杀人、放火，共产、共妻。老百姓听了不说信也不说不信。二班长高小毕业后，在去考莱阳中学时，得知日寇已占领青岛、烟台正向山东内地进攻，加之家贫拿不起学费，又怕国民党抓壮丁，就于1943年10月到驻海阳县国民党第12师兼第13区的训练班当了兵。这个训练班是国民党部队的教育训练机构，有校长、教育长、训导主任，下设军官队、军士队、青年（新兵）队。青年队学期为半年，毕业后可进军士队或分配到部队。二班长在青年队第1队受训4个月就在队部当了3个月勤务兵，因毛笔字写得较好，当了上士文书。由于每天写操单（训练报告）、到班本部送操单，认识了卫生所的医官，常去听医官主任讲故事。这位医官主任既讲国民党的事，也讲共产党的情况。二班长听了不知不觉在心中埋下了一些革命种子。

1945年1月，八路军进攻，训练班没有枪，不能打仗，很快就被八路军占领了。二班长被解放后，营部书记在给他填登记表时，教导员突然大声叫他的名字，他一愣定睛一看认出是讲故事的医官主任。二班长后来才知道，这位医官主任是地下党，可以说是这位医官主任启发教育了他，引领他接近了革命队伍。教导员对他说："你家庭出身成分好，没有参加过反动党派组织，又有点文化，好好干有发展前途。"教导员想让他在营部当卫生员，他坚决要求下连队锻炼，到2连当了战士。

二班长在国民党军队当兵一年多，受过不少苦，挨过打骂。当了八路军，感受到官兵平等、亲如兄弟，爱护百姓、军民一家，思想觉悟很快有了很大的提高。

参加了八路军后，二班长家人不知他死活，母亲天天哭，站在村口向东望，盼儿回来。1945 年 4 月地下党告知："还活着、当八路。"父母才稍放心一点。父亲因是八路军家属，1947 年国民党进攻胶东时被还乡团折磨致病而死。没有分家的伯父，当了一辈子长工，受了一辈子苦，连个老婆未能娶上也过早去世了。土改时家中分得几亩地，又有人民政府照顾，日子才好过了。后来三弟也参加了解放军。

二班长离家 10 年第一次探家，老母亲还是一个劲儿哭，无法，他只好带上老母亲和外甥女去青岛散散心。是从朝鲜走时兵团曾副司令给青岛海军北海舰队写了个信，北海舰队是二野 10 军改的，原来曾是 10 军军长。北海舰队在中国旅行社给了两间房子。住了一天，老母亲问两间房子一天多少钱？二班长说由公家管我们不用拿钱。老母亲一听是白住就说回家，我们不能占公家的便宜，就回了家。这件事对二班长教育很大：一个不识字的农家妇女都知道不能占公家的便宜，二班长一辈子记住了不能占公家的便宜。

二、脑壳差点开花

1945 年 5 月间，日本侵略军在战败前夕，疯狂地掠夺中国的物资，用火车、轮船运输，支援其侵华战争和太平洋、东南亚地区战争。胶东八路军为粉碎其以火车运输的罪恶计划，进行了三次较大规模的破袭战。西海独立团在地方武装、民兵配合下，担任破坏平度至青岛中间一段铁道的任务。二班长所在的 2 连担任约一华里一段，由于没有经验，第一次，只卸掉钢轨、搬走枕木、炸毁桥梁路基。尽管全线数百公里铁道被破坏，但日本的铁道兵很快就修好了，照样通车。第二次，除了炸毁桥梁路基，将钢轨、枕木卸下搬到数百米以外，有的扔到山沟里，而日本鬼子又很快就修好了。第三次，不仅毁坏钢轨、枕木，炸毁桥梁，还隔一段把路基挖断成一个 50 平方米的大坑，有一人多深，并在铁路及两侧布满地雷，修筑防御工事，阻歼来袭和修路的日、伪军。日、伪军害了怕，就采取一个毒辣的手段，强迫当地群众修路、填坑。为了不伤亡群众，八路军通过地方内线告知修路的群众，我们先向空中射击，你们一听枪响赶快跳进坑里或利用地形就地趴下。这样与日、伪军斗争多时，使其直到快投降时铁路也未修好通车，同时我军还消灭了一些日、伪军。在一次战斗中，二班长利用战壕进行阻击，当敌人机枪扫射时，他的后脑瓜被敌子弹蹭破皮，感觉发烫，用手一摸有点血，差一点脑袋就开了花。当时只知道消灭敌人，根本没有当回事，继续坚持战斗。经过连长批准，二班长带领两名战士绕到敌右侧，匍匐前进到距敌机枪三四十米时，3 人同时对敌机枪射击、投弹将敌机枪打哑。连长趁机带领全连向敌冲击，将敌击退。这是二班长第三次参加战斗，经受了血与火的洗礼，又迈出了成为一个坚强的革命战士的一步。

三、战友情义深

1945 年 8 月 15 日，日本天皇裕仁宣布无条件投降，但日军拒不向八路军缴枪投降，仍顽守据点。

过了两天，西海独立团已编为胶东军区第 6 师第 17 团，在地方武装、民兵配合下，担负拔掉昌乐火车站据点的任务。这个据点驻有鬼子一个中队和伪军一个中队，共约 200 多人，修筑一个大炮楼和多处火力点工事，外有围墙、壕沟、铁丝网等障碍。

1 营担任主攻，2 连是第一梯队。当时认为日本已宣布投降，不会顽抗。没有想到夜间一发起攻击，敌人拼死抵抗，加上日军火力强，我军破障碍、越围墙、送炸药、攻炮楼多次未能成功。最后，全团集中兵力、火力从四面强攻，终于将这个据点拔掉了，毙伤俘全部敌人，缴获全部武器装备。可是我们付出了不小的代价，伤亡损失太重。2 连 1 排近 40 人，包括排长、二班长在内只剩下 14 人，而且大部分负了伤。大家心情都很沉重，山东大汉一排长夏德忠两天未吃未语，一个劲地抽卷烟、喝地瓜干烧的老白干。二班长虽只受了轻伤，但让他伤心难忍的是，不仅全班伤亡三分之二，而且培养他入党的指导员于伟业牺牲了，连长姜作基也负了伤。他们班一个活泼可爱的小战友于日暖也光荣牺牲了。这是二班长第一次经受朝夕相处的战友离开人世的悲苦，一排长不吃饭不言语的无比沉痛的心情也深深地感染了他，使他深深懂得了革命战友情谊比什么都珍重的道理，从此在内心深处扎下了爱护战友，以同志情谊为重的根子。看到战友们伤心流泪、不吃饭，二班长强行抑住自己内心的悲痛，一边安慰战友，一边想办法让大家吃饭，他和两个负轻伤的战士东找西找，在老乡场园草垛捉了 10 多只刺猬，用刺刀割开扒皮，借房东的锅炖了一锅。二班长对排长说："排长！炖了一锅肉，就酒喝更来劲！"夏排长也确实饿极了，听说有肉，就和大伙一起猛吃起来。快吃完时，排长问："什么肉这么香？"二班长说："刺猬肉！"他一听是刺猬肉，马上跑到外面大口呕吐起来。

经过 10 多天的休整，补充了一些县大队、区小队和新战士，装备上缴获的武器，17 团又是一支能打能拼的队伍，2 连又是有 140 人齐装满员的硬骨头连队了。

四、负伤不下战场

1945 年 8 月底，驻扎山东平度的日军不但不向八路军投降缴枪，还将周围据点的日、伪军集中到县城内固守。当时城内日军近 1000 人、伪绥靖军第 8 集团军司令王铁湘部 3 个团、伪人民自卫军 12 师张松山部 4 个团和一些杂牌军共 6000 余人。他们加修工事，进行顽抗，等待国民党的"国军"来救援缴枪。胶东军区司令员许世友、政委林浩命令集中 6 师全部和 5 师主力全歼该城守敌。9 月 7 日开始攻击至 10 日结束，共毙伤敌700 余人，俘日军一部及王铁湘、张松山以下 5000 余人，缴获全部武器装备。

6 师 17 团从城西北侧攻击，1 营担任主攻，2 连在火力掩护下，破障碍、越外壕、踏云梯、爬城墙，打开口子，攻入城内，与敌展开巷战。二班在激烈的巷战中，死打硬拼，人称"大个子"、勇敢过人的副班长曲兆麟带领战士在与敌拼杀中壮烈牺牲。最后二班长带领剩下的 3 个同志冲到日军的中心大碉堡，他踏在战友的肩上从射孔伸进头看，一见鬼子正要射击，急忙把头向外一拽，耳朵、头皮被水泥碉堡的射孔蹭得血淋淋，他也顾不得疼痛，随手投进一颗手榴弹，然后带着战士破门而入，消灭了抵抗的敌人，除击毙若干守敌外，还活捉了 16 个鬼子兵，缴获歪把轻机枪两挺、九二式重机枪一挺、六零炮两门及一些步枪弹药。二班长在去摸重机枪时訇然倒地，他的腿骨折了，胸部被敌炮弹片炸得瘪进去一个坑，疼痛难忍，万幸的是有子弹袋里装的子弹挡了一下未炸进胸内，不然怕是要"光荣了"！战斗紧张时精神集中在杀敌上没有倒下，战斗一结束就支持不住了。被担架队抬到救护所一检查，右小腿骨裂，胸部红肿，虽未流血，包扎处理后要送后方医院，二班长坚决要回连队。第二天他躺在担架上随2连参加了西海军分区在平度城南门外举行的祝捷大会，而后向北海岸方向进发。山东大汉升为副连长，二班长当了一排副排长（无排长）。

五、日本投降了

日本帝国主义发动侵华战争，中华民族在面临山河破碎、民族存亡的最危险的时候，在以毛泽东同志为杰出代表的中国共产党，积极倡导、促成、维护抗日民族统一战线，坚持抗战、反对妥协，坚持团结、反对分裂，坚持进步、反对倒退，成为引导全民族抗战走向胜利的一面旗帜。在中国共产党的"救亡图存、全民抗战"的号召下，全体中华儿女同仇敌忾，万众一心，众志成城，毅然奋起抗战，给野蛮的侵华日军以沉重的打击。

特别是中国共产党和她领导的八路军、新四军、华南游击队、东北抗日联军和其他人民武装，成为中国人民抗战的中流砥柱，以血肉之躯筑起捍卫祖国的钢铁长城，以气吞山河的英雄气概、沧海同深的坚强意志，在极端艰苦困难的情况下，开辟敌后战场，以人民战争同日本侵略者进行殊死博斗，浴血奋战，抗击着侵华日军 100 余万以上、占 70%；抗击伪军 100 多万人、占 95%—100%。尤其是平型关大捷打破了"日军不可战胜"的神话，百团大战振奋了中国人民争取抗战胜利的信心。

当然，我们也不否认，国民党集团中，也不乏爱国将领，他们在抗战初期打了一些大仗、好仗，如有名的卢沟桥抗击日军、台儿庄之战、松沪会战、坚守南京等。

中国人民的抗日战争，是世界反法西斯战争的重要组成部分，是世界反法西斯战争的东方主战场，长期牵制和抗击了日本侵略军的兵力，歼灭了日军 150 万人。日本投降前，日本曾想以"本土决战"作垂死挣扎，要求日本国民义勇战斗队，组织起 2600 万国民义勇队员。另外，在日本本土有 370 万人的陆海空军，在我国东北有 75 万"关东军"，在华北、华中、华南的日军有 110 多万人、伪军 100 多万人。

中国人民经过 8 年抗战，把日本侵略者打得筋疲力尽，在日本即将覆灭、中国人民举行大反攻、彻底打败日本侵略者之时，1945 年 8 月 6 日和 9 日，美军在日本广岛和长崎投下两颗原子弹。8 月 9 日，苏联出兵 157 万，分三路在中国东北、内蒙古和朝鲜北部 4000 公里的战线上，以迅雷不及掩耳之势对日军发起进攻，日本的战略预备队——在中国东北的"关东军"迅速土崩瓦解，红军在一个多星期的作战，共歼灭日本关东军 67 万余人，完全打乱了日本帝国主义制定的本土决战的部署和梦想，加之日军在太平洋和东南亚地区伤亡 89 万余人，在难以继续支撑下去的情况下，1945 年 8 月 15 日，日本宣布无条件投降，中国人民终于打败了日本帝国主义，赢得了抗日战争的最后胜利。

日本投降的第二天，二班长所在的 2 连连长、指导员和平度县高家村村长共同召开军民大会，传达和庆祝日本无条件投降，全体军民欣喜若狂，锣鼓喧天，鞭炮齐鸣，载歌载舞，一片欢腾，禁不住高呼"把日本鬼子打败了！""我们胜利了！""共产党万岁！""毛主席万岁！"

抗日战争的胜利，是中国人民近百年来反侵略战争首次取得的完全胜利。中国共产党是取得这次反侵略战争胜利的中流砥柱。抗日战争的胜利是中华民族由衰败到重新奋起的转折点。它极大地促进了中国人民觉醒、人民革命力量空前壮大，这就为中国民主革命的彻底胜利奠定了坚实的基础。

抗日战争的伟大胜利来之不易，是浴血奋战 8 年的中国人民，特别是根据地的军民，历尽千辛万苦，付出重大牺牲，用鲜血和生命换来的。8 年抗战中，中日双方交战最高时投入总兵力达 1000 万。我共产党领导的军队与日寇作战 12.5 万余次，毙、伤、俘、降日军 52.7 万余人、伪军 118 万余人。我们付出了巨大代价，我国人民伤亡 1800 余万人，八路军、新四军伤亡 61.7 万余人。

二班长在革命队伍里，受党和同志们的教育帮助，不断地得到锻炼和进步，经过考验，入伍当年当了排长。1945 年 12 月，由副指导员孙喜荣介绍入了党，成为一名中国共产党党员。从此一心一意跟着党走，永远没有变色。

六、日本侵华的罪行

(一) 屠杀中国同胞

二班长参加革命时间不久，不懂多少革命道理，当时只知道：1937 年 7 月 7 日，日本帝国主义发动卢沟桥事变，开始全面侵华战争，妄图只用 3 个月的时间，使用几个师团的兵力，就可以打败中国，灭亡中国。然而，中国人民奋起抗战，掀起了全国范围的抗日战争。

以后他逐渐懂得：日本帝国主义的野蛮侵略，使中国陷入了空前的民族灾难，中国人民饱受战争之苦。日本的侵略军队是最野蛮、最惨无人道的法西斯军队。日本侵略者，践踏中国大好河山，屠杀中国人民，强掳劳工，强拉"慰安妇"，蹂躏和摧残妇女，进行细菌战、化学战、制造南京大屠杀，实行杀光、烧光、抢光"三光"政策，妇孺皆戮，制造"无人区"等一系列灭绝人性的惨案，犯下了令人发指的滔天罪行。日本侵略者掠夺中国大量资财支援其侵华战争和东南亚、太平洋地区战争。从 1931 年"九一八"事变之后，中国人民举起抗日的大旗，与日本侵略者战斗，到 1945 年"八一五"抗战胜利的 14 年中，中国一半以上土地陷于战火，使一亿多人流离失所，人员伤亡高达 3500 多万人，经济损失 6000 多亿美元。我国的历史资料和全国军民的心中详尽地记下了日本侵华暴行及其一桩桩令人发指的罪行。

(二) 黑土地的血泪

日本在明治维新后迅速发展成为军事帝国，为了实现其称霸世界的野心，首先把矛头对准了中国。"九一八"事变、华北事变、"八一三"事变、"七七"事变……从东北到华北，从华中到华南，中国的大好河山被日本帝国主义的铁蹄践踏得支离破碎。

1931 年 9 月 18 日，历史永远记下了这一天。当这一天晚上人们进入梦乡的时候，"轰"的一声，震惊了所有的人，这不仅让人们想起了 4 年前的皇姑屯的那声巨响，日本打算乘炸死张作霖的机会占领满州南部，但失败了，日本又制造"九一八"事件。就在"九一八"的前一天，日本关东军一个工兵中队在沈阳北郊 8 公里左右的柳条沟进行警戒，中午时分，他们抓住了在该地区横跨铁路的农民，强迫他们穿上了东北军的半旧军装。其中一个日本军官对他们训斥道："你们违犯了铁路的戒严令，罚你们修铁路半天。"就在这8位农民低头干活的时候，日本工兵中队摄下了他们的照片，并在上面注明"中国东北军破坏南满铁路"。这就是他们一手制造的中国军队"破坏"铁路。到下午的时候，全副武装的日本炮兵进入了指定好的炮兵阵地。至9月18日凌晨3时，在沈阳火车站二楼的日军炮兵指挥所指挥打响了第一炮。紧接着万炮齐发，射向沈阳北郊东北军最大的兵营——北大营。与此同时，驻扎在铁路沿线的日本军队向沈阳城和长春、四平、公主岭等地发起进攻……

一次特殊的会晤。蒋介石的专列从汉口向北，张学良的专列从北京向南，他们的目的地是一个——石家庄。两人没有下车。两辆专列会拢在一起，他们就在车厢里进行了秘密会谈。"最近获得可靠情报，日本在东北马上要动手。我们的力量不足，不能打。我考虑到只有提请国际联盟主持正义，和平解决。我这次和你会面，主要的是要你严令东北全军，凡遇到日本进攻，一律不准抵抗。"如果知道了蒋介石的这番话，就不会再有人对为什么20多万人的东北军竟抵抗不了两万多日本人的进攻这一事实而感到不可理解了。

与蒋介石的态度相反，面对日本帝国主义的疯狂进攻，1931年9月20日，中共中央发表了《为日本帝国主义强暴占领东三省事件宣言》，提出："反对日本帝国主义强占东三省！立刻撤退占领东三省的陆海空军！自动取消一切不平等条约！"11月27日，刚刚在瑞金成立的中华苏维埃共和国临时中央政府发表对外宣言，号召全国人民动员起来，武装起来，反对日本的侵略和国民党反动统治。1932年4月，临时中央政府又发布《对日战争宣言》，进一步表明："领导全中国工农红军和广大被压迫民众，以民族革命战争，驱逐日本帝国主义出中国，以求中华民族的彻底的解放和独立。"中国共产党的严正立场代表了全国人民的正义呼声。

由于蒋介石不抵抗政策，不到一个星期，日军就占领了除辽西以外的辽宁、吉林两省。10月，疯狂的日军又开始向黑龙江进犯，11月占领齐齐哈尔，1932年1月占领锦州，2月占领哈尔滨。就这样，仅仅4个月，日本侵略者就吞下了3倍于它本土的中国领土。从此，东北3000万名同胞惨遭日本铁蹄的蹂躏。

（三）卢沟桥的枪声

对第 29 军副军长兼北平市市长的秦德纯来说，自任职以来从来没有像今天这样紧张过。这一天是 1937 年 7 月 7 日。约从晚上 11 时 40 分起，他桌上的电话就从未间断过，连续打来 3 个电话，都报告同一事件：日军一个中队在卢沟桥进行军事演习，说因走失一名士兵，要进入宛平县城搜查。在听到这个报告后，秦德纯意识到：看来日本真的要动手了。他马上在电话里焦急地问："日军方面讲没讲他们的士兵是怎么失踪的？""讲过了，说当时演习快结束，他们在整队的时候，29 军驻卢沟桥的部队突然向他们开枪，使演习队伍一时混乱起来，便丢了一名士兵。"听到这，秦德纯冲着电话大声喊到："29 军向他们开枪？真是一派胡言。卢沟桥是中国领土。日本军队事前未得我方同意在该地演习，已违背国际公法，妨害我国主权。走失士兵我方不能负责。"在沉默片刻后，秦德纯又说道："惟姑念两国友谊，可等天亮后，令该地军警代为寻觅，如查有日本士兵，即行送还。"

作为北平市市长，秦德纯太清楚卢沟桥地理位置的重要性，占据卢沟桥，就进可攻，退可守。而一旦为敌占领，北平就将变成一座死城。日军对卢沟桥早就虎视眈眈。他们经常以演习为名，在卢沟桥侦察地形，初为虚弹，后竟改为实弹，不仅白天，而且夜间也不间断。日本在演习期间，有几次想穿过宛平城，但均遭我方拒绝。为了占领卢沟桥，他们绞尽脑汁，不用说，这一次又是他们制造的一个阴谋。深夜两点，外交委员会又打电话说："日方失踪的士兵已经找到，可是他们还是坚持进城检查，说是要了解士兵失踪的情况，如果我们不同意，他们就要包围宛平城。""要了解失踪的情况？问问那个士兵不就可以了，真是别有用心！"

这时，秦德纯已经预感到事情的严重。他立即拨通了冯治安师长和驻卢沟桥的吉星文团长的电话。在电话里，他把与日交涉的情况和他们讲了一遍，最后命令他们一定要严密戒备，准备应战。到凌晨 3 点半的时候，吉团长的电话打来了。他报告说："约有日军一个步兵营，附山炮 4 门及机关枪一挺，正由丰台向卢沟桥进攻。我方已将城防布置妥当。"听到这个报告后，秦德纯当即指示吉星文："务即晓谕全团官兵，牺牲奋斗，坚守阵地，即与宛平城与卢沟桥为我军坟墓，一尺一寸国土，不可轻易让人。"就在秦德纯指示下达后两个小时，卢沟桥就响起了猛烈的枪炮声，国民党驻军在团长吉星文的带领下奋起抵抗。

"七七"卢沟桥事变标志着抗日战争的全面爆发。

（四）石头城的冤魂

使人永远不能忘记的是"南京大屠杀"。1937 年 12 月 13 日日本兵攻进南京城后，就像被关锁多年解锁的困兽一样潮水般地涌向街头，冲进住宅，一双双狰狞的眼睛对准了四处逃跑、惊惶失措的人们，一场最残酷的暴行开始了：惨杀我同胞达 35 万人之多，这帮野兽还搞杀百人比赛，有的用刺刀捅死 105 人，有的砍杀 106 人，如果把死难者的手连接起来，可以从南京一直接到杭州，足有 360 公里长，他们的血液重达 1200 吨，他们的尸体可以装满 2500 节装货的车厢；这是世界历史上最大规模的集体强奸案，被这帮禽兽不如的日本强盗强奸的妇女达 2 万—8 万人，上至 7 旬的老媪，下至不到 8 岁的幼女也不放过……以后知道这些情况时，二班长含着眼泪，愤怒地下定决心："打倒日本帝国主义！杀光日本强盗！为受难同胞报仇！把日本侵略者赶出中国去！"

可是，南京大屠杀首犯日军师团长官朝香宫和日本首相裕仁，得到美军总司令麦克阿瑟和美国总统杜鲁门的庇护，逃脱惩罚。

第二章

解放战争　打倒蒋介石

一、全国人民期望和平

中国人民经过艰苦卓绝的 8 年浴血奋战，付出了巨大的民族牺牲，终于迎来了抗日战争的最后胜利，取得了近代史上第一次反侵略战争的完全胜利。神州大地，举国欢腾，普天同庆。喜悦之余，一种忧虑的情感弥漫在 4 亿人民心中：那就是抗战胜利后的中国局势将如何发展？

以蒋介石为首的国民党统治集团，有一支在抗日战争中保存下来的 440 多万人的庞大军队。这支军队由于得到美国的援助，并收缴了 100 多万的日军武器装备而得到了很大加强。蒋介石、宋子文、孔祥熙、陈立夫四大家族官僚集团，代表着中国大资产阶级、大地主的利益，为了维护其经济上的垄断地位和政治上的独裁统治，正积极准备发动新的大规模的内战，以消灭人民的革命力量，达到抢夺抗战胜利成果的目的。

经过 8 年抗战，中国共产党和中国人民经受了极大的锻炼和考验，觉悟程度和组织能力空前提高。中国共产党领导下的解放区已经拥有一亿人口、120 万的军队和 260 万的民兵，全国党员人数超过 120 万，国民党统治区的民主力量也有很大的发展。广大人民群众渴望消弭内战，休养生息，满目疮痍的国家需要一个有利于人民的和平建设时期。为此，中国共产党主张团结一切爱国力量，把中国建设成为独立、自由、民主、富强的国家。1945 年 4 月 23 日，日本尚未投降，中国共产党第七次全国代表大会，在延安杨家岭中央大礼堂召开，毛泽东在向大会作政治报告《论联合政府》中就指出，我们党的政治路线应该是："放手发动群众，壮大人民的力量，在我党的领导下，打败日本侵略者，建立一个新民主主义的中国。"主张通过民主的联合政府的途径，实现建立新中国的目标。

可是，蒋介石想消灭共产党的方针没有改变，也不会改变。他想通过发动内战消灭共产党的解放区和人民军队。但他立刻发动内战也有顾忌：经过8年的艰苦奋战，付出了那样大的代价才取得胜利，全国人民的心理状态普遍期盼能和平建设自己的家园，发动内战是不得人心的；国际上，英美苏3国都需要国际和平，不赞成中国发生内战；蒋介石集团内部也存在着种种矛盾，再加上其精锐部队在抗战期间又大多退到大西南和西北地区，要迅速开赴华北和华中一时还有不少困难，至于东北就更不要说了；中国共产党发出的明确警告，也使他不敢过于轻举妄动。因此他需要有一段缓冲时间。

二、蒋介石摇起橄榄枝

在这种情况下，蒋介石分别于8月14日、20日和23日连续向延安发了3封电报，邀请毛泽东去重庆"共同商讨""目前各种问题"。深谙反革命之道的蒋介石，算盘打得十分精明：若毛泽东不来，就可以宣传是共产党拒绝和平谈判，把内战的责任推到共产党身上；万一毛泽东来了，就可以利用"和平谈判"来诱迫共产党交出军队和政权，或者利用谈判麻痹共产党，争取时间部署内战，达到消灭革命力量的目的。正如国民党《中央日报》总主笔陶希圣所说："现在动大手术也不是时候，因国内有厌战情绪，国际形势也不允许中国打内战，一打起来我们更被动，利用谈判拖一拖也好，共产党拒绝谈判，我更有文章好作。"

然而，1945年的中国共产党已不是1927年那个年幼的党了，于横逆之来，无还手之力。现在我们的党足以驾驭时代的风云，稳健地担负起历史和民族的责任。中国共产党对争取和平有着真诚的愿望，对局势也有清醒的认识。中共中央认为：无论如何，在当时同国民党进行和平谈判是必要的，和平、民主、团结是战后人民的强烈愿望，只要有可能，党就应该争取通过和平的途径来实现中国的进步和发展。通过和平谈判，可以使全国人民看清楚国民党反动派究竟是真要和平民主，还是在这个幌子下实行独裁内战，对于提高人民的革命觉悟有很大作用。基于如此认识，中国共产党决定同国民党进行谈判，并确定了谈判方针：依靠人民的力量，同蒋介石的反动方针作针锋相对，有理、有利、有节地斗争，迫使国民党在一定程度上接受人民的愿望，实行一定的政治改革，以维护国内和平，逐步实现政治民主化。

三、毛主席到重庆

毛泽东主席为了和平、避免内战，冒着生命的危险和全国人民的担心，一身系天下之安危，于1945年8月28日乘飞机到达重庆，在周恩来副主席的有力协助下，积极进行和平谈判。由于双方认识差距太大，谈判中展开了唇枪舌剑的激烈争论。在谈判期间，毛泽东识破了蒋介石的阴谋，明确告诫我军民："人民的武装，一支枪、一粒子弹都要保存，不能交出去。""人民得到的权利，绝不允许轻易丧失，必须用战斗来保卫。"蒋介石态度蛮横，不可一世。他对周恩来说："盼告诉润之（毛泽东）要和，就照这个条件和，不然就请他回延安带兵来打好了。"毛泽东第二天幽默地对蒋介石说："现在打，我打不过你。但我可以利用对付日本人的办法来对付你，你占点线，我占面，以乡村包围城市，你看如何？"柔中寓刚，巧妙风趣，蒋介石无言以对。

由于中国共产党谋求和平的真诚愿望和耐心，并一再作出巨大让步，经过43天的谈判，终于在1945年10月10日双方正式签署由周恩来起草的、稍有改动的《政府与中共代表会谈纪要》，即"双十协定"，并予以发表。

经过重庆谈判，国共双方达成了《双十协定》写在纸上的和平，能否成为现实，举国关注。然而，协定的墨迹未干，蒋介石即发出进攻解放区的密令，要求国民党将领"督励所属，努力进剿，迅速完成任务"。并严令："迟滞者贻误者当必执法以罪。"

蒋介石不但不信守在协定中的承诺，停止对解放区的进攻，反而进攻的规模不断扩大。为了实现其抢占平津、夺取东北的战略目标，除将一部分军队用美国的军舰和飞机向平津等处运送外，主力则继续沿平绥、平汉、同蒲、津浦铁路加紧从陆路推进。其进攻解放区的部队，增加到百万人。与此同时，美军不仅为国民党空运、海运军队，并且出动海军陆战队控制战略要地，接应国民党军沿铁路线向华北推进。解放区面临着日益严重威胁。

为了迎击国民党向解放区的大规模进攻，中共中央，中央军委决定在平汉、平绥、津浦铁路沿线开展交通破击战，集中主力，布置几个有力战役，"打退顽军气势，推迟蒋军深入华北、东北"，争取我在东北和察热两省的胜利。

四、蒋介石抢地盘打内战

1945 年 9 月 3 日，日本帝国主义正式签字向浴血奋战的中国人民投降。与此同时，国民党一方面玩弄和平谈判阴谋，一方面在美帝国主义的支援下，调兵遣将，以"收复失地"为名，向我党领导的解放区发动猖狂进攻，妄图劫夺中国人民的抗日战争胜利果实，下山摘桃子，恢复其反动统治。

蒋介石深知东北在战略上的重要，因而首先拼命抢占东北。他利用美国的海空军援助，派"接收大员"占领大城市，对汉奸、伪军、土匪加以委任，作为他的先遣部队。同时抢运重兵，并利用和苏联的条约关系作掩护，与我争夺大城市。1945 年 10 月 3 日，杜聿明和美国第 7 舰队代理司令巴贝中将，同乘美舰罗尔号，到我营口海岸进行试探性登陆，被我军阻止后，他们便乘舰从营口到葫芦岛一线进行侦察，选择强行登陆点。于 10 月下旬将国民党第 13 军和 52 军运至秦皇岛登陆。11月 6 日，蒋介石下令集中第 13、52、94 军先打下山海关，第一步跃进锦州，再进攻沈阳，燃起了进攻东北人民军队的战火。之后，蒋介石又调遣第 60、70、71、93、新 1、新 6、新 7 军等部队，50 多万之众涌进东北，妄图一举夺占东北。

国民党进入东北的部队，除第 60 军是滇军外，多为蒋军之嫡系精锐。其新 6 军、新 1 军全是美式机械化装备，并经美军训练，战斗力较强，为蒋军五大主力之一。新 6 军猖狂进攻南满，我决心将其打垮，所以四纵队的部队凡是集合就先唱："吃菜要吃白菜心，打仗要打新 6 军……"国民党军总指挥部"剿总"驻沈阳,其总司令长官先后为卫立煌、杜聿明、陈诚、卫立煌。

我军开始进入东北的八路军、新四军称东北人民自治军,后改称东北民主联军,有第1、2、3、4纵队,1、2纵队在北满,3、4纵队在南满。以后陆续发展又有第5、6、7、8、9、10、11、12纵队、炮兵纵队及若干个独立师等部队。总指挥部驻哈尔滨市双城子。司令员林彪、政委彭真、副政委罗荣桓、副司令员兼参谋长肖劲光。1948年9月改称中国人民解放军东北野战军,司令员林彪、政委罗荣桓、参谋长刘亚楼、政治部主任谭政。1948年11月改编为中国人民解放军第四野战军,拥有百万大军。

五、我军挺进东北

(一) 乘帆船过大海

1945年9月9日,中共中央发出《关于向北发展,向南防御战略方针的指示》,从山东抽调大批部队到东北,仅胶东就抽调10个团,第一批于1945年9、10月间,由胶东军区副司令员吴克华、政治部主任彭嘉庆、副主任欧阳文率领胶东军区所属的第6师之16、17、18团全部,第5师之14、15两个团,一个独立团及警卫4旅一个团等7个多团约一万余人,由山东黄县的龙口、蓬莱县的栾家口等地,分乘木帆船、机帆船,横渡渤海,到辽宁之庄河、皮口等地登陆。

听说要离开山东老家过大海到东北,当时很多同志认为抗战胜利了,该回家过"二亩地,一头牛,老婆孩子热炕头"的日子了。有的干部甚至"开了小差"离开了部队。二班长这时已坚定了革命信念,毫不动摇,他牢记毛主席的话:人民军队永远是一个战斗队,要解放全中国的老百姓。

可在当时横渡渤海又谈何容易,一艘现代化的舰船也没有,仅凭一些老百姓打渔用的木帆船、机帆船,更为难办的是大部分战士是旱鸭子,没有下过海,其艰难可想而知。二班长所在的6师17团2连于9月由栾家口乘4只打渔木帆船,连部、3个排各乘一船。为避免国民党的巡逻艇发现,都反穿棉袄,白里朝外。第一天航行80公里,船老大说快到旅顺的老铁山了,不料,突然西北风大作,被吹了回来,全连好不容易找到一起。过了两天风小了又起航。刚开船时全连的船还能互相望见，到了大海，千百只船混在一起，全连就无法联系，只有各自航行了。

二班长已当一排副排长（无排长），全排同志都晕船，一直呕吐，开始吐食物，后来没什么吐了，有的同志就吐血，吃不下带的干粮，一点劲也没有，不能动弹。但大家紧密团结，相互照料。最难办的是解大便。呕吐、小便可以在舱内吐、便在盆里倒出去，大便就不能在舱内，只能在外面蹲在无任何遮挡或手抓的船舷边，船一摇晃闹不好就会掉进大海里，连影子也见不到。二班长晕船也很重，但他没有放弃自己的责任，为了解决排里的同志大便安全的问题，他就将大便的同志用背包带拴在他的腰上，他和另一个战士站在舱口拉着，看着他解大便。经过两天的颠簸，终于能望见大陆时，大风又起，不能前行，但见到一个挺大的海岛，船老大说是外长山岛，连忙靠岸避风，人爬到山坡休息。两天后风小了一点又开船，大家就坐或趴在船板上眺望陆地。

经过7天的折腾，终于到了庄河海边。此时正是退潮船不能靠岸，只好在离岸约一公里下船徒涉上岸。海滩全是淤泥，战士们体力很弱，背着背包，扛着生锈的步枪、机枪，一步一步地往前挪动，走了有2个小时，好不容易上了岸，一上岸个个都躺在沙滩上一动不动，任凭全身潮湿也毫不理会。

（二）土八路出洋相

在沙滩上躺到快日落时，同志们又累又饿。二班长决定到庄河路边宿营。因发有银元和铜板，在小饭馆吃了一顿。饭后老板给每人一杯漱口水，土八路以为是喝的水，一饮而尽，老板偷偷地笑了。这是土八路出了一点小洋相，到了大城市，土八路更土了，出了大洋相。

第三天下午一排赶到安东（丹东）市，与全连会合到一起，司务长到城里号房子，找了半天，看到一幢小楼一间间的房子。房主说："我们是做生意的。"司务长说："不影响你们做生意。"房主又说："我们是卖身的。"司务长不懂"卖身"什么意思，说："不碍，不碍！"就把房子号下了。司务长领着连长、指导员把队伍带到，指导员一看，与连长带上队伍就离开，原来这是一家妓院。

一排找到一幢大空房子，洋灰（水泥）地，全排就住下了。二班长找到有一间铺着白石板（瓷砖）的房子，大家很高兴，就是上面的灯太亮，照得大家不好睡觉。三班长请示是否用枪把它打灭，二班长怕打枪有影响没有同意。疲劳至极的战士一会儿就睡着了。第二天早晨才听到一位工人师傅说：电灯有开关，二班长睡的地方是厕所。

（三）复杂的形势

我军刚刚到达辽东、安东地区，当时的形势和情况极其复杂。人民群众对共产党、八路军不很了解，不少人有"正统"观念，迷信蒋介石政府为"中央"，国民党军队为"中央军"。国民党早在日本投降前后就潜入东北的大批特务，与日特、伪警、汉奸、地主恶霸同流合污，组织所谓"地下军"、"先遣军"、"铁血团"、"挺进军"，甚至把已投降的日军又组织起来。他们的行动目标是：（一）拒绝八路军接收，对抗和消灭共产党、八路军；（二）夺取自治军的武器，暗杀自治军的人员，刺探自治军的情报；（三）进行暴动，夺取政权，配合蒋介石的"中央军"作战；（四）准备第三次世界大战，反共反苏。他们的口号是："共同建立新东亚"，"参加中央军，驱逐共产党"。他们甚至以最卑劣的手段，冒充我军人员，抢劫杀人嫁祸于自治军，制造谣言，动摇民心。东北本来土匪就多，此时更是土匪遍地，"司令"多如牛毛。这些蒋、日、伪和土匪势力十分猖獗。他们曾占据安东市公安局，以"维持会"名义招摇撞骗，在光天化日之下，敲诈商行，抢人财物，并提出杀一个八路军奖赏5000元。苏军从东北撤军前，强调受到同国民党签订的《中苏友好同盟条约》的制约，要把沈阳、长春、哈尔滨等大城市及中长铁路干线交给国民党。对我既有支持，也有限制。

我进入东北的部队为了肃清日、伪残存势力及与国民党特务分子相勾结土匪武装，建立和保护我人民政权，迅速稳定秩序，我军积极进行清剿。

2连到达安东的第二天晚上，在上级统一部署下，参加了缴安东市伪警察枪的行动，一夜之间全部缴了他们的武器，并集中教育。在搜捕到日本军官的住宅时，二班长看到日军的武士道精神没有了，日本军官带着全家老小跪在地上，不敢抬头。

（四）智取枪弹

1946年1月，我军进行整编。在安东已建立东北民主联军辽东军区，司令员兼政委肖华、副政委江华，指挥第三、四纵队及几个独立师于南满地区作战。同时，四纵队成立并改称东北民主联军第四纵队，司令员吴克华、政委彭嘉庆、副司令员胡奇才，后又调来韩先楚副司令员、参谋长李福泽、政治部主任欧阳文，辖第10、11、12旅（后为师）9个步兵团及一个警卫团，共23400余人。原17团2连编为纵队警卫团1营2连。以后又将辽东军区炮兵团调归四纵队建制。

警卫团1营2连当时担任警卫安东火车站的任务。当了一排长的二班长带领全排守卫锦江山。锦江山位于火车站东侧，是控制火车站的制高点。在山上看到下面火车站一列接着一列的火车满载安东工厂的机器设备、各种物资和四处抓来的耕牛向北驶去，运往苏联。战士们不解地问："这是怎么回事？"二班长说："这是掠夺！"

锦江山南侧山下靠近火车站有一个被苏军占的大仓库，从山上看到苏军从里边往外搬运武器，晚上有两个红军战士看守。一天晚上，二班长让3班长弄到两水壶烈性白酒和一些猪下水，二班长带3班长和几个战士下去，战士隐蔽在后面，他俩去与看仓库的苏军打招呼。两个苏军士兵看到有酒有肉，哈啦哨一声，把枪向墙边一靠，坐在地上就猛吃猛喝起来，一会把两壶烈性白酒和肉喝光吃光，倒在地上打起呼噜了。二班长和3班长、几个战士趁机把库门弄开，进去拿了一些枪支弹药，又把门锁好。20来天工夫，不仅1排、2连就连1营都装备上了九二式步枪、歪把轻机枪和九二式重机枪。九二式步枪是日军在寒带东北使用的，三八大盖步枪在寒冬打不响。

（五）与苏军的相处

1946年2月，警卫团1营4个连调到岫岩县城警卫四纵队后勤部，与苏军同驻西大营，苏军住南侧营房，1营住北侧营房，营门各有一战士站岗。据说苏军到东北的部队多是白俄罗斯起义的部队，虽然能打仗，但纪律不好，中苏部队经常发生矛盾。苏军抢老百姓的牛圈，在营房外，准备运往苏联，夜间我1营战士拆开栏木将牛放跑。他们士兵买东西不给钱或给死人烧的纸票子，见酒就喝，见熟食就吃，吃完把手往衣服上一揩，把嘴一抹，拔腿就走，所以他们的军服都油渍麻花的。尤其是他们调戏妇女，吓得很多妇女剃光头女扮男装，群众反应强烈。

一天，一个红军士兵在光天化日之下，追一个年轻妇女，眼看就要被追上捉住，这位妇女吓得一头钻进井里。这事正被我1营营长碰上，举枪将这个大鼻子撩倒在地，把其打伤，惊动了苏军。他们一吹哨子来了几十人，将营长绑起押到岫岩县政府去治罪。听到营长被绑，副营长集合3个连一齐出动，荷枪实弹包围了县政府，让苏军交出营长。这时苏军也害怕了，在兼任县委书记邢瑞伍同志的调解下，放回了营长才算平息。以后驻东北苏军总部下令整顿纪律，据说还枪毙了几个，才好了许多。

（六）不该发生的事

部队驻岫岩时，2连发生了一件既痛心又可笑的事情。我军进入东北部队扩大，新成分大增，巩固部队是当时很重要的大事。特别是我军沙岭战斗没有打好影响很大。1946年2月15日，我四纵队趁新6军22师孤军深入至沙岭地区，集中兵力将其歼灭，从上到下认为是"最后一仗"，死拼硬打，经两天三夜激战，虽歼敌674名，但我付出伤亡减员2159人的代价，尤其从山东过来的战斗骨干和干部伤亡过大，部队锐气受到重挫。当时我军又没有经验，许多同志的脚冻伤用火一烤变黑无法治愈，截肢的不少，大批伤员送到岫岩治疗，吓得刚参军的新兵不断有人逃跑。连长和2排长是刚从鲁中部队调来的。2排5班一名开小差新战士被捉回来，憨厚老实的2排长想吓唬一下他和全排同志，用九二式步枪的纸头演习弹将其"枪毙"，不料一枪把他打死，出了大事。此时才知道日本的纸头演习弹每100发中有一发实弹，在演习时让士兵有敌情观念，否则就可能被击毙。

鉴于2排长虽不是有意枪毙开小差的战士，但性质严重，影响很坏，经支部研究报上级批准，给2排长党内留党察看一年，行政撤职到1排当三班长的处分。后来二班长调到营当供给员代理重机枪排长，他又当了1排副排长。

在岫岩时，3月的一天，纵队一位科长到警卫团1营来调警卫员，指名要调2连1排长的二班长去给纵队司令员吴克华当警卫员。还说只管外勤，生活由内勤管。二班长表示：我个性强，又是解放兵，不适合给首长当警卫员，坚决不去。当时，营部通信班长告诉营长他愿意去。那位科长一看小伙子挺帅，也是山东过来的老兵，经政审后，让他去了。事后，二班长想起在安东时，纵队保卫部门有人了解他的情况，当时还以为是关于入党的事，原来是想让他去当警卫员。

六、鞍海战役

(一) 攻克鞍山

南满我军部队三保本溪后，敌于 1946 年 5 月 2 日占领本溪，北满四平敌我正在激战中。敌企图迅速攻占四平，继续北进，由南满抽调新 1 军（欠 207 师）、第 71 军 88 师北上四平，增强进攻势力。敌在南满仅以 3 个师——第 52 军（欠 195 师）、第 60 军 184 师，分散守备其铁路沿线主要城镇。国民党军的 184 师是 4 月中旬按照蒋介石的命令，从越南海防乘轮船经上海到达辽宁营口登陆的，接替国民党军第 52 军的守备鞍山至营口一线防务。该师 551 团驻鞍山、师部及 552 团驻海城、550 团驻大石桥。

1946 年 5 月，四纵队司令员吴克华调任辽东军区参谋长、副司令员胡奇才去大连治病，部队作战指挥由副司令员韩先楚、副政委欧阳文、参谋长李福泽负责。为配合北满作战，四纵队奉命并指挥辽南 1 分区两个团，首先攻取鞍山，断敌交通，钳制敌人。5 月 25 日 5 时，以 10、11 师和辽南 1 分区部队，在炮兵团的强大火力支援下，同时对鞍山发起攻击，到下午 3 时，已夺占敌指挥所的伪公署大楼，将敌人打乱。战至当日半夜，将鞍山守敌 184 师 551 团全部歼灭。

(二) 184 师起义向邓东学习

鞍山战斗结束后，我四纵队部队及辽南 1 分区两团，迅速向海城地区集结，攻击海城之敌。敌为解南满之危，急由北满抽调第 60 军 182 师，新 1 军 30 师、38 师，93 军暂编 20 师迅速增援南满。

为在敌南援部队到达海城之前攻下海城，5 月 28 日，四纵队 10 师在猛攻海城的同时，对敌加强政治攻势，掀起此起彼伏的喊声："云南兄弟们，你们被包围了，快放下武器吧！""民主联军优待俘虏，缴枪不杀！"驻海城的国民党第 184 师师长潘朔端，在我军军事压力和政治攻势下，准备起义投诚，要求派代表进城谈判。

我四纵队首长在作战室研究派谁去呢？派一般人去怕不能完成任务，派高级干部去又怕出事。这时，作战参谋邓东自报奋勇说："我去！"纵队首长考虑邓东去还比较合适，即决定派他去执行这个重要任务，并给184师潘朔端师长写了信。信中说：欢迎潘师长反对内战举行起义的诚意，并强调：首先把蒋介石派去的特务抓起来，以防破坏谈判；其次驻海城的184师部队迅速放下武器撤出海城，到海城东析木城集中；再次立即下令给所属的大石桥、营口部队也举行起义，到析木城集中，由我军接防。

邓东原是胶东军区第5师14团3连卫生员，是位老兵。他们1营从庄河登陆后直奔岫岩县。在攻打西大营宋上校的皇协军时，部队伤亡很大。在3连连、排干部都伤亡后，他背上连长的驳壳枪指挥全连战斗。终因寡不敌众，他带领剩下不到10个战士退向大连方向，到了普兰店进入苏军的旅大防区。当时苏军对八路军友好，招待吃饭住宿后，将他们送到大连苏军司令部。此时八路军的领导尚未到大连，邓东被苏军临时委任当了大连警备司令。过了一些时间，共产党的领导来了，邓东就回到部队。当然不能再让他当卫生员，就在四纵队司令部作战科当了参谋。

邓东本来就很帅，受领任务穿上我军师以上干部的料子服军装更显得威武。他带上纵队首长的信和6个警卫员，夜闯潘朔端司令部，递交纵队首长的信，宣布了条件。潘朔端一看相貌堂堂、英勇机智的谈判代表和6个荷枪实弹、威风凛凛的警卫员，就一一接受了我军的条件。海城守敌184师师部及552团共2700余人，在师长潘朔端率领下，宣布起义投诚，5月30日6时，184师部队撤出海城。

当时二班长是四纵队警卫团1营营部供给员代理重机枪排长，在营长带领下围攻海城。在184师部队还未撤出海城前，跟着营长骑马闯进城里，一看起义投诚部队荷枪实弹、个个瞪着眼睛，感到不妙，急忙跑出城外。随后184师部队放下武器开出城外，我军才进驻海城。

邓东出色地完成了任务，立了大功，当了纵队军械处处长。当时军械处驻凤凰城（凤城）鸡冠山，军械物资放在铁路隧道洞子里面。

一天国民党的飞机轰炸此洞，邓东带领机关、部队抢救洞外的武器和物资时受了重伤，肠子也炸出来了，急送纵队凤城医院抢救，由日本大夫给他做的手术。二班长曾到医院看过他。他伤愈后，转业到地方当了某县县委书记。

（三）大石桥战斗

我四纵队于 5 月 30 日到达大石桥，31 日与大石桥守敌进行谈判，令其放下武器投降，但谈判无结果。6 月 1 日，敌一架飞机在大石桥上空低空侦察，被我高射炮击落。当日，我派人再以 184 师参谋持原该师潘朔端亲笔信前往交涉，迟至 6 月 2 日上午仍无结果。此次谈判未能成功，主要原因有二：一是我军未对大石桥守敌给予军事打击；二是守敌 550 团团长在潘朔端起义后，接到密令代理该师师长。因此，他只谈判不投降，有意拖延时间，幻想等待增援。

我四纵队遂决定当日向敌发起进攻，歼灭该敌。3 日拂晓，我集中兵力、火力，一举攻歼了驻大石桥 550 团团部及 2、3 营。在接着欲攻歼营口守敌之时，敌北满增援之第 93 军暂编 20 师已到达营口、新 1 军主力及第 60 军 182 师逼近海城。鉴于我已达到作战目的，遂改变了继续攻歼驻营口之敌 550 团残部的计划，撤出战斗。6 月 4 日，四纵部队转移到沈安路草河口、通远堡一带休整。鞍海战役遂告结束。

此次战役歼灭和迫敌起义一个师。计：鞍山战斗歼敌 184 师 551 团；海城战斗迫敌 184 师师长潘朔端率师部及 552 团起义；大石桥战斗歼敌 184 师 550 团（欠 1 营），总计毙伤敌 1200 余名，俘敌团长以下 2014 人，起义 2712 人。

此次战役，战果辉煌，有力牵制和调动了敌人，达到战役目的，四纵队获得东北民主联军总部首长、辽东军区首长的通令嘉奖。辽东军区首长特传令嘉奖主攻鞍山、海城、大石桥之各团，并命名 10 师的 29 团为"鞍山团"、28 团为"海城团"、30 团为"大石桥团"。

七、参加新开岭战役

（一）当时形势

1946 年 6 月上旬至 10 月上旬，东北地区经过 4 个月的休战，我军经过 4 个月的整训，提高了政治觉悟和军事技术。尤其是较好地解决了思想较为混乱及"和"与"战"的问题。当时，部分同志有厌倦情绪，幻想和平，企求苟安享受，不愿从事长期艰苦的斗争。有的人想过"背山面水，四不靠的小房，一网一锄一猎枪，一度一生"的安逸生活。通过教育，全体指战员认清了蒋介石假和平的阴谋，增强了战斗力。

国民党经过4个月的准备，并利用停战之机又将其第43军等部队增调到东北。蒋介石自认为具备了打败我军的条件，便于1946年10月公开撕毁了停战协定，向我军大举进攻，并亲自飞往沈阳，密谋策划。国民党东北保安司令长官杜聿明在沈阳他的总部，还得意忘形地向合众社记者夸口说："冬季气候对国军有利，因为我们的防寒衣着装备，远较中共为佳。"但由于其战线拉长，无力同时向南北满发起进攻，因而改取"先南后北"的作战方针，重点向南满解放区展开进攻，妄图首先截断我南北满解放区的联系，歼灭南满我军主力，解除其后顾之忧，尔后转兵北越松花江，进攻北满，实现其最后占领整个东北的迷梦。

我党中央、毛主席早已识破敌人的企图，及时向党内发出一系列指示，指出："蒋介石将来亦有可能再向东北进攻……""此点，应使全党和解放区人民都明白，都有思想准备。"

1946年10月中旬，敌集中其精锐部队10万余兵力向南满辽东解放区大举进犯。以其新6军14师、22师等为左路，攻占普兰店、岫岩、庄河、大孤山后直犯安东；以其新1军30师、第25军195师、第71军91师为右路，向通化、临江进犯；以其第52军2师、25师为中路，并分两股，沿沈安铁路和小市、碱厂至赛马集一线猛攻。妄图将东北民主联军第四纵队压至凤凰城地区决战；再从宽甸堵我后路，切断我与临江之联系，尔后攻占整个南满。

（二）歼灭"千里驹"脑袋差点被打碎

1946年10月，时值初冬，高山见雪，寒风凛冽。我四纵队将士虽身着单衣，装备简陋，但斗志昂扬，气壮山河，遵照中央军委毛主席和民主联军总部、辽东军区的指令，发扬人民军队攻必克、守必固、追必歼的战无不胜之特有素质和连续作战之作风，决心灭强敌威风于脚下，掩护我安东党政军领导机关以及工厂、学校、医院、物资部门等安全撤离。四纵队自10月19日连战摩天岭、连山关、分水岭、赛马集和双岭子之后，于10月31日至11月2日以相对优势之兵力将敌25师全歼于宽甸至赛马集公路中段之新开岭地区。

敌25师系半美械化装备，战斗力较强，是蒋介石反共老本之一，吹嘘"能征善战",有蒋家"千里驹"之称。这个师自1945年冬作为蒋军先遣部队踏进东北之后,疯狂进犯,横冲直撞,十分骄横。

新开岭地区,位于宽甸西北70公里,包括暖阳边门、黄家堡子、王家堡子等地,四周高山重叠。这一地区地形于我有利,便于我兵力之隐蔽集结、包围迂回,敌人只要钻进来,便成了瓮中之鳖。这一带群众条件又好,正是埋葬敌人的大好战场。

当敌25师师长李正谊(绰号"李大麻子")趾高气扬地率领其73团、74团、75团及直属分队,乘装甲车、汽车,横冲直撞,被我牵着鼻子进攻到新开岭地区,我四纵队司令员胡奇才、政委彭嘉庆、副司令员韩先楚、副政委兼政治部主任欧阳文、参谋长李福泽,决心集中第10、11、12师及炮兵团迅速歼灭敌这个骄横的25师。10月31日10时,我向敌发起总攻,但由于投入战斗较为仓促,有的部队还正在运动之中,加之地形不熟,两天作战,虽歼敌一部,但敌占领老爷岭拼死抵抗,我久攻不下,形成对峙。经过连续战斗,我部队亦伤亡过大,敌增援部队亦逐渐逼近,情况十分严峻。是打是撤,战役成败在此一举。

在此关键时刻,纵队党委紧急开会,开始有两种意见:一种是主张撤出战斗;一种主张继续打。韩先楚副司令员主张打到底,非消灭这个"千里驹"不可。最后意见一致:"坚决地打!"遂即投入预备队,并将纵队警卫团4个营和辽东军区警卫团也拉上去了。纵队首长胡奇才、彭嘉庆、韩先楚都分头下到部队,加强指挥。韩先楚副司令到了最前线指挥10师主攻746高地(即老爷岭)敌军。纵队炮兵团和师、团炮兵对老爷岭敌主阵地一个劲地准确猛烈轰击,霎时间,地动山摇,密集的炮弹在敌人阵地上爆炸,支援师10师从正面强攻,11、12师从两侧攻击,我军打得英雄顽强,死拼硬打,刺刀见红,战斗的激烈程度前所未有。

此时,代理营部重机枪排长的二班长所在的四纵队警卫团1营轻装跑步投入战斗,战士们扔掉背包、米袋,只剩下步枪、刺刀和手榴弹。重机枪排3个班每班2挺九二式重机枪,6匹骡马每匹驮一挺重机枪、3匹骡马每匹驮6箱子弹,开始每匹扔掉2箱,后又扔掉2箱,最后全排只剩6箱子弹。在二班长指挥下,6挺重机枪猛烈射击,掩护猛虎一般的战士冲锋。在激烈战斗中,支援3连冲锋的3班一挺重机枪射手中弹倒下,二班长随即冲上去接着猛烈射击,这时敌人机枪子弹从二班长头顶上穿过,差一寸揭了二班长的脑壳，但击中了站在二班长后面指挥部队冲锋的老红军营长杨大祥，这是他第 7 次负伤，身中两弹，一颗打穿了右大腿，一颗打在右侧衣兜上，他在延安大生产纺棉花，发了 10 多块银元装在一个小袋里放在右面衣兜。这颗子弹正好打在银元上，没有打进腹部，捡了一条命，被抬了下去。二班长继续猛烈射击，掩护连队冲锋，在山坡拼刺刀时，二班长就射击山顶之敌，直到连队冲上 746 高地——老爷岭。不知老营长后来是死是活，二班长至今想念他。

我军最后硬是攻上老爷岭，失魂落魄的敌人在我军"缴枪不杀、优待俘虏"震天动地的喊声中，纷纷举手投降。傲慢的敌 25 师师长李正谊剃了光头，化装成伙夫企图逃跑，也被我 11 师 31 团活捉。蒋介石的"千里驹"就这样覆灭了。除毙伤其团以下 1190 余名外，敌师长李正谊、副师长段培德、黄建庸（后逃跑了）等以下 8000 余名均为我俘获。缴获轻重机枪 325 挺，各种枪支 4670 余支，各种炮 110 门及弹药物资一批。我四纵队也付出了伤 1582 人、亡 338 人的重大代价。我警卫团负责将 25 师百名校以上军官押送到临江四纵队机关，后来出了一部电影叫《逆风千里》。

（三）重大意义

新开岭战役的胜利，生动地体现了毛主席军事思想的伟大胜利，标志着我军在东北战场上军政素质和战略指导思想的加强与提高，扭转了我军的被动局面。在当时敌强我弱的形势下，我四纵队以步兵 10 个团、炮兵一个团的兵力，首创一举全歼蒋军一个主力师，极大地振奋了我军心民心，迟滞了敌人向临江地区的进攻，挫败了蒋介石所谓先南后北尔后独霸东北之凶恶图谋，保障了我辽东党政军民的战略转移，夺得了四保临江的准备时间。

党中央和毛主席在战役胜利的第二天即 11 月 3 日，以中央军委名义给辽东军区司令员兼政委肖华发来贺电："（一）庆祝你们歼灭敌人一个师的大胜利，望对有功将士传令嘉奖。（二）这一胜利后南满局势开始好转，望集结兵力，争取新的歼灭战胜利。"

东北民主联军总部和司令员林彪也于 11 月 3 日给辽东军区部队和全体指战员发来嘉奖电，电报说："你们在宽甸西北暖阳边门、韩家堡子、新开岭一线，消灭国民党第 25 师全部，创造了南满自卫战辉煌战绩，给侵犯之蒋军以迎头痛击。"

蒋军 25 师全师覆灭，敌东北"剿总"杜聿明非常震惊。他完全没有想到自己的一个精锐师就这样被连根拔掉。他赶紧告诫部属："今天我们应切戒骄傲，对共军战斗力不可再存轻视心理，这次 25 师疏忽冒进以致全部被歼。25 师这样好的部队，如此下场真令人痛心至极。如果大家今后都像 25 师，就会亡党亡国。"

敌 25 师师长李正谊于 1946 年 12 月 25 日在哈尔滨答记者问时，说到 25 师被歼灭的原因除战略基本错误外，"最主要的是从上到下都打糊涂仗，而八路军每个战士都有思想，有主义，都知道打仗为啥！"

为纪念新开岭战役的胜利，由中共丹东市委员会、丹东市人民政府和中共凤城满族自治县委员会、凤城满族自治县人民政府，在叆阳边门建造了高 13.5 米、白玉质地新开岭战役纪念碑，于 1986 年 8 月奠基、10 月落成。

八、四保临江

（一）穿着单衣过严冬

1946 年冬天，东北奇寒，临江地区一般在零下 30 多度，狂风呼啸，大雪盖地。由于安东、本溪丢失，通化被敌所占，我军有的部队、机关人员从朝鲜绕道临江前线。在安东的辽东军区后勤部被服厂也搬迁疏散，无法生产被装，二班长所在部队过阳历年时，尚未穿上棉衣。身着单衣、头戴单帽、脚穿单胶鞋，在冰天雪地行军打仗，说实话，真有点受不了。

当地老大爷关心地说："同志，别再往北走啦！再往北就是长白山，天气更冷，零下 40 多度，滴水成冰，你们受不了啊！"有的人说得更邪乎："不要用手去摸耳朵，一摸就掉下来了。""小便时得拿个小棒子，尿出的尿冻成冰棍得用棒子敲掉……"

临江地区是山区，除城里地平人多，周围都是大山，山沟人家稀少。部队有时住在老乡家里，在外屋锅台旁边地上铺禾秆和衣而睡，就是享大福了。

直到阳历年后，上级才发下绿布、棉花，二班长领着战士自己做棉衣，因不会剪裁，有的太小太瘦，有的则太大太肥，但穿上比单衣暖和多了。

然而，越是在这种环境下，对我军有利，对敌军不利。我军是经过长期艰苦环境锻炼和考验的，有一不怕苦、二不怕死的大无畏革命精神，斗志昂扬，而且武器装备轻，"高粱米加步枪"，两条腿走路，大小路都能走，翻山越岭，冰天雪地打仗，挥洒自如。而敌军机械化部队，在冰天雪地的严冬，不仅从南方来的部队受不了，士气不振，而且他们的汽车、大炮等重装备也行动受阻，战斗力减弱，只能靠兵力多、火力强，威胁我们。

（二）第一至三次保卫临江

国民党第 25 师被我军歼灭，并没有使敌人变得清醒。他们认为 25 师被歼只是少数将领无能的表现，要想在东北早日消灭共军，必须继续向共军发动更加猛烈地进攻。

我军虽然取得了新开岭战役的胜利，但是在没有绝对把握的条件下，仍不与敌人硬碰硬，只是运用游击、伏击、截击、阻击等战术一点一点地消耗敌人实力，耐心地寻找战机。这样一个多月，我军地盘虽丢了不少，但实力比以前壮大了。

蒋介石看着杜聿明给他发来的一个月来的战报，高兴地电问杜何时可以大功告成。杜聿明得意地回答："请总裁放心，我打下临江，即可北上。"

新开岭战役后，敌军经过短期休整，于 1946 年 12 月中旬又开始对南满我军发动大规模进攻，妄图乘我根据地尚未巩固，群众尚未发动起来之际，将我军赶出南满或各个击破；尔后，转兵北上，集中力量进攻北满，以实现其"南攻北守、先南后北"的战略计划，占领全东北。这时，南满根据地只有临江、扶松、濛江、长白 4 县在我军控制之下，其他地区均为游击区，形势极为严峻。

在这种情况下，我军坚守南满，不仅可牵制敌军兵力，使其不能集中全力北进，而且可以使敌人处于两面作战的不利地位。南满的战略地位举足轻重，粉碎敌人"南攻北守、先南后北"的战略计划，保卫南满，是东北我军当时的中心任务。

此时，辽东军区的领导力量得到了加强：司令员肖劲光、政委陈云、副司令员兼副政委肖华、副政委兼政治部主任莫文骅等。

1946 年 12 月 11 日到 14 日，辽东军区在七道江召开了纵队以上首长会议，确定了巩固长白山区，坚持敌后 3 大块——辽南 1 分区、辽中 2 分区、安东 3 分区——的战略指导思想，以及正面与敌后两大战场密切配合、内线作战与外线作战相结合、运动战与游击战相结合的作战指导方针。

在辽东军区首长的正确领导下，在北满主力"三下江南"的有力配合下，在辽东人民群众全力支援下，我四纵队与第三纵队并肩作战，经历了战争中最艰苦的考验，艰苦奋斗，英勇作战，利用冬季有利条件，首先粉碎了蒋军以重兵对我临江进行的第一、二、三次疯狂进攻，取得了一保、二保、三保临江的胜利。在三保临江期间，北满我军主力，于 3 月 8 日，三下江南向敌攻击，迫敌新 6 军 22 师、91 师由梅河口、营盘地区北调长春、四平，辽东我军先后收复了金川、柳河、辉南、辑安、桓仁等 5 城，通化之敌也已陷入孤立之势。

（三）第四次保卫临江

东北蒋军虽遭我惨重打击，但贼心不死。杜聿明采取借优势装备扼守要点，主力集中使用的方法，集中 10 个师的兵力，组成 3 个集团，以新宾、通化为枢纽，分 8 路于 3 月 26 日向我临江地区进行第四次宽大正面的进攻。

在四保临江的关键时刻，我四纵队在三纵队配合下，首先集中兵力将敌第 13 军 89 师消灭在三源浦地区，接着奉命歼灭通化之敌。

通化市为辽东重要城市，交通极为方便，是当时辽东之门户。敌前三次进犯临江都是以此作为前进基地，常以一个师的兵力守备，其防御设施也较完备。外围制高点、支撑点筑有半永久工事；市内重要街头巷口，筑有相当数量的地堡群。时值冬末春初，遍地积雪，有利于敌人防御。守敌系第 52 军 195 师。该师在第二、三次进攻临江中，遭我严重打击，极为恐慌，士气低落，但该敌武器装备较强。

四纵队集中 10 师、12 师主力，在炮兵团及师、团炮兵有力支援下，二班长指挥的 6 挺重机枪也发挥了作用，于 3 月 19 日夺取外围阵地。正准备于 3 月 20 日 15 时，以压倒一切敌人的士气攻击通化城时，由于敌从各地向南满调动兵力，新 6 军 22 师回援，13 军 54 师、89 师和 93 军暂编 20 师正在急速向通化运动中，救援通化。

我为了保持部队元气，争取时间，集中兵力打援，粉碎敌人的进攻，辽东军区前指司令员肖劲光决定放弃进攻通化城的计划，进行重新部署。

肖劲光司令员与四纵队副司令员韩先楚、三纵队司令员曾克林，研究部署了下一次更大的歼灭战。军区首长当机立断，决定集中三、四纵队主力和3个炮兵团，不惜伤亡，打硬仗，打恶仗，将援敌歼灭。

各部队根据计划，像沸腾的铁流，踏着深雪，顶着寒风，冒着敌机的轰炸扫射，爬过一座座高山，越过一道道雪川，昂首阔步，向预定战场进发，将敌歼灭于我预设的口袋之中。

敌人先头部队进入红石拉子地区我口袋，误认为我四纵队是地方武装，不敢与其决战，更加趾高气扬，得意忘形。我军主力即将敌突然包围，以排山倒海之势，多路从两翼向敌纵深猛烈突击，敌溃不成军四处奔跑，乱成一团，我展开围歼战和政治攻势。经过 10 个小时激战，我将敌 89 师和 54 师 162 团全部歼灭，俘敌副师长张校堂、副师长兼政治部主任秦世杰以下 8200 余人。敌 89 师师长万宅仁更换便衣落荒而逃。张校堂对我军说："你们真行，没有想到你们这么厉害，几分钟工夫，就把我们的部队打得稀烂。"其他各路敌人，见其主力被歼，纷纷退回原防地，采取守势，防我攻歼。敌人第四次进攻临江的计划，只用几天的时间，即被我"四保临江"彻底粉碎了。

从 1946 年 12 月中旬至 1947 年 4 月上旬，南满我军在北满兄弟部队"三下江南"战役的密切配合下，胜利地粉碎了蒋军四次对临江根据地进犯，挫败了东北蒋军"先南后北、南攻北守"的战略企图。南满敌我力量发生了很大变化，从根本上扭转了南满的军事形势，迫使敌人由重点进攻转为战略防御，为我及早转入战略进攻，缩短东北解放战争的进程创造了条件，做出了贡献。

四纵队广大指战员依靠南满人民群众的大力支援，与三纵队并肩作战，历经大小战斗百余次，歼敌 7700 余名，谱写了"三插敌后、四保临江"的光荣历史。在艰苦卓绝的斗争中，全纵队得到了极大的锻炼，为尔后的发展壮大，培养造就了大批优秀指挥员，大大提高了部队的军事素质和政治素质。我也付出了重大的代价。三保临江中，我四纵队 10 师师长杜光华同志，在坚守 511 高地战斗时，不幸中弹，光荣牺牲。

（四）团结国民党教官

三保临江后，东北野战军大量建设特种兵，凡有点文化的大多都得当特种兵。在警卫团1营营部当供给员、重机枪排长的二班长，由步兵改当炮兵，调到纵队教导营炮兵队82迫击炮队当2排长，3个班6门炮，边学边打仗。战士们见到炮，热情很高，钻劲十足，有的人很快就掌握了操作技术。

教员是国民党部队起义的一位炮兵连长，傲气十足，5班长有点瞧不起他。迫击炮操作简单，就是目测距离较难。一天，在训练时，为目测距离的远近，5班长与教员争论起来，教员生气地说："按你测的距离能打中目标，我从这里爬出去！"5班长毫不客气，按他的目测距离，用一门炮咚咚咚3发，炮弹准确地打中了目标，大家鼓掌叫好，气得教员脸红脖子粗，正要爬地时，二班长急忙将他扶住，并好言相劝，向他道歉，他才消了气，笑着说："5班长够格，我佩服了！"以后又耐心地把学员基本教会了，才友好地离开了我们。

（五）迫击炮仰脖杀敌

1947年3月19日，我四纵队在第四次保卫临江攻克通化歼敌195师时，教导营82迫击炮兵队参战。2排驮炮的骡马被敌机炸死，二班长带领全排硬是扛着炮筒、炮架、背着炮盘、炮弹向通化急进，支援步兵作战。

敌人退到一幢3层楼房前大院顽抗，只有30米一楼之隔，手榴弹打不过去，用迫击炮打又太近，怕炮弹落在自己队伍中，但不打又不行。这时二班长想起用3发迫击炮弹摧毁大渡河敌人火力点，掩护18勇士爬过铁索桥，保障了红军渡江的炮兵老前辈赵章成，他曾将82迫击炮筒仰起87度，打过一墙之隔10米近的敌人。二班长急令6门炮将炮筒仰起81度3发齐射，18发炮弹升得很高落在大院里，炸死一些敌人，差一点落在自己人的头上。在我炮击的掩护下，步兵从楼两侧冲进大院，全歼了院内敌人。

1947年4月，担任迫击炮兵队2排长的二班长，又被调到大炮队当二区队长，学山野炮。由于文化底子薄，在学三角、几何、代数时，他感到有点吃力。毕业后，于1947年5月分配到四纵队炮兵团当1连2排长。

（六）大炮摧毁大地堡

1948年2月，四纵队在冬季攻势第3次解放"钢都"鞍山，再歼敌

25 师。当时驻守鞍山的敌人，正是一年前在新开岭地区被我四纵队歼灭过的敌第 25 师。重建起来的 25 师，虽然装备和士气远非当年，但因其驻鞍山已达一年之久，构筑了坚固的防御工事，困兽犹斗，一心要拖延时间，盼望东北"剿总"卫立煌能从沈阳出兵给他们解围。

2 月 16 日 8 时，四纵队炮兵团支援 10、11、12 师拿下敌铁架山等外围阵地后，在进行市内战斗时，12 师 36 团打得英勇，攻到一个十字路口遇到钢筋水泥铸成的中心大地堡，久攻不下，团、师九二步兵炮、山炮都打不动它，战斗不能向前发展。

在炮兵团当 1 连 2 排长的二班长到阵地前沿仔细察看了地形，想出一个主意，他将 8 匹马拉的射程一万多米的九零野炮，在步兵和群众的帮助下，从后院推进临街的房内，距地堡至多有四五十米，炮口从门缝对准地堡，做好了射击准备，使用穿甲爆破弹，在敌人没有察觉的情况下，突然把门一开，咚咚就是四五炮，炮弹穿进地堡内爆炸，摧毁了这个吐着火舌的大地堡，步兵冲上去将剩下的敌人悉数消灭，使 10 师、12 师部队市内战斗顺利进行，取得了巨大的胜利。生俘敌 25 师师长胡晋生、副师长罗守恒以下 10588 名，毙伤敌鞍山市长罗永年以下 2439 名，缴获山野炮 10 门、战防炮 8 门、迫击炮 29 门、60 炮 58 门、轻重机枪 350 挺及一大批枪支弹药和物资。

（七）大炮对上敌人屁股

辽沈战役在攻克锦州之前，四纵队奉命攻克兴城。兴城（宁远）为一古城，纵横各有 1 公里。城墙高 3 丈 6 尺（约 12 米），底厚 7 尺，上厚 6 尺，城门有翁城，城墙上有钟鼓楼、魁星楼诸多火力点，是一座易守难攻的城池。守敌是 54 军共 3200 余人。兴城的城墙与锦州的城墙相似，只是兴城的城池比锦州的小一点，攻击兴城的经验，可为攻锦州的示范。1948 年 9 月，四纵队 10、11、12 师部队在纵队炮兵团支援下，21 日上午，攻下拉子山、105 高地等兴城外围阵地后，于下午 4 时开始攻城，集中各种火炮 36 门，近战歼敌，支援步兵攻击。二班长将 8 匹马拉的九零野炮，推到距城 600 米的高粱地里，等于大炮对着敌人的屁股，做好射击准备，总攻开始，砍倒高粱，扫清射界，几炮就摧毁了我主攻正面城墙的钟鼓楼、魁星楼等火力点。由于炮阵地距城墙太近，二班长指挥的三班有两人负伤，在场的 1 连指挥排长也负了重伤。在对城墙打口子时，炮弹雨点般地把城墙摧毁，10 师攻城的 28 团、29 团看到城墙已垮塌，急得未等炮兵停止射击，就像猛虎一样登上口子冲击，冲进城里进行巷战。攻进城里的部队，英勇顽强，与敌死打硬拼，至第二天 9 时战斗结束，全歼兴城守敌，共毙伤俘敌 3254 名，缴获各种炮 36 门、长短枪 1676 支、轻重机枪 158 挺、骡马 191 匹。我伤亡 460 余人。

九、辽沈战役

（一）决战前夕

1945 年 6 月 10 日，700 多名出席中共七大的代表，聚集在杨家岭中央大礼堂，准备进行第七届候补中央委员的选举。投票开始前，毛泽东发表简单讲话，再一次提出东北的问题。他说："从我们党，从中国革命的最近将来的前途看，东北是特别重要的。如果我们把现在的一切根据地都丢了，只要我们有了东北，那末中国革命就有了巩固的根据地。"

国民党军节节失败，共产党军节节胜利，中共统帅部转战陕北的任务已经胜利完成，已东移河北省平山县西柏坡，以便更好地指挥全国解放战争，夺取战略决战的伟大胜利。

经过两年解放战争的胜利作战，中国人民解放军越战越强，已由 1946 年 6 月的 120 万人发展到 280 多万人，部队战斗力也大大提高。解放区面积已扩大到 235 万平方公里，占全国总面积的四分之一；人口增加到 1 亿 6480 万，占全国人口三分之一以上。各主要解放区基本上连成一片，可以互相支援，协同作战。解放区内土地改革已基本完成，广大翻身农民踊跃参军和支援前线作战的热情极为高涨。解放区的工农业生产也逐渐恢复和发展起来，支援战争的人力物力比以前更加雄厚。这就使我军后方更加巩固，为大规模作战奠定了良好的基础。

与共产党欣欣向荣的形势相反，国民党却愈战愈弱。两年来，它的军队已被歼灭 264 万人。它的总兵力已由战争开始时的 430 万人减少到 360 多万人。其中能够用到第一线作战的正规军只有 170 多万人。从 1948 年起，国民党的军队已分别被我军牵制在以沈阳、北平、徐州、汉口和西安为中心的 5 个战场上，被迫进行所谓"重点防御"。

1948 年 9 月，在河北省平山县西柏坡的那间土坯大屋里，中共中央正举行一次重要的军事会议。会上，毛泽东挥舞着手臂，生动地阐述了要同国民党展开战略决战的设想。与此同时，南京城里那座豪华的总统府内，国民党也在召开一次重要的军事会议。会上，蒋介石声色俱厉地要求与会人员要对过去的战争失利作全面检讨，对今后的战局提出相对应的方案。两个同时召开却性质截然不同的会议，摆开了国共两党战略大决战的架势。

战略决战是从辽沈战役开始的。在大胆地捕捉决战时机的同时，毛泽东选好了大决战的起始方向，这就是东北战场。当时，东北是全国范围内唯一的人民解放军占据优势的战场。国民党部署东北的主要兵力是卫立煌集团，共有 14 个军，55 万余人，而东北野战军已拥有 12 个纵队、一个炮兵纵队、一个铁道兵纵队、17 个独立师，共有 53 个师、70 多万人。如果加上部队机关和地方军，解放军的总兵力共 105 万人。国民党军盘踞在长春、沈阳、锦州等几个孤立的地区，兵力分散，补给困难，士气低落。人民解放军已解放了东北 90% 以上的土地、80% 以上的人口，控制了 96% 以上的铁路运输线。而且，解放区的土地改革运动已经结束，不仅军队士气高昂，群众支前的热情也空前高涨。从战场形势来看，把大决战的起点选定在东北是完全正确的。

辽沈战役应该从哪里打起，毛泽东早已胸有成竹。还在转战陕北的时候，他就曾致电东北野战军司令员林彪，指出"封闭蒋军在东北加以歼灭"的设想。要实现这一设想，东北野战军主力必须由北满南下北宁线作战，尽快控制锦州、锦西、兴城、义县等地区，将东北的大门关起来。可是，林彪当时对东北主力由北满远道南下打锦州顾虑重重。他既担心久攻锦州不下，又担心会遭到华北敌军的夹击。直到围攻长春久攻不下，到 7 月林彪才下定南下北宁线作战的决心。

毛泽东主席亲自制定了辽沈战役的作战方针：决定东北野战军南下北宁线作战，首先歼灭锦州之敌范汉杰集团，打下锦州，关上东北大门，使东北之敌成为"瓮中之鳖"，将东北敌军全歼在东北，不让其逃入关内。因此，全歼锦州之敌具有重大的战略意义。

为了配合东北野战军的行动，毛主席命令华北野战军进军绥远，把位于平津一线的傅作义集团的主力吸引到西线，形成"东北打、华北牵"的局面。9月，毛泽东以中央军委名义再次致电林彪，通告中央关于同国民党进行战略决战的设想，要求东北野战军"确立打你们前所未有的大歼灭战的决心"，并就一些重大问题作出了明确的指示，形成《关于辽沈战役的作战方针》。在这种情况下，林彪才正式命令北线的部队南下，处于北宁线附近的部队打响进攻锦州的战斗。

中共中央、中央军委非常关注辽沈。10月10日9时，毛主席在给东北野战军林、罗、刘（司令员林彪、政治委员罗荣桓、参谋长刘亚楼）的电报中说："从你们攻打锦州之日起，一个时期内是你们战局紧张时期，望你们每两日或三日以敌情（锦州守敌之抵抗能力，葫芦岛、锦西东援和沈阳援锦之进度、长春守敌动态）、我情（攻城进度、攻城和阻援之伤亡程度）也告我们一次。"辽沈战役，是东北野战军在党中央、毛主席亲自指挥下，在辽西、沈阳、长春地区进行的一次规模巨大的战役，也是解放战争中气势磅礴战略决战中"三大战役"的第一个战役。这个战役从 1948 年 9 月 12 日开始至 11 月 2 日结束，历时 52 天，取得了歼敌 47.2 万余人，解放了东北全境的伟大胜利，从而为加速全国解放创造了有利的条件。

（二）攻克锦州

毛泽东运筹的震惊中外的三大战役，首先在东北战场拉开了序幕。东北野战军于 9 月 22 日攻克兴城、10 月 1 日攻克义县，扫清了锦州外围之敌后，兵力部署是：以 6 个纵队和炮兵纵队主力攻打锦州，两个纵队在锦西方向塔山一线打援，3 个纵队对付沈阳援锦之敌，一个纵队作为战役总预备队。另以一个纵队加 9 个独立师对付长春之敌。毛泽东看到如此布置，立即给东北野战军林、罗、刘回电："甚好，甚慰。这才算把重点放在锦州、锦西方面了，纠正了长时间内平分兵力没有重点的错误。在此以前我们和你们之间的一切不同意见，现在都没有了。望你们部署，大胆放手的坚持实施。"

10 月 14 日，东北野战军对锦州发起总攻。激战 32 个小时，于 15 日下午 6 时攻占了锦州。守敌东北"剿总"锦州指挥所、敌冀热辽边区司令部、第 6 兵团司令部、93 军军部及所属暂 18 师、暂 22 师、60 军 184 师，新 8 军军部及所属 88 师、暂 54 师、暂 55 师，49 军 79 师，以及名目繁多的地方部队全部被歼灭了。生俘敌官兵近 9 万人，其中包括上将"剿总"

副司令兼锦州指挥所主任、兼冀热辽边区司令范汉杰，冀热辽边区副司令贺奎，第6兵团司令杨宏光，93军军长盛家兴等将官35人。

（三）参加塔山阻击战

1. 塔山是锦州的门户

攻克锦州，是辽沈战役的一个重要组成部分。欲就地全歼东北之敌，必须先攻克锦州，切断东北、华北之敌的联系，造成"关门打狗"之势。锦州是东北的门户，而塔山则是锦州的门户。锦州能否攻克，又在于我军能否在塔山地区，阻住锦西、葫芦岛东援之敌。正如我党中央、东野总部首长指出的："锦州能否攻克，关键在于塔山。"即我军守住塔山，敌锦西、葫芦岛"东进兵团"过不了塔山，不能增援锦州，锦州就能解放；锦州解放了，整个东北就能解放；东北解放了，东北野战军百万大军就能进关，与华北野战军一起发起平津战役，解放天津、北平；平津解放了，第四野战军就能南下，会同第三、第二、第一野战军消灭国民党军队，解放全中国。

塔山阻击战，是东北野战军第四纵队于辽沈战役中，在塔山地区担负抗击敌军锦西、葫芦岛"东进兵团"增援锦州的阵地阻击战。战斗自1948年10月10日开始至10月15日结束，激战6天6夜，我军英勇奋战，歼敌14800余名，使敌人未能越过塔山一步，塔山屹立未动，胜利地完成了阻击援锦之敌、保障了我军主力攻克锦州的光荣任务。

2. 塔山地形敌情

塔山堡，是辽东湾上的一个一、二百户的村庄，位于锦州、锦西之间，东临渤海湾，西接虹螺山脚下白台山。两锦公路穿村而过，北宁铁路于村东1公里处与公路并行北上直到锦州、沈阳。由于地形限制，锦西、葫芦岛敌人要增援锦州，塔山是唯一的必经之路。

塔山堡东到海滩，西到白台山，正面宽达12.5公里，北距锦州只有30公里、距锦州外围工事不到20公里，南离锦西敌阵地只有1～2公里。敌人占据着塔山以南的大小东山、影壁山一线阵地，居高临下，塔山阵地完全处于敌炮火射程之内，而被敌炮火控制。我阻击阵地除白台山制高点外多为中等起伏地，无险可守。

我前沿一线阵地：打渔山岛、铁路桥、塔山堡、常家沟高地、白台山要冲，塔山堡、铁路桥、白台山是全线坚守的3个重要点，并以塔山堡为核心，在阵地设置、兵力配备、步炮协同上都要以坚守塔山为重点。

10 月 6 日 9 时许，在葫芦岛外的海面上，驶来两个庞然大物。前面是国民党海军最大的巡洋舰"重庆"号，这是蒋介石的座舰。后面是"灵甫"号驱逐舰，是国民党海军司令桂永清的指挥舰。

午后 1 时，蒋介石和随行高级将领在 54 军军长阙汉骞等人的陪同下，走下军舰，乘车到葫芦岛第 54 军军部办公大楼会议室。

蒋介石在主席座位坐下，示意到会的将校坐下后，指着侯镜如介绍说："这是 17 兵团司令官侯镜如，我这次带他来，要他指挥'东进兵团'对共军作战，你们要绝对服从他的指挥，他还要回去带部队，这里先由阙汉骞军长指挥。"

蒋介石继续说："此次东北共军攻打锦州，最多有 7 个纵队，等于我们 7 个师的兵力。我们从沈阳出动 5 个军 12 个师组成西进兵团，从华北调两个军、烟台一个军、葫芦岛的 54 军共 4 个军 11 个师组成东进兵团。共用 9 个军 23 个师进行东西对进，夹击东北共军主力于锦州城下，决一死战。我看我们的兵足够了，如不够，还可以再调部队来！"

"这次决战，你们必须打好。打败了，就什么都没有了，什么都完了！连历史都要翻过来！你们以前跟我革命、抗战的光荣都化为乌有，个人的前途也只有毁灭了。"

"目前与东北共军作战，关系到东北的存亡，关系到东北国军 55 万人的生命，这一切都由你们负责了，你们要有杀身成仁的决心与共军决战！"

"这次集中了的美械装备，并有大量空军协助，还有海军协同，你们一定可以夹击共军的！"

他离开座位，走到院中，坐在早已准备好的一把藤椅上，与到会的将校们合影，以示嘉奖。这是蒋介石对"东进兵团"寄于的厚望，是驻锦、葫国军将校们的殊荣。

当日晚 7 时，蒋介石在"重庆"号上宴请锦、葫国军师长、参谋长以上的将校。宴前，蒋介石带领众将在"重庆"号上参观。"重庆"号巡洋舰排水量为 5270 吨，舰上装有 122.6 英寸口径主炮 3 门，105 英寸口径副炮 4 门，每小时航速 32 海里（相当 59 公里），是国民党海军中吨位最大的新型巡洋舰，与"灵甫"号驱逐舰一起于 1948 年 5 月从英国驶抵南京。蒋介石对"重庆"号视为掌上明珠。

蒋介石走后，阙汉骞兴奋异常，有点得意忘形。他对 62 军军长林伟俦说："总统亲临葫芦岛训示，比增援 10 万大兵还强！"

蒋介石飞到沈阳，御驾亲征葫芦岛的消息传到西柏坡，毛泽东说："蒋介石到沈阳，我们的胜利更有把握了。"周恩来说："蒋介石到那个地方，那个地方的仗就好打了，他历来就是瞎指挥。"

3. 我军兵力部署

林彪非常重视塔山。塔山虽小，却成为敌我双方几十万军队血战塔山的大搏斗。林彪把由司令员吴克华、政治委员莫文骅、副司令员胡奇才、副政治委员兼政治部主任欧阳文、参谋长李福泽率领的战斗作风过硬，执行命令坚决，既善于打运动战，又能打阵地战，敢打敢拼的第四纵队放在塔山，负责坚守塔山、高桥、白台山主要方向，阻敌增援锦州，保障东野主力歼灭锦州主将、东北"剿总"副司令长官范汉杰全部守敌。

把四纵队摆在塔山，犹如千钧重担压在四纵队 5 万指战员的双肩上。东野总部首长"寸土不让、寸土必争"的要求，意味着在塔山将有一场恶战，殊死的大搏杀。为了万无一失，东野将第十一纵队及热河独立师放在四纵的后面；塔山阻击战打响后，13 日又把战役预备队第一纵队楔入四纵背后的高桥地区，作为塔山阻击战和攻坚锦州的总预备队。

罗荣桓亲派东北军区作战处长苏进到四纵队传达东野总部首长的作战意图和决心，要苏进坐镇四纵队，及时反映四纵队的作战情况。

林彪规定部署在一线的师，每隔 4 小时要直接向野司报告一次作战情况。

第四纵队在攻克兴城后，召开会议，总结经验，授予锦旗，颁发奖章，进行政治动员，鼓舞士气，再接再励，打好辽沈战役，即奉命紧急挥师塔山。根据东野总部首长的作战意图、指示精神和塔山之敌情、地形情况，按照兵力前轻后重、火力前重后轻的原则，第一线只部署 4 个团的兵力：

以由师长江燮元、政委潘寿才、副师长卢燕秋、副政委兼政治部主任张秀川、参谋长李洪茂率领的第 12 师 3 个团，即由团长焦玉山、政委江民风率领的第 34 团坚守塔山堡、铁路桥要点，该团警卫连 2 排守备打渔山岛，由团长江海、政委王淳率领的第 36 团坚守白台山要点，由团长韩复东、政委许军城率领的第 35 团为师预备队；以第 11 师一个团，即由团长张东林、政委倪昭九率领的第32团守备白台山东侧常家沟高地。

以由师长田维扬、副师长刘善福、副政委吴保山、参谋长郭家乐、政治部主任李毅率领的第11师两个团，即由团长杜彪、政委马杰率领的第31团、由团长刘鹤田、政委邓望林率领的第33团位于白台山后；由师长蔡正国、政委李丙令、副师长兼参谋长张捷勋、政治部主任何英率领的第10师3个团，即由团长鞠文义、政委张继璜率领的第28团、由团长卢仕胜、政委刘凌率领的第29团、由团长乐军、政委周梓桐率领的第30团位于塔山后为纵队预备队。

塔山阻击战，参战炮兵是纵队炮兵团野榴炮3个营、第10、11、12师山炮营、各团迫击炮连和配属炮兵一部（野榴炮7门），共有野炮、榴弹炮、山炮、九二步兵炮、82迫击炮110门，其中山、野、榴炮共50门。

第四纵队炮兵团团长兼纵队炮兵主任王一萍，根据敌情地形、纵队首长指示及各师、配属炮兵的意见，确定"炮兵分散配置，阵地尽量靠前，集中与分散使用相结合，直瞄射击与间接射击相结合"的作战原则，制定了"三线两群"的炮兵部署和火力计划：各团属82迫击炮、九二步兵炮56门为第一线炮兵，主要负责打敌一线冲锋之敌、消灭敌一线火力点；师属山炮26门为第二线炮兵，主要负责打敌一线预备队和敌坦克；纵队炮兵及配属炮兵野炮、榴弹炮26门为第三线炮兵，主要负责打敌第二梯队、预备队，拦阻前进及溃退之敌，压制敌炮兵之任务。

炮兵团及配属炮兵将野炮、榴弹炮编成两个炮兵群：第一炮兵群（西炮群）共有野、榴炮12门，高射机关炮5门，由团长王一萍、政委郑戈令、副团长赵朝东指挥，支援11、12师部队作战；第二炮兵群（东炮群）共有野、榴炮14门，高射机关炮4门，由团参谋长刘恒泉、一营营长赵梗和配配属炮兵营长指挥，重点支援坚守塔山堡、铁路桥部队作战。

我"三线两群"炮兵同大量的步兵火器相结合，在我阵地前100—1000米地域内，筑起3道密集的火网、火墙，使敌人付出了巨大伤亡的代价。

10月6日到8日，四纵队抢占塔山，部队陆续进入阵地，首先集中全力构筑工事。10月的塔山地区已天寒地冻，工事难挖。在当地人民群众大力帮助下，经过军民两三天的积极努力，步兵构筑了以交通壕相连接的支撑点式较坚固的野战阵地。炮兵构筑了野战工事，将炮阵地挖深并在炮阵地两侧挖了猫儿洞、防炮洞,步炮还边战斗边加修加固工事。

塔山标高58米,其背后全是一片土丘状的中等起伏地,四周树木很少,全是光秃秃的。在这样的地形,我军民能在短短的几天内,把塔山一带的阵地构筑得如此完整,这是敌人想不到的。我军守有较坚固的工事,攻有强大的突击队和预备队,加上炮火有效的支援,部队旺盛的士气,人民群众的帮助,四纵队坚守塔山攻守就自如了。

与此同时,各级召开党委会、支部大会,军人大会,布置任务,进行战前动员,号召全体共产党员、广大指战员发扬不怕苦、不怕死、英勇顽强,浴血奋战,连续作战,"寸土不让",大量消灭敌人,坚决守住阵地的大无畏精神和硬骨头作风。纵队首长还让机关干部深入下去,帮助部队加强党的领导,充分发挥连队党支部的战斗堡垒作用,做好战场政治思想工作,打好塔山阻击战。

4. 激战六天六夜

第一天:狠砸了敌人一棒子,初战得胜

10月10日凌晨4时,敌人乘我阵地尚未完全巩固之机,以其第62、第8、第151师3个师的兵力,在40余大炮、7架飞机、2艘军舰的火力掩护下,分3路向我12师34团塔山堡及以东阵地、36团白台山阵地发起猛烈的进攻,企图找出薄弱地段,实施重点突破。我守备部队在众多炮火支援下,进行顽强坚守,激战15个小时,将敌击溃。战斗最激烈的是36团白台山阵地,抗击敌151师的猛烈攻击,连续打退敌7次冲锋。下午5时,我趁敌溃退时,在强大炮火支援下,进行全线反击,将敌全部击退。但我打渔山岛被敌一个营偷袭而丢失。

打渔山岛,是靠海岸的一个小岛。大海涨潮时,就成了海中一个孤岛,落潮时能涉水上下。战斗开始,敌一个营趁拂晓前海水落潮,偷袭了我打渔山岛2排阵地,受伤的排长带领剩下的几个战士退下来。吴克华司令员命令10师29团一个营在落潮时,将打渔山岛夺了回来。

第一天战斗,我初战得胜,打垮了敌3个师的猛烈进攻,极大地鼓舞了坚守阵地的信心和士气。这一天,全线共毙伤俘敌1174名。我伤亡319人。

第二天:敌军猛攻未果,寸步难进

10月11日上午8时,敌又以第62、第8、第57、第54师4个师的兵力，以有"荣誉"称号的第8师为主攻，两翼配合攻击，在炮兵和海空军掩护下，采取中央突破的方式，向我塔山堡阵地实施强攻，以整营、整团反复冲击，并投入强大的二梯队、预备队，企图一举突破我塔山阵地。我坚守塔山的34团在众多炮火支援下，坚决抗击敌人之进攻，死打硬拼，反复争夺。当敌人投入第二梯队、预备队时，我纵队炮兵团两个炮兵群和师团炮兵，集中火力拦阻，对密集冲击之敌猛炸，打乱其队形，将一次又一次集团冲击之敌，炸得稀烂。下午4时，我军34团、36团和预备队35团乘机反击，将敌之"荣誉第八师"打垮，其他师也被击退。这天，我又获全胜，使敌寸步未进，共毙伤俘敌1300余名。我伤亡500余人。

第三天：敌无大的进攻，我调整部署

10月12日，敌因连日进攻受挫，没有进行大的行动，只以小部队在炮火掩护下不断攻击，其纵深内部队调整频繁。我纵队首长分析，13日敌将进行更大更猛烈进攻。我12师两天苦战，部队伤亡较大。为了加强和巩固部队战斗力，急需健全组织，总结经验，鼓舞士气，以利再战。据此，我也重新调整部署，决定缩小12师的防御正面，把塔山堡以东由34团3营坚守的阵地，交给10师28团接替。即由28团坚守铁路桥要点及打渔山岛阵地，34团集中坚守塔山要点阵地。

第四天：杀败"赵子龙师"，击溃第8、第157师

10月13日，这是塔山阻击战最激烈的一天，我步炮密切协同，共同奋战，杀败了"赵子龙师"，击溃了第8、第157师，奠定了塔山阻击战的胜利基础。

敌独立95师是蒋军"主力中的皎皎者"，装备优良，从未吃过败仗，自诩为"赵子龙师"。这个师都是南方人，个个彪悍，战斗力很强，不怕枪炮，就怕白刃格斗。该师是蒋介石所倚重的部队之一，10月11日运抵葫芦岛，12日进行战斗准备，13日参加作战。

13日这天，敌投入新生力量——独立95师，加上原第8、第151、第157、第62师5个师的兵力，以第157师进攻我白台山36团阵地，侯镜如特令以赵子龙为师长的独立第95师主攻我塔山堡34团坚守的阵地，第62师为其预备；第8师主攻我铁路桥28团坚守的阵地，第151师为其预备队，并令第54军军长阙汉骞亲临前线指挥这4个师，向塔山堡、铁路桥两个要点猛扑，企图先由翼侧突破，尔后夹击塔山，再占高桥北上。蒋介石

还亲派华北督战主任罗奇（曾带过独立95师）督战。

早5时敌首先集中炮兵、空军、海军舰炮火力向我前沿、纵深阵地进行猛烈轰击。敌B－29重型轰炸机，水平投弹，平地一炸一个大坑，冒出水来。一颗重磅炸弹在二班长和三班的阵地前爆炸了，两名搬炮弹的战士负了重伤，差一点把二班长和三班的大炮连人炸飞了。塔山堡、铁路桥阵地一片火海，铁路两侧弹痕密布，摧毁我多处工事，敌随后发起集团猛攻。

敌"赵子龙师"向我34团坚守的塔山堡阵地进攻，首先以敢死队（用50万金元券收买一个兵）为先锋，继之整营、整团、以至整师集团冲击，第一批被打掉了，第二批接踵而来。战斗中，我34团虽联络中断，工事被毁，伤亡很大，有的连队损失100余人，处境极端困难，但他们在炮火支援下，始终沉着应战，抓住敌人怕刺刀见红的弱点，上好刺刀，如猛虎下山，冲上去便与敌展开白刃格斗，殊死搏杀，杀退敌人8次冲锋，守住阵地，寸土不让。

号称没有打过败仗、没有丢失一挺机枪的"赵子龙师"的主力团"钢铁团"第254团2营5、6两个连124人，在我军事压力和政治攻势下，举枪投降。

就这样，"赵子龙师"在塔山被我英雄部队的军威震慑，屈服了。在后面的预备队第62师被我炮火袭击伤亡一部，也未敢再攻。

向铁路桥进攻之敌第8师，企图由此撕开口子，从侧后攻击塔山。敌首先以众多炮兵、空军、舰炮对我28团阵地狂轰滥炸，我阵地基本上被摧毁轰平，接着敌团长、师长带领全团、全师连续发起猛烈的集团冲击。我28团在炮火支援下，全团轻重火器一齐开火，扫倒冲锋之敌一大片，立即发起猛烈的反冲锋，与敌死打硬拼，进行白刃格斗，刺刀见红。拼刺刀，敌人就不行了，经过一个小时的肉搏撕杀，敌兵纷纷倒下，血洒满地，剩下的敌人向后狼狈溃退了。在后面的第151师见状吓得向后猛跑。

我铁路桥阵地虽屹立未动，但28团伤亡甚重，有的营连失去了战斗力。

这天，我炮兵在支援34团、28团战斗中，打得快、准、狠，在敌人炮兵、空军、舰炮三重火力压制下，仍英勇顽强地支援步兵奋战。12师、10师山炮营抵近射击，打得准，打垮了敌敢死队和第一线冲击之敌。纵队炮兵团两个炮兵群以准确、猛烈火力打垮了敌第二梯队、预备队的集团冲击，压制了敌人炮兵，有力地支援步兵作战。

与此同时，向白台山进攻之敌第157师，在地空火力掩护下，对我36团阵地连续发起7次冲击，均被我打退。敌屡攻不下，恼羞成怒，于下午5时整团、整师向我发起猛烈地集团冲击，敌师长亲临第一线督战、团长亲自带领冲击，企图一鼓作气攻占我阵地。我步兵、炮兵早已组织好火力，集中山炮、迫击炮、轻重机枪指向第一梯队，集中野炮、榴炮指向第二梯队一齐开火，对密集冲击之敌猛打猛炸，敌伤亡惨重，攻击受挫，我36团和师预备队35团一个营乘机实施反冲击，将157师全部击退。

这一天，我共毙伤俘敌1300余名，仅在塔山堡、铁路桥敌丢下1000多名尸体和重伤兵。我也伤亡1048人。

我为了保持第一线有足够的兵力，打退明日敌人更大的进攻，遂将28团防守的铁路桥及以东阵地交由30团接替，28团撤到朱家洼为10师预备队，调整了部署，健全了组织，以利再战。

第五天：我总攻锦州，蒋介石流了眼泪

10月14日，是塔山阻击战的关键一天。蒋介石于13日夜间电令"东进兵团"增援锦州部队，必须在14日"拂晓攻下塔山，中午进占高桥，黄昏到达锦州，解锦州之危"。为此，侯镜如以独立第95、第8、第62、第151、第157师共5个师的兵力，在炮兵、空军、舰炮火力掩护下，于晨5时向我展开大规模进攻，突击重点是塔山。敌以第151师、第62师、第8师3个梯队接连向塔山堡攻击。我34团在强大炮火支援下，英勇抗击，反复争夺，激战数小时，终因伤亡过大，阵地失守。塔山失守汇报到野司，林彪对在前线指挥作战的胡奇才副司令说："我不要汇报，我要塔山"。34团在10师29团和炮火的支援下，拼了老命，连续反击，夺回了阵地，守住了塔山，堵住了援锦之敌。这天34团伤亡400余人。

就在这关键时候，蒋介石第二次御驾葫芦岛前线。上午10时许，纵队炮兵团听说蒋介石在军舰上指挥，东炮群以射程远的90野炮第一连，调转炮口，指向军舰，全连连续齐射5发，这15发炮弹虽未打中敌舰，但吓得两个庞然大物调头就跑，未敢再来。其实蒋介石并未在军舰上，而是在葫芦岛第54军军部。

14日上午，蒋介石是乘总统专机"美龄号"由沈阳飞往锦西到葫芦岛的。蒋此行是为了监督两个增援兵团进行东西对进，增援锦州，实现他在锦州与东北共军主力决战的决心。但直到当时，廖耀湘兵团的 12 个师离锦州还有 100 多公里，裹足不前；侯镜如兵团的 11 个师挟海空优势，被阻隔在塔山，不能前进一步。

蒋介石怒视着站在他面前的"东进兵团"众将，暴跳如雷，指着第 54 军军长阙汉骞的鼻子骂道："你没有按照我的计划拿下塔山，你应该枪毙！""你不是黄埔的学生，你们都不是黄埔的学生！是蝗虫！都是些蝗虫！"

我主力对锦州总攻开始了。就在此时，蒋的副官进来，"报告总统，电报"。

蒋介石戴上老花镜看着，在光线照射下，面有倦意，眼眶隆肿，并饱含泪水，捧着电文的双手在发抖。在辽西走廊与东北共军决战的这一黄粱美梦就要破灭，国军在塔山碰壁，锦州将要失陷，东北的惨败局面，看来已经无法挽回了。

蒋介石已是山穷水尽了。他用 11 个师的兵力，妄图一举攻下塔山，增援锦州，结果未能前进一步，这是他吞不下还要硬吞的苦果。他歇斯底里地喊了一句："我和他拼了！！"

东北野战军部队对锦州的总攻，于 14 日上午 11 时开始到 15 日零时结束，共用了 13 小时，全歼守敌范汉杰集团 10 万余人，胜利地解放了锦州。

第六天：粉碎敌军全线偷袭，塔山阻击战胜利结束

10 月 15 日，我军攻克了锦州，极大地鼓舞了坚守塔山的步兵、炮兵部队。但敌人仍企图作最后挣扎，侯镜如集中第 62、第 54、第 8、第 151、第 157、独立第 95 师 6 个师的兵力，于当日夺路北上。因敌连日强攻不下，改用偷袭，攻击前不搞炮火袭击，开始不鸣枪不放炮，拂晓在夜幕掩护下，利用地形运动到我阵地前沿，偷偷摸摸地破坏铁丝网、鹿砦然后突然发起突击。敌第 62、第 8、第 151 师直扑我 10 师 29 团铁路桥阵地，企图攻下铁路桥从侧后攻下塔山。我 29 团先有察觉，早有准备，不失时机地投入预备队，大胆地迂回到敌人侧后，突然开火，前后夹击，我一个团将敌 3 个师的偷袭全部击退。

敌第 157 师、第 54 师偷袭白台山阵地。拂晓前第 157 师两个连偷偷钻进我前沿阵地，我 36 团战士们大声高喊"二连、三连不要打枪，准备手

榴弹，要捉活的!"一些战士还高喊"跑了! 跑了!!"爬到前面的敌兵以
为后面的同伴真的跑了，爬起来回头拔腿就跑。趴在后面的敌人看到前面
的跑了，爬起来就跟着向后跑。两个连的敌人被我战士一声吼，吓得往后
急跑。已被吓破胆的敌人，被我轻重火器追逐猛打，纷纷倒下。偷袭白台
山阵地的敌第157师和第54师全部溃退下去。

这天，共毙伤俘敌1750余名。我伤亡470多人。

塔山阻击战，四纵队经过6天6夜与敌激战，塔山阵地稳如泰山，屹
立未动，寸土未失，胜利地完成了阻击援锦的强敌、保障了我主力攻克锦
州之任务。

6天6夜的塔山阻击战，我四纵队共伤亡3154人，其中负伤2413人、
阵亡741人。毙伤俘敌14800余名，敌在阵地上陈尸约6000余具，仅在塔
山敌即弃尸1000余具。连蒋介石也不得不发出哀鸣。

5. 四纵队立功受奖

塔山阻击战，敌军是陆、海、空联合作战，我军虽然有部分火炮，但
基本上还是"高粱米加步枪"，以弱胜强。步兵主要靠高度的政治觉悟，
英勇顽强，浴血奋战的大无畏的精神，与敌人拼刺刀，拼手榴弹，打肉搏
战取得胜利，众多单位和个人立功受奖。四纵队授予12师34团"塔山英
雄团"、授予12师36团"白台山英雄团"、授予10师28团"塔山守备英
雄团"称号和锦旗各一面。

纵队炮兵团发扬了英勇善战，"战争之神"的威力，抵近射击、近战
歼敌，严密组织、正确指挥，火力集中、准确猛烈，密切协同、主动支
援，发射野榴炮弹5789发、高射机关炮弹2402发，全团只伤26人、亡6
人，涌现出众多英雄模范单位和个人。纵队授予炮兵团"威震敌胆"锦旗
一面。纵队还授予炮兵团几个营连"英勇善战"、"巩固模范"及"塔山
英雄炮"称号。激战中二班长指挥的3班炮身打红了，他们就用盖炮的布
浇水冷却；退出的弹筒掉在漕板上须用手扒拉才能落地，一炮手（装填
手）曲中聚同志连续扒拉多天，两手被烫成血泡，照样坚持装填炮弹，扒
拉弹筒，荣立大功。

担任1连2排长的二班长，其3班用8匹马拉的九零野炮在撤出阵地
过一个很窄的桥时，4班（驭手班）一名驭手与班长闹别扭，他突然给马
几鞭子，马一惊向外一拽，把炮翻在河沟里，幸好河沟不深，全连和民工

帮助才拉上来，火炮虽未摔坏，但有两匹马摔伤，气得二班长当场抽了这个驭手两鞭子，骂他"混蛋"。这是二班长唯一的一次犯了打骂战士的错误。营长赵梗对他说："这个战士虽已交军法处，但你翻了炮，又打骂战士，看来还得压你一段时间。"所以他不但副连长没有当成，连纵队召开的庆功大会也未让他参加，只给他发了一枚大功奖章，直到进关后才当了1连副连长。

塔山阻击战的伟大胜利，也是人民战争的伟大胜利，是在人民群众参军参战和担负战勤的大力支援下，顶住敌人进攻，取得胜利的。战前，为了不伤害群众，动员乡亲离开塔山10里以外，有的人不愿离开家，部队就给在院里挖防炮洞；战斗打响前，当地人民群众拿起锹镐帮助构筑工事，他们还拿出自己的木料、门板、箱柜、麻袋等修工事；战斗中，他们拿枪参战，向阵地运送弹药、物资，抬担架，救伤员；战后，清理战场，掩埋我牺牲同志和敌人尸体，为塔山阻击战的胜利立了大功。

辽沈战役一开始，跟随四纵队西征的辽南担架队，他们像战士一样，一路风餐露宿，冒着枪林弹雨，转战辽西战场，担负着繁重的运送弹药物资和抢救转送伤员的任务。塔山阻击战一打响，配属12师的辽南担架队的庄河担架队，完成了运送物资弹药68次1500辆车次，救护转送伤员1000余人次的任务，四纵队授予庄河县担架队"支前模范"锦旗一面。解放军永远不会忘记人民群众的支援。

（四）长春60军起义

就在锦州被解放军攻克的当天，10月15日，蒋介石又急忙飞到沈阳，派飞机去长春空投手令给东北"剿总"副司令郑洞国，要他立即率众突围南撤。

近半个多月来，蒋介石来去匆匆，十分繁忙，自宁去平，自平去沈，自沈回平，自平飞沪，自沪返平，飞来飞去席不暇暖，食不知味，寝不安枕，他终于下决心主持东北的大撤退了。当今在解放军凌厉的攻势下，长春这座孤城，只有以撤为上策了。

长春位于东北腹地，是贯通京哈、长图及东北境内各铁路线的交通枢纽，战略地位十分重要。伪满州国就曾建都于这里，称之为"新京"。从日本帝国主义的"关东军"占领时期起，就在城内街道及郊区做了许多永久性、半永久性的工事。特别是城中心的主要大楼和主要街道间，都有钢筋水泥的地下坑道连接。1946 年 4 月 18 日，苏联红军撤退之后为我东北民主联军从原伪满冀东讨伐队姜鹏飞部手中所解放，后为国民党军夺去，长期重兵坚守。

1948 年初，敌东北"剿总"副司令郑洞国来到长春，组成第 1 兵团。8 月，敌第 60 军在我强大攻势下仓惶退出吉林，进入长春，与蒋介石的嫡系部队新 7 军分守长春东西各半部，加上杂牌部队共约 10 万人。蒋介石所以要坚守这座孤城，一是处于形势所迫，二是舍不得丢掉这个可以向我东西南北满进攻的战略"宝地"，想在我们腹地安上一个钉子，牵制我军主力，等待形势转变。而如今，蒋介石所以下决心撤离这一战略要地，主要是出于无奈。

然而，"突围"谈何容易！今日的长春已非昔日所比了。自 1948 年 5 月 24 日外围战斗结束后，东北人民解放军即对长春采取了战略上的围困方针，并成立了以肖劲光为司令员、肖华为政委的围城指挥部，10 万大军兵临城下，决定对长春进行军事上、政治上、经济上的围困，使国民党军成了"瓮中之鳖"。

困守孤城，历来为兵家所忌。郑洞国率 10 万敌军要在城内生存下去，吃饭活命是起码的条件。仅以空投粮食能维持多久？长春成了一个孤岛，死城，敌人内外交困，士气低落，军心浮动。在这种情况下，我军向敌人展开政治攻势，加紧做敌工工作。据不完全统计，从 6 月 25 日至 9 月底，我围城部队共接受敌投诚官兵 13700 余人，其中新 7 军 3700 余人，60 军 3800 余人，土杂部队 6200 余人。

国民党第 60 军，原属云南滇系，军长曾泽生是一位富有正义感的爱国军人，早年从军，曾参加过北伐战争和抗日战争，有过光荣斗争历史。对蒋介石打内战的政策，早就心怀不满。特别是目前，1948 年 9 月，长春城内一片混乱。军队依赖着微少的空投活命，士兵饥寒交迫，士气低落；老百姓连草根树皮都吃光了，老人饿死在路旁。长春变成了一座人间地狱。他认为不能再犹豫了，当时摆在 60 军面前的有三条路：一是死守长春，其结果是城破军亡；二是向沈阳突围，其结果是被解放军歼灭在长春到沈阳的路上；三是反蒋起义，参加革命，向人民赎罪，这是条活路。曾泽生选择了这条路，率部起义。

60 军起义，郑洞国的后院起火，长春守敌更是人心惶惶，朝不保夕，但他不肯起义。10月19日，李鸿军长率新7军军部及所属新38师、暂56师和暂61师向我投诚，长春遂告解放。

60军起义后，编为"中国人民解放军第50军"，曾泽生任军长，派去和补充解放军一些干部、骨干和翻身农民的新兵，立即对蒋军作战。

可是郑洞国仍率少数人据守中央银行，要求我再允许其"抵抗"一二日，并发个郑负伤被俘的消息。我同意其10月24日4时出降。届时，大楼里突然枪声大作，漫无目标地射击。4时整，枪声停止，郑洞国率部持白旗出降。事后，据郑说，枪响时还用报话机报蒋："曾叛李降，弹尽粮绝，退出中央银行大楼！"我军仍以礼相待郑洞国，第1兵团司令员肖劲光、政委肖华热情地接待了他。

长春解放，是我军事斗争和政治攻势的重大胜利，使国民党10万人的精锐集团，在山穷水尽的情况下，被迫就范，为我战争史上增添了不战而屈人之兵的战例。长春解放的第三天，我围城部队，就奉命日夜兼程南下，去参加沈阳外围战役。

（五）黑山阻击战

国民党东北"剿总"副司令、第9兵团司令廖耀湘率领"西进兵团"5个军12个师、10万之众，向锦州攻击前进，协同葫芦岛、锦西"东进兵团"增援锦州。10月18日，蒋介石再度飞到沈阳督战。守卫在黑山、大虎山的我军将士们的任务十分艰巨。他们将迎击的是有着大量飞机、坦克和上千门大炮配合作战的全美式机械化部队，压力是沉重的。

10月23日，国民党西进兵团前头部队，于黑山、大虎山以东和东北与解放军阻击部队前沿接战。10月24日，敌以5个师的兵力，在200余门重炮和200多架次飞机支援下，向我黑山、大虎山25公里弧形正面展开进攻，重点是黑山101高地，战斗非常激烈。

冬夜中，寒风携带着浓烈的硝烟气息，在阵地上不断地呼啸。我在炮火中翻滚了一整天的战士们，唯一作为御寒的绒毯烧焦了，薄不经寒的单衣烤糊了。各级指挥员和机关干部把他们的大衣脱下来，把他们的绒毯拿出来，都送给了英勇的战士们。

大路上，人流滚滚，车水马龙。白天，黑山村镇的老乡们，冒着炽烈的炮火，奔跑在山头阵地之间救护伤员，抬担架。黑夜，又迎着刺骨的寒风，拖着疲乏劳累的身子，争抢着扛铁轨、抬木料，利用战争间隙，加紧整修工事。黑山阵地的解放军指挥员说："要是说今天我们头上挨的是千磅炸弹，那么明天我们头上挨的就一定是万磅炸弹，但不管我们头上有多大压力，只要主力还未赶到，我们就一定坚决守住，决不让敌人在我们阵地上通过！"

10月25日，敌人孤独一掷，撤换了伤亡惨重的207师3个旅，仍以5个师并增加了重炮，向我军101高地发起潮水似的冲击。冲击不成，马上调动炮群，进行报复性轰击。第一梯队被打下去了，接着第二梯队又冲上来了。就这样，反复争夺20余次，相持到下午2时，阵地前沿敌尸堆成山，不论督战队如何高声喝斥，敌冲锋群也没有一个人敢前进一步。这时气急无奈的敌人，又搬出了蒋介石的"老法宝"——用金钱利诱，组织所谓"敢死队"。一支300多人的"敢死队"，随着一阵炮击，蜂拥而上，但他们刚冲到半山腰，即遭我炮火的严重杀伤。冲到我军阵地前，战士们一面投出密如冰雹的手榴弹，一面向敌人高喊："你们不是'敢死队'，你们是'送死队'！你们是国民党抓来的穷哥们，你们受国民党欺骗了！希望你们觉醒，不要再为他们卖命！"

解放军战士们的喊话，深深地刺痛了那些平日受尽欺压的国民党士兵们。敢死队溃乱了，任凭督战官怎么叫喊，队伍象决堤的洪水，倾泄而下。3天的阻击战，战士们打得英勇顽强，杀伤了大量敌人，仅10纵队（47军）一个纵队，即毙伤敌8015人，俘敌6299人。

10月26日凌晨，东野指挥部根据敌人进退失据的情况变化，立即命令10个纵队及若干独立师，按预定计划，对黑山以东，大虎山东北、绕阳河以西120平方公里地区内，已被我合围之敌西进兵团展开向心突击。一举攻占了胡家窝棚，歼灭了西进兵团指挥所，使整个西进兵团顿时陷入群龙无首的状态。战至28日拂晓，敌人西进兵团的一个兵团部、5个军部、12个师的10万多人，全部被歼灭在黑山、大虎山以东、台安以北、绕阳河以西、无梁殿以南地区。

西进兵团的司令廖耀湘，本来是一个手握雄兵10万的一员大将，如今归他掌握的只有4个人了。这就是新6军军长李涛、新22师副师长周璞、新6军军部一名高参及廖耀湘的一个随从副官。他们唯一的希望是趁黑夜逃回沈阳去。10月30日，廖耀湘被送到解放军北镇收容所，他在这里遇见了新6军中将军长李涛、71军中将军长向凤武、49军中将军长郑庭芨、新1军中将副军长文小山及副师长13人。除了新1军军长潘裕昆及新3军军长龙天武逃返沈阳之外，其余绝大部分都已作俘虏。

（六）攻占沈阳

廖耀湘兵团被歼灭后，解放军乘胜前进，把攻击矛头指向沈阳和营口，战士们不顾疲劳，发扬连续作战的作风，为解放全东北的最后一战而努力奋斗。

此时，驻守沈阳的敌军有第53军的130师、30师，新1军暂编53师和整编207师，3个骑兵旅残部，"剿总"直属部队以及东北守备纵队、沈阳守备纵队、保安团等地方部队，共约13万余人，统归第8兵团司令周福成指挥。由于锦州、辽西歼灭战的沉重打击，敌元气丧失，军心浮动，达官贵人争先逃命。解放军最担心的是敌人向营口逃跑。所以，10月27日，毛泽东主席致电林彪、罗荣桓、刘亚楼："当面敌人解决之后，应以不少于3个纵队的有力兵团，星夜兼程东渡辽河，歼灭海城、牛庄、营口之敌，堵塞敌人海上逃路。如果沈阳敌军已正式向营口逃跑，则我军应迅速向海城、营口方向进攻。"东北野战军司令部立即下令11纵队歼灭铁岭敌53军一个师之后，迅速向浑河铁桥及沈阳以南急进，意在截断沈敌南逃的退路。

与此同时，参加辽西围歼战的1、2、7、8、9等5个纵队，也陆续赶来。10月28日，分头东渡辽河，向沈阳和营口急进。10月31日，1纵队、2纵队进抵沈阳西郊，与已先到这里的12纵队、独立师等部队会合，迅速攻歼铁岭、抚顺、本溪、苏家屯等沈阳外围之敌，对沈阳形成合围态势，而且包围圈愈来愈小。我第7、第8两个纵队准备攻歼营口之敌。11月1日，东野总部下令对沈阳守敌发起总攻击，一举攻歼沈阳之敌。沈阳之战，和锦州攻坚战不同，打得比较轻松，仅一天多就解决了问题。共歼敌军一个"剿总"总司令部、一个兵团部、两个军部、7个师、3个骑兵旅，合计13万4千零50人，俘敌第8兵团司令周福成以下将级军官106名。缴获各种炮1683门、轻重机枪4811挺、各种枪7.1383万支、装甲车114辆、坦克43辆、汽车841辆。

（七）歼灭营口之敌

沈阳解放后，东野部队就应全力到营口作战，当时我"东总"因全神贯注于辽西围歼战，加之对毛主席指示重视不够，计划不周密，致使沈阳南下之敌52军，于10月24日占领营口，并布置后续部队南进。10月25

日，毛泽东主席致电批评林彪、罗荣桓和刘亚楼说："忽视对营口的控制，致使52军部队于24日占领营口，是一个不小的失着。"东总命令第9纵队火速赶到营口，断敌逃路。

11月1日，我军开始行动，经过一天激战，占领了营口外围阵地，11月2日拂晓，发起总攻，3路大军像离弦之箭，迅速突破敌层层防线，向市区猛攻，营口之敌被拦腰截断，迅速被歼。我军大炮和各种火器向已登船之敌猛烈射击，一艘满载3000余名敌人的运兵船被我炮火击中，引起剧烈的爆炸、燃烧，3000余名敌兵几乎全部炸死、淹死。至10时许，战斗全部结束，共歼敌1万4千9百余人。剩下的敌52军军部及25师残部共约万人登船从海上逃脱。营口又重新回到人民的怀抱。

据说，逃跑之敌是"东总"第八纵队延误战机，使敌52军一部得以跑掉，林彪撤了八纵队司令之职，而毛主席则批评林彪未能堵住营口，致敌跑掉。

至此，历时52天的辽沈战役胜利结束，共歼灭国民党军47万2千人，我军也付出了6万7千3百97人伤亡（其中牺牲1万4千零10人）的代价。11月9日和12日，锦西葫芦岛和承德之敌，分别由海上和陆路撤向关里，东北全境解放。

1948年11月2日，中国共产党中央委员会致电林彪、罗荣桓、高岗、陈云诸同志，东北人民解放军全体同志和东北全体同胞们，热烈祝贺东北全境解放。贺电全文是：

"热烈庆祝你们解放沈阳，全歼守敌，并从而完成解放东北全境的伟大胜利。东北是中国工业特别是重工业最大的中心，国民党反动政府在美帝国主义积极援助下，从1945年冬季以来就曾用极大力量来抢占东北，先后投入兵力及收编伪军胡匪共达110万人。我依靠东北前后方全体军民团结一致，英勇奋斗，并得到我关内各解放区的胜利配合，在3年的奋战中歼灭敌人100余万，终于解放了东北9省①的全部土地和3700万同胞，粉碎了中美反动派奴役东北人民并利用东北以挑拨国际战争的迷梦，奠定了在数年内解放全中国，然后将中国逐步建设成为工业国家的巩固基地。

① 1945年日本投降后，国民党曾将东北辽宁、吉林、黑龙江三省改划为：辽宁、辽北、安东、吉林、合江、松江、黑龙江、嫩江、兴安等9个省。

中国共产党中央委员会谨向全东北军民表示感谢与敬意，希望你们继续努力，与关内人民和各地人民解放军亲密合作，并肩前进，为完全打倒国民党反动派的统治，驱逐美帝国主义在中国的侵略势力，解放全中国而战。"

"东北解放战争中牺牲的英雄们永垂不朽！"

（八）蒋介石悲伤欲绝

辽沈战役的伟大胜利，从根本上动摇了国民党的反动统治，引起了全国战局的急转直下，害得蒋介石吐了两次血。东北丢了，50 万大军被歼灭了，这怎么不使他悲伤呢？

1948 年 10 月 31 日，是蒋介石的 60 岁生日，每逢这一天，蒋府都是热烈庆祝的，唱赞歌的人，祝寿的人络绎不绝，可以说是宾朋如潮，车水马龙，而今年的 10 月 31 日，正是沈阳解放的前夕，正是蒋介石大倒其霉的日子。他把所有的部下恨之入骨！他感到一切都完了，最黑暗的日子已经开始。作为敌人，他对中共连使用毒骂的勇气都消失了，他只想双手捏住卫立煌的脖子，扼死他，一泄心头之恨。他恨卫立煌不听他的话，他恨国民党将领无能！

而卫立煌自沈阳逃亡到葫芦岛，复由该岛转赴北平傅作义门下。一见傅即低声说道："宜生兄，好险啊！差一点没有到阎王爷那里去报到！"

辽沈战役的伟大胜利，彻底完成了中国共产党第七次全国代表大会提出的争取东北的任务，并且集中体现了中国革命武装斗争，已达到了绝对胜利的转折点。对此，中国共产党主席毛泽东于 1948 年 11 月 14 日撰写了《中国军事形势的重大变化》一文。文章说："中国的军事形势现已进入一个新的转折点，即战争双方力量对比已经发生了根本的变化。人民解放军不但在质量上早已占优势，而且在数量上现在也已经占优势。这是中国革命的成功和中国和平的实现已经迫近的标志。"

"这样，就使我们原来预计的战争进程，大为缩短。原来预计，从 1946 年 7 月起，大约需要 5 年左右时间，便可能从根本上打倒国民党反动政府。"毛泽东在文章中满怀信心地展望："现在看来，只需从现在起，再有一年左右的时间，就可能将国民党反动政府从根本上打倒了。"而两个月前的 9 月 7 日，即辽沈战役即将发起前 5 天，毛泽东在给林彪、罗荣桓、刘亚楼的电报中说："我们准备 5 年左右（从 1946 年 7 月起）根本上打倒国民党，这是具有可能性的。"一个两个月的辽沈战役，把 5 年打成了 3 年。

（九）目睹惨情

1948 年 11 月中旬第四野战军（已由东北野战军改称第四野战军、纵队改军）迅速秘密入关，会同华北野战军对平津之敌实行战略迂回、包围。

在辽沈战役接近尾声时，从塔山阵地撤下来的第四纵队，奉东北野战军总部命令，11 月 1 日作为东野的先遣队，带着塔山阻击战的硝烟，告别东北地区父老乡亲，告别洒满战友鲜血的白山黑水，踏上新的征程，率先向华北挺进，于 11 月 8 日从冷口、喜峰口、古北口越过长城进关，参加决定中国命运的另一个大战役——平津战役。

我四纵队炮兵团路经古北口向关内急进时，每天行军 100－120 华里，战士们累得喘不上气，脚上打泡累累，很想到宿营地好好休息一下。然而，在进关前每到一地，都看到原来是个很大的村庄，现在只有几户人家，到处是残墙断壁，一片凄凉的景象。

一天，1 连傍晚到达宿营地，2 排住在一户人家，只见房东几个人在没有炕席的土炕上围着一床破被坐着，只有一个人下地召呼我们。当 2 排长的二班长不解地问了一下情况。房东大叔就大哭起来，诉说他们的悲惨生活："是日本兵进攻扫荡时，把全村的房子烧光了，见人就杀，见女人就污辱，见东西就抢，我们家还算不错，好容易逃了出去。国民党兵来了，又要缴纳苛捐杂税，全家人穷得只有一条裤子，轮流穿着下地……"

二班长和全排同志都忍不住流下眼泪，全排、全连甚至所有路过的部队，拿出自己的军衣、衬衣、鞋袜送给群众，他们才能下地给解放军烧水喝。到进了关时，干部、战士的背包基本上都空了。这是二班长亲眼目睹了：日本鬼子侵略中国时，实行杀光、抢光、烧光"三光"政策和制造"无人区"所犯下的滔天罪行而留下的明证，他们对日本侵略者更加无比痛恨，对国民党的军队更加厌恶。

十、平津战役

（一）轮到傅作义了

解放战争战略大决战第一个战役——辽沈战役刚结束，第二个战役——淮海战役正在进行，毛主席在指挥淮海战役的同时，又在谋划运筹发起第三个战役——平津战役。

敌华北"剿总"总司令傅作义的兵力，蒋介石系统的有 24 个师、傅作义系统的有 20 个师，共约 60 万人，部署在东起北宁线的滦县，西至平绥线的柴沟堡，长约 1200 华里的狭长地带，以北平、天津、张家口、塘沽为重点摆成一字长蛇阵。

夜深了，大地在沉睡，一切都是静悄悄的；然而在西柏坡，毛泽东办公室的灯还在亮着。中共统帅部的领袖们，在聚精会神地讨论毛泽东起草的平津战役的计划。朱老总说："这回算轮到傅作义了！"

"对！这次要解决华北问题了。"毛泽东披着一件旧棉袄、吸着烟说："经过辽沈战役和淮海战役，华北之敌已成惊弓之鸟。如果不抓住时机，就地予以歼灭，敌人就有可能由华北逃跑。华北蒋傅军多达 60 万，不管跑到哪里，对我们迅速解放全国都是不利的。我们必须抓住这个时机，就地予以歼灭，才能加速敌人在全国的总崩溃。因此，马上发动平津战役就成为当前华北战场最紧迫的战略任务。"毛泽东把目光盯在了沙盘上的北平、天津处。盯了很久，又若有所思地说："这几天我一直在考虑，为了不让敌人跑掉，我们在战术上采取先打两头，后取中间的作法，只要塘沽、新保安两点攻克，就全局皆活了。"

毛泽东还说："这一战役是由东北、华北两路大军共同完成，为了加强这一战役的领导，便于协同作战，我建议由林彪、罗荣桓、聂荣臻 3 人组成总前委，由林彪担任书记。"周恩来、朱德等同志完全同意毛泽东的意见。

周恩来说："根据刘仁最近提供的北京地下党判断，傅作义集团在目前态势下，今后的动向不外下列三种：一是蒋傅军队全部坚守平津塘；二是蒋傅全部南撤；三是蒋 24 个师南逃，傅系 20 个师西逃，以上三种动向，以第一种对我们最有利……"

毛主席以其特有的睿智和非凡的胆略预言道："我东北全军同华北主力能于不久时间内，抓住并歼灭平、津、张、唐一线，蒋傅北线敌军步骑 44 个师不使逃脱，必将使全国革命进程大为缩短！"毛主席遂即于 1948 年 11 月 6 日电示林彪、罗荣桓、刘亚楼，令其率东北野战军入关，截断傅作义西逃之路，包围津、塘、唐山，不使华北之敌从海上逃跑，就地歼灭，并于 1948 年 12 月 15 日开始，领导东北野战军和华北野战军共 150 万大军，发起平津战役。

（二）指挥炮击机场

打张家口歼敌一个骑兵旅，缴获战马千匹。营里让时任1连副连长的二班长带人去挑马，因多数是蒙古马个小，只挑了10几匹好马。有一匹烈性马，年轻好盛的二班长骑了上去，马顺路即飞跑起来。途中对面驶来一辆汽车，马向右一闪，二班长撞在电线杆上摔了下来，昏厥过去，不省人事。同志们急忙抬回连队抢救，是脑震荡，昏迷半天才苏醒过来，虽未去见阎王，却头晕多日，行军不能骑马，只好躺在马车上。刚到北京西郊青龙桥宿营，就接受炮击机场的任务。

1949年1月中旬，为了阻止傅作义集团逃离北平，制止位于北平城内的蒋介石嫡系第13军校以上军官带必要武器乘飞机南逃，第四野战军第41军炮兵团1营1连曾奉命执行过炮击傅作义东单临时机场、控制其飞机起飞降落的任务。当时的战场形势和1连执行任务的实际情况是：

1. 包围敌军就地歼灭

辽沈战役结束后，东北全境解放，华北国民党军傅作义集团的60万之众，正面临着第四、华北两大野战军的联合打击，其究竟是南撤青岛、江南，还是西窜绥远，举棋不定。我党中央和毛主席决定采取一切办法，不让平津之敌逃跑，务必就地歼灭，遂于1948年12月5日开始，领导第四野战军和华北野战军共150万大军，发起平津战役。

为了实现我军这一战略意图，1948年11月中旬，第四野战军迅速秘密入关，会同华北野战军对平津之敌实行战略大迂回。第四野战军部队首先占领塘沽，截断了平津之敌南逃的道路，接着迅速包围了天津，并占领了南口、海淀、西苑机场、门头沟、石景山、丰台、南苑机场、通县、黄村等地，完成了对北平的包围，割断了北平、天津之间的联系。

北平守敌华北"剿总"总司令傅作义眼看着陆空通路均被解放军全部切断。为垂死挣扎，企图逃跑，于是就以东单为中心，利用较宽阔的崇文门大街、东单大街、东长安街和美国兵营东侧广场及附近的空地，拆民房，平沟渠，加宽加固跑道，修成临时机场。

这个机场刚修好，蒋介石就以此先后派其军令部长徐永昌，第二厅厅长、军统头子郑介民，他的儿子蒋纬国和美国太平洋舰队司令白吉尔米飞来北平，采取软硬兼施，拉拢威胁，封官许愿的手段，逼傅率部南撤。

为了堵死傅作义的最后逃路，中央军委和东北野战军决定以炮火控制东单临时机场。当时 41 军位于海淀玉泉山地区，预定从西直门方向攻击北平；42 军位于丰台长辛店地区，预定从广安门方向攻击突破。按说 42 军从广安门方向炮击东单临时机场最方便，只因当时该军没有能打到东单的远射程火炮，而位于青龙桥 41 军炮兵团 1 营的第 1、第 2 连各有 8 匹马拉的射程 14000 米的日式九零野炮 3 门。于是 41 军炮兵团 1 营 1 连奉命到丰台广安门地区归 42 军指挥，执行这一重要任务。当时二班长任 1 连副连长，没有连长。

2. 受领任务精心组织

1949 年 1 月 14 日中午，风雪交加，指导员胡景举和二班长到营部开会。营长赵梗传达上级指示后说："你们一连今天下午出发，到丰台镇以东我军已占领的马家堡宿营，明天上午你们两人到长辛店 42 军司令部去受领任务，炮击傅作义东单临时机场，如何打法，按 42 军首长的指示执行。为快速到达，团里给你们连配属 3 台汽车。"教导员于湘云强调说："此次任务重大，一定要服从命令，听从指挥，与兄弟部队搞好团结关系，注意安全，胜利完成任务。"

指导员和二班长回到连队，立即召集班、排长研究，确定由司务长带领炊事班、马车马上出发前去设营；因为此炮是木铁轮，不能长距离汽车牵引，即将火炮推上汽车载运，由指导员和二班长带领指挥排、3 个炮排乘汽车前进；文化干事于厚诚带领 3 个驭手班、全连马匹，拉上挂炮、装炮弹的前车跟进，如汽车故障，仍以马挽曳。连队午夜到达马家堡。

第二天 1 月 15 日，大雪基本停了，仍寒风瑟瑟，上午连队擦洗火炮、弹药、器材，检修车辆，进行战斗准备，做群众工作。指导员和二班长一早乘马赶到长辛店 42 军司令部受领任务。42 军作战处参谋席文献热情接待，罗文参谋长指着地图讲了情况，下达了任务，命令 1 连从广安门方向炮击傅作义东单临时机场，制止其飞机起飞降落，不使其逃离北平，并确定由军侦察分队派进北平城内的侦察员观察弹着点，每天回来向你们报告，希望 1 连一定要打好，圆满完成这个光荣任务。

上午 10 点，指导员和二班长受领任务回到连队，立即召开支委员、支部大会和军人大会，传达任务，进行战斗动员。连队虽因连续行军作战，极度疲劳，但由于不断消灭敌人，取得胜利，立功受奖，又进行深入动员，全体指战员充分认识到，此次战斗任务既是军事仗，又是政治仗，既重要又艰巨，士气十分高涨，纷纷表示决心，一定要打好，为人民再立新功。共产党员、塔山阻击战大功臣、"塔山英雄炮"副班长（瞄准手）、现任一班班长刘克怀带领全班同志在军人大会上向党宣誓：决心打准炮，为解放北平作贡献，为我团塔山阻击战荣获的"威震敌胆"锦旗再添光彩。

3. 土法射击解决难点

当天下午二班长和指导员带领指挥排、战炮排排长、班长、瞄准手和汽车司机，在马家堡西距广安门约2公里处现场勘察地形，选择发射阵地，研究射击方法。当时遇到了只能看到城墙，看不到东单临时机场射击目标的难题。

一连虽是支老部队，炮兵技术较好、作战经验较多、打过不少胜仗、消灭众多敌人，但过去多以近战、直瞄射击，即使远战、间接射击，炮阵地看不到目标，而观察所是能看到目标、指挥射击的。现在则是炮阵地和观察所均看不到目标，加之当时又没有精确的军用地图，无法利用地图进行射击。在这种情况下，既要打中目标，又不能毁坏文物古迹，误伤群众，确是一个难题。我们当即在现地召开了"诸葛亮会"，进行认真研究，确定用土办法射击：

① 请教人民群众。于干事通过村长请来几位熟悉东单机场附近情况的群众，请他们给指点东单的方向和距离。其中一位小学老师马先生，他姥姥家住在台基厂，还知道修机场的一些情况，介绍得比较准确。他们说：从炮阵地（炮对镜、方向盘位置）向东北看过去，通过城墙上那个垛口的方向，就是东单的方向；从这里到东单直线距离有20多华里。并说东单南侧是天坛公园，西北面是中南海。

② 赋予火炮射击方向。在各炮阵地上架上方向盘，对准城墙上那个垛口，在方向盘前方瞄准线上插上两根标杆，方向盘对准的方向，即为火炮的射向，选定标定点，并根据当时的西北风，向左修正500米的方向修正量。

③ 确定炮目距离。20多华里即10000多米，加上气温低的气象修正量约500米按11000米，即为炮目距离。

4. 准确炮击断敌逃路

1月15日下午3时许，一连用汽车牵引火炮进入阵地，进行阵地设备，为使炮弹不落在天坛公园内，只装定10500米距离表尺，精确瞄准方向标定点，做好射击准备后，二班长一声"全连两发齐射，放！"的口令，6发射弹飞向东单方向。为了免遭敌炮还击，立即撤出阵地。就在刚撤出时，敌炮即刻还击，幸好动作快，未受损失。晚上42军侦察员回来报告：炮弹打在天坛公园西南角，距目标约近一公里多、偏左有500米。当天晚上全连干部战士还构筑火炮、弹药和人员掩体工事。因天寒地冻，很难挖动，直到第二天上午才基本完成。

1月16日炮击第二天，一连中午进入阵地，按第一天弹着点的偏差量，全连增加1200米距离，向右修正500米的方向，全连两发齐射。刚开始射击，敌人的炮弹即打过来了，干部战士奋不顾身，仍沉着射击。共产党员、塔山阻击战大功功臣、三班炮手曲中聚同志不顾负伤流血，继续装填炮弹；共产党员、五班班长迟继增同志在瞄准手负伤时，立即充当瞄准手，继续瞄准射击。傍晚侦察员来报告：炮弹落在崇文门大街西端和美国兵营附近。

就在这天晚上上级传来捷报：14日上午10时，四野几个军向天津守敌发起总攻，经过29个小时的激战，全歼守敌13万余人，打死打伤11000多敌人，生俘敌将级军官26名，其中包括警备司令陈长捷、副司令秋宗鼎，86军军长刘云瀚，62军军长林伟俦等，缴获各种火炮1100余门……天津解放了！一连几个干部立即分头到各班排传达这一胜利消息，极大地鼓舞了全连的斗志。大家纷纷表示，要向老大哥部队学习，一定准确炮击，决不让一架敌机从东单机场飞走。

1月17日炮击第三天，一连早晨6点进入阵地，适当修正方向和距离，全连3发齐射。侦察员报告：射击准确，机场、跑道均有落弹。

不知何故，这天敌炮像接到禁止还击命令似的，在我射击时，敌炮一发也未射击。以后听说是傅作义下令不准还击的。从此，一连再未撤出阵地，直到炮击完毕。

这天早晨，一连接到42军司令部指示："以后除了每天例行炮击一至两次外，凡是发现北平上空有飞机，就立即向东单临时机场打炮，制止敌机降落。"

原来是蒋介石逼傅作义南撤未果，天津蒋的嫡系精锐部队全部被歼，现在只剩下在北平城内其嫡系第13军，害怕该军命运如同天津，无计可施，即于16日晚又给傅作仪发电报，大意是："相处多年，彼此深知，你现在厄于形势，自有主张，无可奈何。我今只要求一件事，于17日派飞机到北平运走第13军少校以上军官和必要武器，约要一周，望念多年之契好，予以协助。"

果然不出我军上级所料，17日上午10时左右，敌从青岛起飞的两架运输机飞到北平上空，一连立即向东单临时机场炮击，全连3发齐射，接着又3发齐射，猛烈的炮火使敌机未敢着陆即飞走了，以后再未敢飞来。

如此炮击，又连续进行了5天，一连共发射炮弹89发，终于隔断了蒋傅空中来往，粉碎了傅作仪企图逃离北平和蒋介石想用飞机运走其军官及必要武器的梦想。1连由于射击准确，没有毁坏文物古迹，也未波及群众，至21日圆满完成了任务，为北平和平解放，起到了一些作用，受到上级的表彰。

（三）"天津方式"

人民解放军在歼灭了傅系主力、断绝了其西逃之路后，就按照毛泽东主席"先打两头，后取中间"的方针，向天津守敌开刀了，震撼了傅作义。

天津是华北最大的工商业城市，它与上海、广州、武汉合称中国4大商埠。天津是"天子经过的渡口"的意思，简称津。天津国民党最高指挥官陈长捷，是傅作义的心腹，守敌有13万之众，称之"固若金汤"。

我天津前线解放军总部按照毛主席的决定，调集第四野战军20多万人马攻打天津，由刘亚楼任总指挥，以迅速攻克天津作为警告，来迫使傅作义接受和平解决北平问题。在我军总攻开始前四野总部还给驻守天津的守敌写了封信，由我军通信员亲赴天津送去。信中写到：

陈长捷、林伟俦、刘云瀚将军：

我们即将开始天津战役了，郑洞国是榜样，将军如仿效将为人民立大功，如抵抗只能使自己遭受杀身之祸。希望你们在我们总攻之前，派代表来谈判，在任何地点都可找到司令部，然后护送你们与我们商谈。

林　彪

罗荣桓

1 月 12 日

然而，傅作义没有投降之意，反而通知陈长捷："只要坚定地守住，就有办法！"陈长捷得到了上峰的指示，也在对部属发疯似地叫嚷："我们要仿效斯大林格勒战术，逐屋抵抗，坚守三四个月！与天津共存亡，必要时把天津全部烧毁！"

1949 年 1 月 14 日上午 10 时，总攻开始了！天津的大地开始颤抖了，炮弹在吼，连绵不断的炮弹在吼。从天津和平门两侧至天津北站，大约 9 华里的地段上，炮弹如雨般飞向敌人的防御工事，顷刻之间 9 华里地面泥土飞扬，黑烟冲天，敌军碉堡被炸得四下崩塌，什么铁丝网、木桩、砂袋、冻土块，全被炸得飞上了天；敌阵地许多地雷也被引爆了，炸得到处是坑，铁丝网切成一段段地东歪西扭。守军的炮火被完全压制住，根本无法还击。当两架敌机向阵地飞来时，只听一阵高射炮的射击声，敌机就拖着两股浓烟坠落下去。

经过一个多小时的炮轰，西城和平门守军的围墙工事和堡垒火力点，已大部被摧毁，并在西城炸开了一条数丈宽的大缺口。战士们随即向着纵深奋勇进击。天津蒋军本来以护城河为护身符，而解放军日夜操心的也是如何渡过护城河，岂知经过双方的放水斗争后，护城河竟出现了奇迹：原来以为不结冰的，此时竟结了冰，这大出双方的意外。原来，在解放军发起总攻之前，蒋军放一次水，我军堵一次水，结果，流进一次水便结一层冰，就这样，护城河河面上的冰就愈结愈厚，到我军发起总攻时，河水的冰层已厚得可以过人。因此，我军准备的渡河工具，完全用不着。而蒋军所恃的安全带，一下子变得不安全了。

由于护城河可以过人，大大便利于我军的冲杀。到 15 日上午 8 时，右翼主攻部队，向敌警备司令部的大楼发起进攻，战士们冲进院内，同敌人进行逐屋争夺战，并很快攻占了警备司令部的大楼。敌首陈长捷的指挥中心不在楼上，而在地下室。当时陈长捷正用无线电话向傅作义报告战况。

这是天津被围后，陈长捷和傅作义本人第一次直接通话。这次通话，是因傅在广播上听到解放军已经突入天津的消息后，主动打来的。当陈长捷正讲共军已攻入警备司令部大院时，3 名解放军战士已冲进地下室，他们大声吼道："别动！举起手来！"陈长捷见大势已去，逐放下电话，有气无力地从椅子上站起来说道："我们缴枪！我们缴枪！"然后向全体守城蒋军下达了"缴枪投降"的命令。

在天津警备司令部的附近，就是广播电台，在我军攻打警备司令部时，这个电台还在不断广播，企图"安定人心，造谣惑众"。没料到解放军已经来到，当他们突然听到有人说："小姐、先生们可以休息了！"才知道天下已经变了。几个小时后，在这个电台上换了另一种声音，它向全国宣布："天津解放了！"

天津战役，从 1 月 14 日上午 10 时总攻开始至 15 日 15 时结束，前后只用了 29 个小时，共歼灭守军一个警备司令部、两个军部、10 个整师和一些特种部队，总共歼敌 13 万多人，打死打伤 11000 多人，生俘敌将级军官 26 名，其中包括警备司令陈长捷、副司令秋宗昆，62 军军长林伟俦，86 军军长刘云翰等；缴获各种炮 1100 多门、轻重机枪 3500 多挺、步枪 54000 多支、汽车 800 多辆。天津战役迅速胜利，及时教训了傅作义，也狠狠地教训了其他国民党残余力量。坚持反抗，只有死路一条，"天津方式"再次显示了解放军的强大力量。困守在北平的傅作义，何去何从，需从速决断，机不可失，时不再来。

（四）北平和平解放

当解放军攻克天津之时，北平孤城已足足被围一个月，不但郊区为我军所掌握，连水电都为我军所控制，实已守不能，何能再战？眼下摆在傅作义面前的，只有选择和平谈判这一条路了。

傅作义曾经是位抗日爱国将领，但 1947 年任华北"剿总"总司令，忠实地执行了蒋介石反共反人民的政策。在解放战争开始的那一天，他曾通电全国，郑重声明："如共产党能胜利，我傅某甘愿执鞭！"他既不满蒋介石的独裁卖国、排除异己，与蒋有较深的矛盾，但驻华北的蒋家 60 万军队又由他统帅。

平津战役开始时，中央军委便作出了用和平方式解放北平的决策，并且从各个渠道对傅作义进行了耐心细致地说服工作，可是，傅作义仗着他手中尚有数十万人的部队，又有东西两条退路，迟迟不愿接受和平改编方案。但傅作义出于对利弊关系的权衡和政治上的需要，始终与解放军保持着一定的联系，对于中共北平地下党组织和民主人士的劝说工作，傅作义也从不拒绝。当看到部属迅速被歼，东西退路断绝，傅作义才终于接受了和平解放北平的方案。1949 年 1 月 31 日这一天，21 万的国民党军队开出北平城。人民解放军进驻城内。古都北平宣告和平解放。

平津战役，从 1948 年 12 月 5 日开始至 1949 年 1 月 31 日结束，历时 64 天，共歼灭和改编国民党军 52 万余人。除太原、归绥、新乡等几个孤立的城市外，华北全境解放。

（五）"我有罪！""你有功！"

2 月 20 日，毛主席邀请傅作义到西柏坡。22 日傅作义同"上海和平使团"同机到达石家庄。傅作义一下飞机就受到由西柏坡赶来的中共中央办公厅主任、统战部长李维汉的接待。在石家庄稍事休息，就换乘吉普车前往西柏坡，到中共中央招待所。

傅作义一下车就受到周恩来的热情欢迎。周恩来说："傅将军以人民利益为重，和平解决北平问题，避免战争给北平人民带来的损失。欢迎你同我们合作。你既是有党派，也是有功将领，是有代表性的，将要开的新政治协商会议，请你参加！"

当天下午，周恩来将傅作义来到西柏坡的消息告诉了毛泽东。毛泽东听后很高兴，说：好，我们就去看看他。

毛泽东来到招待所门前，傅作义在周恩来陪同下，早在门口等候了。当毛泽东的汽车停下来，毛泽东下了车，傅作义就迈开大步迎上前去，立正姿势，恭恭敬敬向毛泽东行了举手礼，接着伸出双手同毛泽东紧紧握手。

"我有罪！"这是傅作义见到毛泽东说的第一句话。

毛泽东说："你有功！谢谢你为人民做了一件大好事，人民永远不会忘记你！傅将军，过去我们在战场上见面，清清楚楚。今天我们是姑舅亲戚，难舍难分。蒋介石一辈要码头，最后还是你把他甩掉了。"

接着毛泽东、傅作义一起走进招待所会客室。大家落座后，毛泽东说："北平是要解放的，和平解放最好，如果付诸武力，这座城市连同文物都要毁于一旦，那你就成了千古罪人。你保护了几千年的古都文物。如果说你过去有过的话，那么现在功过权衡，还是功大于过，你是有功的。对你的部属来说，你也为他们做了一件大好事，保护了他们的生命和家庭团聚，要不然又要有多少人家破人亡啊！"

毛泽东接着说："我俘虏你的人都给你放回去，你可以接见他们。我们准备把他们送到绥远去。"

傅作义不解地问：这为什么？你叫我又怎么处理呢？

毛泽东说："国民党一贯宣传共产党杀人、放火、共产、共妻，他们到绥远可以现身说法，以他们亲眼所见、亲身体验帮助绥远人学习学习，这些人以后我们还要用哩。"

……

毛泽东的宽容、理解深深感动了傅作义，使傅作义精神焕发、心情舒畅。

李克农风趣地说："傅作义到西柏坡与毛主席一席谈话就判若两人了。"

与傅作义同机到西柏坡的邓宝珊说："毛主席一席谈话，让傅作义来了个一百八十度的大转弯。"

（六）不当李自成

为了圆满完成北平警备任务，41军各级都召开各种会议，要求干部战士要了解和认识到北平是祖国的古都，有着光荣的革命传统，有众多的历史文物，还有不少外国领事馆，外国侨民3000多人。特别是社会情况复杂，反动统治疯狂，国民党军队、警察、宪兵、特务、地痞流氓、封建把头、帝国主义、封建主义、官僚资本主义的污染甚重，遗毒很深。我军经过长期的战争生活，第一次进到北平这样国际国内具有重大影响的城市，是对我军的一场新的考验。当时，资产阶级的预言家们，曾引证李闯王进北京的故事，振振有词地说："共产党的军队也会像李自成的军队一样，经不起花花世界的吸引，他们进得了北京，出不了北京！"

为了用事实来回答敌人的无耻滥言，顺利完成党交给我们的警备任务，41军干部战士严格遵守"三大纪律八项注意"，发扬拥政爱民的优良传统，对北平的工商业、市政文化建设、名胜古迹、仓库物资及一切公共建筑等，只许看管，不许动用；只许保护，不许破坏；做到了空手进，空手出来……

"不当李自成"。41军干部战士把毛主席"不当李自成"作为警世鉴言，牢记心中，绝不像李自成及其以下的牛金星、刘宗敏之流进了北京那样：李自成进了皇宫，当了皇帝；丞相牛金星所忙的是筹备登基大典，招揽门生，开科选举；将军刘宗敏所忙的是紧压降官，搜刮赃款，严刑杀人，贪图美色。纷纷然，昏昏然……

平津战役结束后，41军在完成北平警备任务的同时，为了执行毛主席、朱总司令的命令，将革命进行到底，消灭一切敢于抵抗的国民党反动军队，进行两个月以政治教育为主的整训。主要学毛主席关于《将革命进行到底》、《关于时局的声明》等重要文献，干部战士进一步认清了敌人的反动本质，明确了革命与反革命势不两立的立场，提高了对反革命势力必须全部打倒和革命势力必须彻底胜利的觉悟，响应毛主席"将革命进行到底"的伟大号召，坚决、彻底、干净、全部地消灭一切反动势力，在全国范围内，建立无产阶级领导的以工农联盟为基础的人民民主专政的共和国。

三大战役，从1948年9月12日开始，至1949年1月31日结束，历时4个月19天，共歼灭国民党军队154万人，无论在战争的规模或取得的战果，在中国战争史上乃在世界战争史上都是空前的，它使国民党赖以维持其反动统治的主要军事力量基本上被摧毁。中国人民解放军已经具有充足的力量，在不长的时间内，就可以全部地消灭国民党反动政府的残余军事力量。中国新民主主义革命胜利在望。

战略大决战之际，中国共产党兵多将广，解放军所向无敌，所战之处，势如破竹，国民党军消灭的消灭，投降的投降，有的则闻风而逃，人民群众得到解放，当家做了主人。

这是因为，有伟大领袖毛泽东掌舵，党中央有以毛泽东为主席的五大常委毛泽东、朱德、刘少奇、周恩来、任弼时的正确领导；中央军委主席毛泽东、副主席朱德、刘少奇、周恩来、彭德怀，总参谋长彭德怀（1947年8月30日，因彭德怀担任西北野战军司令员兼政治委员，中央决定由周恩来代理总参谋长）、副总参谋长叶剑英（1949年后由聂荣臻担任副总长、代总长），政治部主任刘少奇、副主任傅钟，军委秘书长杨尚昆的英明指挥；西北野战军、第一野战军有彭德怀、贺龙，中原野战军、第二野战军有刘伯承、邓小平，华东野战军、第三野战军有陈毅、粟裕，东北野战军、第四野战军有林彪、罗荣桓，华北野战军有聂荣臻、徐向前。1989年11月，经中央军委确定，33人冠以"中国人民解放军军事家"或"中国当代军事家"的称号，1994年8月又确定增补3人，共计36人。他们是：毛泽东、周恩来、朱德、邓小平、彭德怀、林彪、刘伯承、贺龙、陈毅、罗荣桓、徐向前、聂荣臻、叶剑英、叶挺、杨尚昆、李先念、粟裕、徐海东、黄克诚、陈赓、谭政、肖劲光、张云逸、罗瑞卿、王树声、许光达、许继慎、蔡申熙、段德昌、曾中生、左权、彭雪枫、罗炳辉、黄公略、方志敏、刘志丹。其中有5位前国家领导人，10位元帅，10位大将，有11人在新中国成立前献身。正是这些德高望重的开国元勋，具体指挥着能征善战的300余万人的革命军队同国民党数百万（当时只有290万左右）反革命军队作战、大决战的结果。所以，毛主席根据敌我力量变化的这一新形势，充满信心地估计，再有一年左右时间就可以从根本上打倒国民党反动统治。

（七）参加入城式

1949年1月31日，是解放军进北平城接防的一天，也是平津战役结束的一天，这一天标志着北平200万人民彻底解放。

毛主席这天晚上在西柏坡说："傅作义办了一件大好事，北平和平解放，不仅减少双方的损失，更重要的是，保护了历史文物古迹免遭战争破坏，对我们子孙后代大有好处。全世界的友人都会拥护我们这样做的!"

2月3日，平津前线司令部，举行了具有伟大历史意义的解放北平入城式。我军步兵、骑兵、摩托、坦克、炮兵等兵种组成的方队，从郊区分路入城。入城式开始4发照明弹腾空而起，顿时，鞭炮齐鸣，锣鼓喧天，军乐队奏起雄壮有力的战斗进行曲，3辆装甲车为前导，4辆载着毛主席和朱总司令的肖像的卡车走在各兵种方队的前面。

41军部队，高举"塔山英雄团"、"白太山英雄团"、"塔山守备英雄团"的战旗威武雄壮地走在步兵方队行列之中。炮兵团一连和兄弟连队，由8匹、6匹马拉九零野炮、榴弹炮、三八野炮，举着"威震敌胆"锦旗，浩浩荡荡地行进在炮兵方队行列之中，参加隆重的入城式。部队所经过之处，人山人海，歌声、口号声，声声冲上九霄云外，举城上下一片欢腾。

北京当时街道狭窄，冬天水雪结冰，道路很滑。一连指导员和副连长乘马带领连队，通过夹道欢迎的群众和摄影记者时，当副连长的二班长的马突然要滑倒在地，他急将缰绳使劲往上一提，乘马呼地立起没有倒地，差一点出了洋相。下午4时，入城式结束后，炮兵团进驻丰台备战。

（八）接受检阅

1949年3月25日，是二班长终身难忘的一天。这天上午，毛主席和其他中央首长从西柏坡来到北平，当天下午就在西苑机场检阅我们驻北平担任警备任务的41军英雄部队。

3月25日，阳光普照大地，蔚蓝的天空没有一丝云彩。上午，受检阅的部队，沿着飞机跑道，排列整齐的步兵、炮兵、坦克兵、骑兵的列队。二班长所在的炮兵团也排列其中。每个列队都是整齐划一，全体受检阅的指战员个个都是精神抖擞、英姿飒爽；红旗迎风招展。"塔山英雄团"、"白太山英雄团"、"塔山守备英雄团"、"威震敌胆"的锦旗，迎着阳光显得十分耀眼。

下午3时，西苑机场上空升起4发信号弹，宣布阅兵开始，一辆跟着一辆的敞篷汽车缓缓驶来。站在第一辆吉普车上的是伟大领袖毛泽东。毛主席魁伟高大，神采奕奕，穿着绿色军大衣，戴着军帽，笔直地站在车上，频频向部队挥手示意。受检阅的干部战士万分激动，感受到生活在幸福之中，个个热泪盈眶地向毛主席行注目礼。当来到"塔山英雄团"战旗前面时，毛主席让司机把车稍停。这时，刘亚楼参谋长向毛主席简单介绍了这面战旗的来历和"塔山英雄团"的主要事迹。毛主席举起手来向这面血染的战旗行举手礼，表示对塔山阻击战中牺牲的烈士们的敬意。

站在第二、第三、第四、第五辆汽车上的是敬爱的朱德总司令、刘少奇同志、周恩来副主席、任弼时同志，他们面带笑容，向战士们招手、敬礼、致意。

中央首长的车队后面跟进的是林彪、罗荣桓、叶剑英、聂荣臻以及各党派领导人的车队。傅作义将军应毛主席的邀请也参加了这次检阅。

每台检阅车来到列队前时，站在列队前的指挥员便高声下达"立正"的口令，领队指挥员向检阅首长行举手礼，列队中的干部战士行注目礼。检阅气氛庄严肃穆。检阅车队驶过后，队伍响起雷鸣般的欢呼声："毛主席万岁！"、"朱总司令万岁！""中国共产党万岁！""中国人民解放军万岁！"二班长在队列中心情激荡，深深感到作为一个革命战士的光荣与责任。

（九）见到总司令

4月11日，在北平城内中山公园音乐堂召开第四野战军连以上党员干部大会，二班长在这富有重大意义的大会上，十分荣幸地见到了朱总司令，亲耳聆听了朱总司令关于全国形势和进军江南重大意义的报告，受到了深刻的教育。

十一、大军南下

（一）将革命进行到底

1948年12月30日，新华社发表毛主席撰写的新年献词《将革命进行到底》。当时人民解放战争的全国胜利已成定局，蒋介石的反革命内战政策已经走到穷途末路的情况下，国民党反动集团在美帝国主义的指使下，进行了以保存其残余力量，取得喘息时间，准备卷土重来为目的的"和平"阴谋，文章及时揭露了美蒋反动派的新的和平阴谋，号召党和人民粉碎敌人的政治阴谋，把伟大的革命进行到底。

1949年1月14日，毛泽东主席发表关于时局的声明，提出同国民党进行和平谈判的八项条件：（一）惩办战争罪犯；（二）废除伪宪法；（三）废除伪法统；（四）依据民主原则改编一切反动军队；（五）没收官僚资本；（六）改革土地制度；（七）废除卖国条约；（八）召开没有反动分子参加得政治协商会议，成立民主联合政府，接收南京国民党反动政府及其所属的一切权力。

1949年3月5日至13日，中国共产党第七届中央委员会第二次全体会议在西柏坡举行。毛泽东主席在会上作了重要报告。说明了在全国胜利的局面下党的工作重心必须由乡村转到城市；及时地警告资产阶级的"糖衣炮弹"将成为对于无产阶级的主要危险；规定了革命胜利以后党在政治、经济、外交方面应当采取的基本政策，以及使中国由农业国转变为工业国、由新民主主义社会转变为社会主义社会的总任务和主要途径。

1949年4月21日，在国民党反动派拒绝签订国内和平协定以后，毛泽东主席和朱德总司令向解放军发布"向全国进军的命令"，命令全军奋勇前进，坚决、彻底、干净、全部地歼灭中国境内一切敢于抵抗的国民党反动派，解放全中国，逮捕一切怙恶不悛的战争罪犯。

中国人民解放军遵照毛主席、朱总司令的进军命令，随即向尚未解放的广大地区，举行了规模空前的全面大进军。

（二）调归二野

第四野战军第41军炮兵团南下到河南省信阳县时，奉中央军委1949年8月2日命令，将41军炮兵团调归第二野战军特种兵司令部建制，番号改为"中国人民解放军炮兵第9团"。二野特种兵孔从洲副司令员专程到信阳给该团授军旗，接见排以上干部，并命令该团配属二野3兵团解放重庆。同时调给二野的还有第三野战军的炮兵第4团。

二班长已调41军炮兵团司令部任作战参谋，负责行军路线和宿营地计划安排。一天，到湖北与四川省交界茶洞宿营地。头一天下午，二班长从地图和通过地方干部、老乡了解情况：茶洞的九道梁河大桥是铁桥，完好无损。二班长认为没有问题，未带上骑兵通信员亲自去勘察。结果，下午部队到达大桥时，大桥桥面铺的木桥板全部被国民党败军烧毁，不能通过。此时，团长找参谋长问罪，他们二人早就不对付，据说参谋长当作战参谋时，在一次战斗中，挨了团长一个耳光，这下团长又抓住不放。当作战参谋的二班长看事不好了，急忙带上两个骑兵通信员，到大桥上游一处渡河侦察，走了两个来回，发现河水最深处只到马肚，河底是硬砂底，完全可以徒涉。首长同意徒涉，全团车炮人员顺利渡过九道梁河，到了茶洞宿营地，这才解决了问题。

从茶洞开始就进入四川地区。二班长即随团长、政委带电台乘两辆吉普车先行重庆地区向3兵团首长报到。在翻越白马山时，大雪纷飞，我随军银行装载银元的两辆汽车翻沟，银元满地都是。11月28日，我二野先头部队已抵重庆南温泉，重庆已被我军包围。11月29日，我们赶到重庆郊区时，已闻我军炮声。团长立即通过电台命令部队急速赶到重庆参战。

为庆祝重庆解放，刘、邓首长在重庆皇侯饭店宴请解放重庆的部队团以上干部时，炮9团团长、政委参加，随行的作战参谋二班长也参加了，有幸见到了刘、邓首长。

（三）负责南川剿匪

1. 匪情猖獗

建国初期，大陆上残留着大量的反革命残余势力，其中，政治性土匪就有 200 多万人。特别是南方新解放区，土匪十分猖獗。他们在国民党的直接指挥下，组织"反共救国军"，以推翻新生的人民政权为政治目的，提出"打倒解放军，3 年不交粮"和"抗粮"、"抗税"等反动口号，有组织有计划地进行暴乱活动，我军剿匪任务甚重。

重庆解放后，归二野、西南军区第 3 兵团、川东军区指挥的炮 9 团，奉命进驻四川省南川县城，从 1950 年 1 月至 9 月，担任南川、綦江两县的剿匪、征粮任务。由南川县委、县政府、炮 9 团、106 团 2 营（驻南川、武隆两县交界地区）共同组成剿匪指挥部，炮 9 团团长任指挥长，南川县委书记、县长、106 团 2 营营长任副指挥长，担负南川、綦江两县剿匪征粮任务。当团作战参谋的二班长主管部队剿匪工作。

南川、綦江两县位于川黔边境，与贵州道真县、正安县毗邻，山大林密，地形复杂，聚集数千上万土匪，既有贯匪又有国民党散兵，其武装既有长短枪又有轻重机枪甚至迫击炮。而且贵州地区的土匪经常败退窜到南川、綦江地区。所以炮 9 团的剿匪任务甚重，该团又是炮兵团。土匪见是炮兵团，轻武器极少，大炮不能上山，更加嚣张，杀人抢粮，袭击我军人员。农历腊月 27 日，土匪的反动标语贴满了南川县城："你们是解放军，我们是救国军！""你们是八路军，我们是九路军！"土匪扬言，在年三十晚上要开进南川县城打牙祭，闹得人心慌慌，不得安宁。而且，在一天晚上土匪袭击了我水江工作组，致使 7 连连长李鼎和及数名战士牺牲了，团首长带 2 营 3 个连三八野炮对水江北山、南山猛轰一阵，只能把土匪赶跑，不能解决根本问题。在这种情况下，炮 9 团只有放下大炮，拿起步枪，全力剿匪。

为了应对土匪的威胁，在团首长召开连以上干部研究时，担任主管剿匪工作的作战参谋二班长在会上发言，讲了匪情、我部队的措施和剿匪计划。他建议：南川城最危险的是北、东、西 3 个门，每门由警卫连派一个排、高射机枪连派一个排高射机枪 2 挺，东门由 1 营负责、北门由 2 营负责、西门由 3 营负责，由营干带通信班统一指挥，以步枪、机枪、高射机枪封锁。并向外宣称警卫 2 连为机动部队，迷糊土匪，使其不知炮兵团有多少拿步枪的部队，大年三十未敢发狂。二班长并说 5－10 天，我们全团能成为一个有战斗力的步兵团，即可进行大规模的进剿，提高了大家的信心。

2. 积极进剿

二班长拟订的剿匪计划团首长批准后，为使炮兵团装备成步兵团，二班长奉团首长的指示，曾带汽车5辆、警卫连一个排在10天内两次去重庆向3兵团、川东军区要了10汽车轻武器和弹药，武装起来8个步兵连，每连有重机枪，每班有轻机枪，还将团直警卫连、机炮连配上汽车成为快速机动部队，并进行应急训练，提高战斗力。

为了迅速打击土匪的嚣张气焰，安定民心，发动群众，二班长多次随团参谋长带领部队进剿，首先集中对南川东、西、南、北部数股土匪围剿。参谋长有胃病，在四川的夏天还穿着棉袄。二班长为照顾首长的身体，就自己多跑，多到第一线。3月3日，以7个连和106团2营一个连对水江区大堡子、梅垭、耗子山、三泉地区800余人土匪进剿，采取轻装疾进，夜行攻进，多路合围，突然攻击，直捣匪巢的战术，英勇顽强，猛打猛冲，发挥短兵战、短促火力和小兵群之威力，经过5天5夜激战和清剿，将这股土匪基本消灭，取得了初战的胜利。接着于3月19日，以7个连兵力围剿东北部鸡冠山、鱼泉河、鱼泉农场地区600余人的土匪，经过4天的合围清剿，将这股土匪消灭。3月27日，以8个连兵力对靠近綦江的丛林、永安、南桐矿区、观音殿地区1000余人的土匪发起围剿，经过4天剿伐，土匪基本被消灭。该地区是矿区，洞多崖深，残匪多藏于洞崖之处，部队又进行3天打洞搜崖，彻底肃清了残匪。4月14日开始，涪陵军分区统一指挥41个连兵力炮9团参加7个连，对涪陵、南川、巴县三角地区8000余人的大股土匪合围进剿，取得了将这股土匪大部消灭的胜利。

为打掉土匪的嚣张气焰，杀一儆百，借此发动群众，经报请川东军区批准，于4月上旬将11名罪大恶极的贯匪枪毙。在水江开公审大会那天，多数群众不敢参加，只有两个连的剿匪部队、征粮工作队和少数的村乡骨干参加，算是当众枪决，并由南川县政府张贴告示。由于大军进剿的威慑力量，尤其是人民政府镇压了土匪的首恶，群众初步发动起来，有的土匪开始惶恐不安。4月19日一天，水江、隆化、大观区就有100余人，带枪50余支、土炮3门向我清剿部队投降自新。4月19日、23日、5月6日，我集中清剿沿塘、丛林、大有等重点地区残匪。在党的政策的感召和人民群众的配合下，3~5天就将残匪肃清，取得了很大的成绩。

5月以后，炮9团以5个连驻点清匪，保护和配合南川县、綦江县地方和部队组成的征粮工作组深入细致地做发动群众工作，以3个连作为机动。我军纪律严明，秋毫无犯，吃苦耐劳，英勇战斗，保卫人民，解除匪患，宣传政策，文工队下乡演出，帮助群众排忧解难，这些事实，广大人民看在眼里，记在心上，群情激奋，群众很快发动起了，一场以政治攻势为主的群众性清匪行动，轰轰烈烈地开展起来，力量巨大，效果显著。

9月，贵州军区部队剿匪达到高潮时，上级通报大股土匪将从贵州境内北逃南川、綦江地区。炮9团参谋长指挥6个连于南川大有区至綦江县边境地区堵截。二班长带领指挥警卫连和驻点的5连堵截重点地段，感到力量不足，当地人民群众自动拿起大刀、长矛、猎枪、铁锹、棍棒等武器参加堵截土匪。23日午夜时分，大批土匪从贵州涌进，两个连干战和众多群众一齐上阵，英勇作战，步枪、轻重机枪一齐开火扫倒一大片，前头的土匪被撩倒，后面的土匪又冲上来，手榴弹在匪群中爆炸，大刀片在土匪头上开花，硬是将这股土匪消灭大部，其余返逃回去，被贵州剿匪部队消灭。

3. 战绩巨大

炮9团全体指战员，在人民群众支援和帮助下，积极努力，克服困难，艰苦奋斗，英勇顽强，剿匪、征粮和发动群众工作均取得很大的成绩，到9月底，南川、綦江县境内的土匪已全部肃清，达到了净化程度，彻底解除了匪患。在剿匪和征粮中，全团进行大小战斗近60次，共毙俘土匪4147名（其中俘匪首15名），投降自新1232名，缴获各种枪4616支（挺）、土炮20门。

炮9团也付出了重大代价，共伤亡71人（伤48人，亡23人），其中牺牲的有7连连长李鼎和，警卫连指导员曲仁佐，五连排长邱振坤，7连班长丁金堂，1、3、5、7、9连战士19人。他们为了巩固国防，建设西南，保卫人民，清除匪患，使人民群众安居乐业，永享安宁，献出了年轻而宝贵的生命。

1950年5月11日，炮9团就受到第3兵团、川东军区首长——司令员王近山、政治委员谢富治、副司令员曾绍山、副政治委员闫红彦、参谋长王蕴瑞、政治部主任钟汉华联名通令表扬。通令指出："野直炮9团进驻南川后，除担负两县的征粮任务，并积极参加剿匪斗争。由于他们认识到了剿匪是建设西南的伟大历史任务，即放下大炮，扛起步枪，他们除了喂马看炮人员外，组织八个步兵连，保护交通，积极主动寻匪进剿。"通令还特别指出："由于该团全体同志有高度的阶级觉悟，不论归谁指挥，均能坚决服从命令，完成所给的任务。在剿匪斗争中，表现了英勇顽强的忘我精神……"

南川、綦江剿匪征粮工作的胜利，是炮9团认真贯彻执行党中央、毛主席的方针政策，在上级党委、首长的正确领导下，军政民紧密团结，同心同德，互相支援，密切配合取得的。特别是全体指战员不怕苦不怕死，英勇顽强，积极奋斗，流血流汗的硕果。更应当提出的是，在9个月剿匪、征粮的日日夜夜，南川县委、县政府和人民群众，对部队干部战士的关心、爱护和支持，以及党政军民在斗争中建立起来的革命友谊和鱼水之情，人们永远不会忘记，对牺牲的同志无限怀念。

1990年，二班长曾执笔为政委起草写了一篇《南川剿匪征粮纪实》的回忆录。其中写了：放下大炮，拿起步枪；建立组织，加紧进剿；发动群众，开展政治攻势；肃清残匪，加速征粮等问题。刊登在南川编委会编的《记忆里的炮兵第九团》一书中。

4. 不悦之事

二班长在南川、綦江剿匪过程中，由于取得一些成绩，全团都知道二班长是作战参谋。但也遇到或发生两件不悦和难过的事情。

第一件：顶撞参谋长，受到所谓"党内警告处分"。他在2月上旬第二次带5辆汽车和警卫连长带一个排到重庆去拉武器，住在海棠溪，3兵团请他们到黄山驻地看了兵团京剧团演出的一场京戏——《黄巢造反》；警卫连连长请示用节约的出差费打一次牙祭他同意了；从重庆回来走到綦江德盛场时，遇到土匪抢劫，把我商业局两辆拉布匹的汽车抢去了，司机和押运的人吓跑了，警卫排一打，夺回汽车，抓了五六个土匪，让战士看着。此时，团长去重庆开会回来，带警卫员坐吉普车也赶到此地。二班长简单向团长汇报后，就和警卫连长带战士去打正在抢粮库的土匪，步枪、机枪一扫，打死几个土匪，其余的逃跑上山。回来一看，捉的土匪都没了，战士汇报说："被团长枪毙了！"警卫连长请示要一卷白布擦枪，二班长默许了，并令他将汽车和布匹交给已回来的司机和押车的人。

第二天回到团里，参谋长批评二班长："你进了城，昏昏然了，竟敢带领战士进戏院看戏；你们贪污出差费大吃大喝；私自拿公家的布；枪毙了俘虏的土匪……"二班长一面汇报、解释，检讨让警卫连拿公家的布擦枪的错误，没有讲团长枪毙土匪的事。参谋长非追问土匪是谁枪毙，二班长为了不使团首长矛盾加剧，就说土匪是跑了。参谋长火了，拍了桌子。二班长虽心中明白，参谋长和团长不对付，这回不是专对他的而是找团长的茬，二班长觉得参谋长心胸狭隘，不讲道理，一时冲动与参谋长顶撞起来，并拔腿走了。晚上作战股长对二班长说："你对抗参谋长，司令部支部支委会研究了，给你党内警告处分一次。"二班长信以为真，一直把处分填在干部登记表上。到1990年研究给政委写南川剿匪征粮回忆录时，一位参加支委会的同志说："只是批评，根本没有处分的事。"

第二件：政委"缴"他的枪。在战争年代一般干部喜爱三件"宝"，一把好手枪、一个好皮包、一匹好马。8月下旬，二班长带通信员、卫生员到靠近贵州大有区驻点的5连布置任务。天太热，他把刚得到不久的一支20响德国造二八驳克枪放在连部堂屋桌子上，在里屋向连里干部交待任务，这时该连2排长进到堂屋摆弄他的手枪，嘟嘟，走了火，打中了连部通信班长。二班长急忙让卫生员带着送团部卫生队，途中牺牲了。二班长晚上回到团部汇报。政委扳着脸说："将这个排长送军法处。"并说："把你的枪交给警卫员小钟，小钟把你的枪交给X参谋!"二班长明白，是政委看好他的枪了。未敢多说，只说刚得到不久……政委说："你再搞一支嘛!"

5连二排长被押到炮司军法处。10月，二班长调到炮司作战科当参谋兼司令员半拉秘书，曾向司令员汇报这个情况。司令员让他向政治部保卫科张科长汇报。二班长向张科长汇报说："是他枪走了火。"张科长说："你给他写证明。"二班长写了证明，才把那个排长放了出来。尽管5连通信班长按烈士处理，但是死在他的枪口下，二班长至今感到痛心。

（四）深切怀念

1. 消除紧张情绪

二班长是1950年10月由炮9团作战参谋调到二野、西南军区炮兵司令部作战科当参谋的，还曾给司令员孔从洲当过半拉秘书，司令员的秘书是地方毕业的大学生。二班长到职后，科长张靖华同志让他分管部队剿匪作战工作，还让他值班一个月，了解全面情况，熟悉全面工作。这样，他就得每天下午5点，到孔司令员办公室，向孔司令员汇报情况，接受指示。

他在团里时，虽然跟随团长、政委到炮司开过会，认识孔司令员，孔司令员还能叫上他的名字。但第一次进到司令员办公室，面对面地向首长汇报，还是感到有点紧张。孔司令员看出他很拘束，就先与他拉家常，问他什么地方人，年龄多大，何时入伍入党，做过哪些工作，等等。他一一作了回答。他还实实在在地向司令员说："我的文化程度低，工作水平不高，在这样大的机关工作恐怕干不好。"孔司令员亲切地说："你有基层工作经验，好好学习，努力工作，水平会提高的，工作会做好的！"

经过和孔司令员的一拉一谈，他的紧张情绪顿时一扫而光！汇报时自如多了。

2. 教他写电报

当司令员看完他拿来的部队剿匪请示报告、电报后说："发报！""我拿回去就写。""就在这里写！"这下子，他又紧张起来了，团里电报少，团首长看完后，一研究就发了，不用参谋费心。到了军区，部队情况报告、赋予任务、指导作战、上呈下达，大部分都是电报，内容又多又重要，他真的不会写。

这时，孔司令员就耐心地教他电报的写法，并说："最主要的是内容明确，文字简练，开门见山，没有废话。"他在孔司令员办公桌写时，孔司令员就在旁边用蒲扇给他扇风。重庆地区天热，越扇他越冒汗。他就说："首长别扇了，越扇我越紧张。"孔司令员和蔼地说："慢慢写，别着急！"

当把写完的电报稿交给他看时，孔司令员认真地一句一句修改，一字一句地抠，连标点符号也不放过，还一面给他讲解：为什么这样改、要用这个字……司令员改完，他誊清后，孔司令员又仔细看、细心改，他又誊写一遍。

经过孔司令员修改的电文，既清晰明确，又简练不繁，他看了一遍又一遍，一字一句地琢磨、学习。就这样，他写了一星期，司令员给他修改了一个星期，他的水平逐渐提高了。个把月后，他熟悉了情况，写出的电报稿，基本上能符合部队情况和首长意图，孔司令员稍加修改，即可签发了。以后，他又经常跟随孔司令员出差、下部队，为孔司令员料理一些日常事务，当了孔司令员的半拉秘书。

他的进步，是孔司令员手把手教导的结果。后来他被调到志愿军第3

兵团、从朝鲜回国后改为旅大警备区的机关、部队工作时,工作范围虽小,但他时刻不忘孔司令员的教诲,勤奋工作,关心同志,从而取得较好的效果,既提高了工作效率,又密切了同志间的情感。所以,他格外怀念敬爱的老首长——孔司令员。

3. 艰苦作风使他难忘

孔司令员艰苦奋斗的作风,也使他难以忘怀!

孔司令员一贯以艰苦奋斗为荣,以骄奢淫逸为耻,他始终保持着理论联系实际、密切联系群众、批评与自我批评和艰苦奋斗、艰苦朴素、清正廉洁、不谋私利的我党我军优良传统和优良作风,过着俭朴无华的生活。

孔司令员于1951年到炮火连天的朝鲜去实习,看望部队,是二班长建议让训练科参谋张静邦跟司令员去的。从朝鲜回来后,张静邦同志告诉二班长:"从朝鲜回到国内,每到一地,司令员的老同事、老部下欢迎他,宴请他,司令员有时也得适当回请。这样除了出差费,多花了400元钱,司令员不让报销,他身上一时又没钱,是路过西安时从家里拿了400元钱补上的。"当时人们知道,孔司令员曾将个人在西安的一座房产交给了公家,1950年又将个人多年积蓄的20两黄金全部缴了党费,自己却一直过着清贫的生活,曾受到二野、西南军区刘邓首长的通令嘉奖,孔司令员真是全党全军共产党员、干部战士的楷模。

孔司令员在沈阳高级炮校任校长时,生活也非常简朴,每餐基本上是馒头稀饭或刀削面加上几个小菜。55年56年,二班长在沈阳高级炮校学习,星期天他去看望老首长,或打电话叫他去,午餐也是一碗刀削面几个小菜,因为他去,才加一个炒鸡蛋。孔司令员是有专车的,但他总是骑自行车外出办事,有时从东陵学校驻地到沈阳市内也骑自行车。1955年下半年的一天,孔司令员戴着中将肩章,骑自行车进城,走到沈阳东门外被派出所警察拦住,警察向他敬礼,恭敬地说:"首长,骑自行车不安全,请首长进屋坐一会,我们打电话让您的车来接您。"车去把司令员接回来了。后来,孔司令员对二班长说:"还是骑自行车方便,节省汽油又能锻炼身体,可是以后不让骑了!"

1960年夏天,孔司令员和家人到大连休假、看病,住在大连市的枫林街原专家招待所。那时二班长是旅大警备区炮司作训科长。警备区首长让他关照孔司令员及家人看病和生活事宜,并指示他,用车、生活一定要保证好，生活和用车的一切费用全由警备区负责，到时管理处去结账，他把警备区领导的意思也向孔司令员报告过。孔司令员一家人除了看病很少用车，生活也很节俭。孔司令员在接见招待所工作人员时，还特意请厨师把伙食尽量搞简单点，海鲜也少吃。孔司令员和家人在要离开大连返京时，没等警备区管理处去结账，就先让儿子孔令华提前去把账全部结完了，分文不少。旅大警备区领导得知后，很感动很敬佩。在送行时，警备区副司令员江拥辉同志再三向孔司令员表示歉意和学习。孔司令员也多次说："麻烦你们了，非常感谢，向你们学习！"

孔司令员到部队检查工作，无论是在招待所、机关食堂或连队就餐，走前他都让秘书或随行人员去算好伙食费，如数交齐。临行时还亲切地与厨师、炊事员、招待员等工作人员见面、道谢："同志们好！你们辛苦了，谢谢同志们！"

上述这些，看起来虽然都是生活小事，但就是透过这些"生活小事"，看出孔司令员思想境界高，人格高尚；组织观念强，党性觉悟高；作风扎实，实事求是；生活低标准，工作高标准。因而人们学习他，敬重他，并以他为榜样。

4. 关心他人胜过关心自己

孔司令员平易近人，和蔼可亲，总是以普通一兵与干部战士打成一片。他工作高度负责，一丝不苟；作风雷厉风行，品德高尚；生活艰苦朴素，两袖清风；关心他人胜过关心自己，像一团火温暖和鼓舞着每一位同志。孔司令员永葆革命本色，全心全意为人民服务，无私奉献，谦虚谨慎，严以律己，作风民主，宽厚待人，善于思谋问题，重视工作方法，以身作则，为人师表，二班长有幸在他身边工作过，受益匪浅，铭记在心。

孔司令员的一言一行，体现了一个共产党人的高尚品质，使二班长深受教育。他时时激励自己用一个真正的共产党员的标准要求自己，永不变色，永不变质。二班长在工作中，不仅身体力行，作出榜样，而且还时常教育提示下级同志：要一辈子只做好事，不做坏事，不拿公家的东西，不占公家的便宜，尤其是经济问题要清清楚楚。若为私事用了公家一张信纸、一支铅笔，尽管也不应该，但还出不了太大问题，如果私自拿了公家一分钱，那性质就变了，就有污点了。

（五）四野解放中南六省

中央军委在确定全国进军的战略部署中，赋予第四野战军的任务是向中南进军，消灭该地区之敌，解放并经营河南、湖北、湖南、江西、广西、广东6省。当时，第四野战军政治委员罗荣桓留在北京组建总政治部机关，司令员林彪、副政治委员邓子恢率部南下。1949年5月，中共中央决定：以中共中原局为基础组成华中局；以中原军区领导机关与第四野战军机关合并，改称中国人民解放军第四野战军兼华中军区，以林彪任华中局第一书记、华中军区司令员和罗荣桓任华中局第二书记、华中军区政治委员邓子恢任华中局第三书记、华中军区第二政委，统一领导中南地区党政军工作。为了很好地完成进军中南的任务，平津战役结束后，第四野战军就从思想上、组织上、物资上进行充分准备。4月中旬，80万大军分三路南下，为了消除前进途中障碍，5月6日发起新（乡）安（阳）战役，共歼灭和改编国民党守军3万余人。大军直逼长江。驻守武汉地区的白崇禧集团，不顾解放军的忠告，拒绝以和平方式解放华中南，并从5月初开始收缩兵力，准备南逃。四野先遣兵团乘白崇禧集团南逃时，于5月14日开始在团凤至武穴段横渡长江，17日解放武汉3镇，并争取了国民党河南省主席兼第19兵团司令官张轸，在贺胜桥率第128军等部队约两万人于15日宣布起义。接着解放了通山、蒲圻、通城等地。

大军过江后，势如破竹，白崇禧集团避免激战，望风而逃。7月16日，毛主席就歼灭白崇禧集团的作战方针，致电林彪、罗荣桓。电报说："白部本钱小，极机灵，非万不得已决不会和我作战。""判断白崇禧准备和我作战之地点不外湘南、广西、云南3地，而以广西的可能性最大。但你们第一步准备在湘南即衡州以南和他作战，第二步准备在广西作战，第三步在云南作战。"并明确指出："和白部作战方法，不要采取近距离包围迂回方法，而应采取远距离包围迂回方法，方能掌握主动，即完全不理白部的临时部署而远远地超过他，占领他的后方，迫其最后不得不和我作战。"这就是"插至敌后，先完成包围，然后再回打的方针"。

7月底，四野12、13两兵团，从东西两面逼近长沙，50万人民举行游行示威，提出"湖南人民不需要战争"、"战争贩子滚出湖南"等口号，要求湖南和平解放。白崇禧虽然采取了残酷镇压的血腥手段，但湖南3000万人民要求和平，要求解放的力量再也无法遏止了。长沙绥署主任程潜将军深知大势所趋，人心所向，就向人民解放军表示，谋取湖南局部和平，同时国民党第 1 兵团司令官陈明仁支持程潜的和平主张，并向湖南人民保证，为了湖南人民的利益，决不为少数豪门打仗，而使长沙和湖南全省蒙受战祸。经过双方多次洽商的结果，陈明仁自 8 月 2 日开始按照解放军的要求，下令第 1 兵团及保安部队开出长沙及各交通要道，仅留 232 师及长沙警察暂时维持长沙治安。8 月 3 日晚，程、陈两将军正式发出起义通电，声明脱离国民党广州反动政府，愿在中国共产党领导下加入人民民主政权，程潜将军更于 4 日发表告湖南民众书，历数 22 年国民党背叛革命祸国殃民的种种罪行，号召全省军民一致反蒋驱桂，把湖南的和平运动引向西南、西北，以便缩短战争，迅速实现全国解放。程、陈两将起义，湖南问题和平解决的惊人消息就传遍全国了。

长沙和平解放后，大军飞速南下，乘胜解放了衡阳、祁阳、耒阳、宝庆等地区，歼敌 4.7 万余人。接着挥戈南下，挺进广东。当时广东守敌连同由闽、赣逃粤的第 12、第 4 兵团在内，共 3 个兵团 11 个军，约 15 万人，统由华南军政长官公署司令官余汉谋指挥。余依据蒋介石"巩固粤北，确保广州"的指令，决定第 4、第 12 两兵团共 7 个军，沿粤汉路韶关至广州一线布防，企图阻止解放军南进。

为了全面实施大迂回、大包围的作战方针，中央军委决定第二野战军第 4、第 5 兵团暂归第四野战军指挥。

10 月 2 日，南下大军按预定部署向广州之敌发起进攻，粤北守敌纷纷南逃，广州北部门户洞开。7 日，解放韶关、翁源，随即向广州挺进。12 日毛主席根据广东战役进展情况，电示林彪："先以必要力量直出广州、梧州之间，切断西江一段，断敌西逃之路，不使广州敌向广西集中。" 13 日，解放军左右两路均已进至广州近郊。虽然表面上敌故作镇定，盘踞广州敌军头目薛岳、余汉谋等，10 日那天还在扬言要"决心守广州"，可是在此同时，匪首们也都正在争向香港、重庆、台湾逃命。美国陈纳德的航空大队，日夜不停地运送这批"高级难民"。从 12 日起，李宗仁逃往桂林，阎锡山逃往台北，余汉谋和薛岳则乘军舰溜到海南岛。从 10 月 7 日晨解放曲江，到 14 日晚解放广州，仅仅不过 8 天，显示了解放军奋勇前进、神勇无比的威力！

10 月 17 日，毛主席电示陈赓率 4 兵团乘胜直追，歼灭逃敌。终于在

10月24日，在广东海边上的阳江、阳春地区追上逃敌。26日拂晓，解放军向敌发起总攻。被围之敌全部被打乱、被歼灭。被解放军击沉4艘大船，船上2000余人也同归于尽。这次广州战役共歼敌6.2万余人。

白崇禧从湖南逃入广西后，经过强行抓丁和编并地方保安团队，连同由广东逃到粤桂的余汉谋残部在内，总兵力近20万人。企图以桂林为中心组织防御。但敌人由于连续被歼，已成惊弓之鸟。

第四野战军根据毛主席的指示，采取大迂回战术，首先切断敌人逃向云南、雷州半岛、钦州的道路。对敌人实行分割围歼，就势歼灭敌第3、第11两兵团于粤桂边境，进而解放广西全省。12月2日，解放军首先解放了东兰、宾阳、武宣、梧州以北广大地区，各追歼逃敌一部，余敌向南宁、钦州、防城逃窜，白崇禧则逃往海南岛。为防止白崇禧逃出国境，解放军指战员不顾疲劳，兼程疾进，在进占合浦、灵山、横县、南宁后，于7日将敌华中军政长官公署、第10、第11两兵团残部、伪国防部突击纵队等，围歼于钦州、小董圩地区。至此，白崇禧集团主力已被歼灭，其第1、第17兵团残部溃不成军，纷纷向中越边境逃窜。解放军跟踪追击，至14日，先后占领镇南关（现友谊关）和爱店，控制中越边境，敌除约两万人逃入越境外，其余均被歼灭。此役共歼敌17.3万多人，解放广西全境，实现了毛主席、中央军委在广西境内歼灭白崇禧集团的作战计划。

广西战役刚结束，第四野战军就报请中央军委批准，决定以40、43军等部共10万人，集结雷州半岛，组织渡海作战兵团，由15兵团司令员邓华、政委赖传珠统一指挥，准备解放海南岛。

海南岛又名琼崖，北与雷州半岛隔海相望，是我国第二大岛，面积3.2余万平方公里，海岸线长100余公里，琼州海峡宽11至27海里（约20至50公里），是我国的海上屏障。五指山雄峙岛的中央，并逐步向南延伸，形成该岛中部和东南部的山岳丛林地带。中共领导的琼崖纵队，经20余年的英勇斗争，已发展到1.5万多人，并创造了以五指山为中心的革命根据地，成为接应解放军登陆作战的重要力量。

海南岛守敌为海南防卫总司令薛岳部5个军，海军舰艇50余艘，飞机40余架，总兵力10万余人。企图以所谓"立体防御"凭险固守，把海南岛当作反攻大陆的跳板，同时也作了在情况不利时实行"主动撤退"的准备。敌人虽然设置环岛防御，但兵力不足，部署分散，空隙很多，便于解放军选择弱点登岛突破。渡海作战前，毛主席依据金门战斗失利的教训，就解放海南岛问题指示四野："渡海作战必须注意潮水与风向，必须集中能一次运载至少一个军的兵力，与3天以上粮食，于敌前登陆建立稳固滩头阵地，随即独立进攻，而不要依靠后援。"又指出："海南岛与金门岛情况不同，一是有冯白驹的配合，二是敌军战斗力较差，只要一次运两万人登陆，又有军级指挥机构随同登陆，就能建立足点。"

根据毛主席的指示，1950年3月，渡海兵团为了争取时间，利用北风季节，分两批4次偷渡，将一个师的兵力送上对岸，为主力登陆作战创造了有利条件。

4月16日19时，渡海兵团决定以两个军的主力从雷州半岛南端并肩南渡，至17日3时，在岛上人民武装的配合下，突击部队于海口市以西至临高角一线突破敌人防御后胜利登陆，占领滩头阵地，掩护后续部队向敌纵深发展，薛岳组织两个军反扑，结果失败，敌全线南撤，薛岳本人也飞到台湾。4月23日，渡海部队解放海口，随即在琼崖人民和琼崖纵队的积极支援下，冒着酷暑，日夜不停地兼程前进。4月30日解放榆林、三亚，5月1日海南岛全境解放，敌大部由榆林港等地登舰逃向台湾，战役遂告结束，共歼敌3.3万余人。海南岛的解放，拔掉了国民党残余势力在南海的主要基地，对于捍卫祖国领土，保卫神圣海疆，保障祖国建设具有重大的战略意义。

由林彪、罗荣桓率领的第四野战军，自1949年6月向中南进军以来，历时11个月，在第二野战军第四兵团的配合和华南各游击纵队的有力策应下，先后进行了6次较大的战役，歼灭了中南境内白崇禧集团和余汉谋部等43万人，使湖北、湖南、江西、广东、广西5省1亿数千万人民获得了解放。

（六）二野解放西南五省

中南地区解放后，国民党政府就被迫由广州迁往重庆。当时盘踞西南地区的蒋军，有川陕甘边区绥靖公署胡宗南部第5、第7、第18兵团，西南军政长官公署张群部第14、第15、第16、第19、第20兵团，连同新组建的部队在内，总计37个军，共45万人。此外尚有地方保安部队和大批土杂武装。蒋介石企图依靠这些残存力量，依靠以四川为中心的西南地区，与中共"持久作战"，以便争取时间，组建新军，等待国际局势变化，然后与驻台湾国民党军相配合，实施"反攻"。

1949年5月23日，中央军委指示，第二野战军在一个时期内，准备协助第三野战军对付美帝国主义可能进行的武装干涉，待上海、宁波、福州等地解放，美帝武装干涉的可能减少后，即可在第一野战军一部的配合下向西南进军，并规定陈赓兵团在完成广西作战后，即挥师云南。7月16日中央指示，由刘伯承、邓小平、贺龙组成中共西南局，邓小平、刘伯承、贺龙分别任第一、第二、第三书记，贺龙任西南军区司令员，邓小平任政治委员，刘伯承任西南军政委员会主任。

西南地区包括四川、贵州、云南、西康、西藏5省。云、贵、川3省，历来为我国兵、粮重要来源。蒋介石妄图据险扼守，负隅顽抗。为了保住西南这最后一个反共堡垒，蒋介石可谓"席不暇暖"，不辞辛劳，8月24日，蒋介石携长子蒋经国由广州飞往重庆。一下飞机，蒋介石就发表讲话称："今日重庆或再成为反侵略、反共产主义之中心，重新负起支持作战艰苦无比之使命。所望我全川同胞，振起抗战精神，为保持抗战成果，完成民主革命而努力。"

蒋介石决意经营西南，想保持一个偏安之局，但解放军却已决定向西南进军，杨勇兵团由湖南直趋贵州，然后插入川南；陈锡联兵团则向桂西进击，然后插入川东；周士第兵团，由北向川西压迫。总目标均指向四川，以粉碎蒋介石负隅顽抗之图。

这天中午，蒋介石在重庆山洞陵园召集军政头目开会，布置撤退及对重庆进行大破坏。到晚10时，蒋介石住所陵园后面，枪声大作，蒋经国催促蒋介石早离此危险之地。当父子俩乘车开出山洞陵园时，道路拥挤，路不通行，混乱嘈杂，前所未有。蒋介石的轿车，在开往白市驿机场的途中，被阻塞3次，无法前进，蒋介石不得已扔下车步行，午夜始达机场。蒋介石当夜就睡在"美龄号"专机里。

蒋介石于11月30日自重庆逃到成都，重庆解放了。重庆既失，成都无险可守，蒋军败退"势如山倒"。12月10日，成都解放，守川的两员大将之一的宋希濂，在解放军追击下，节节败退，从川东到川南，狼狈不堪。宋部抵到宜宾时，10万大军只剩下1万人了。12月18日，宋部刚渡过大渡河，就被解放军包围，只经一个小时，这支落荒而逃的军队就全部被歼，宋希濂也作了俘虏。接着国民党云南省主席兼云南绥署主任卢汉、西康省主席刘文辉、西南军政长官公署副长官邓锡侯、潘文华等，于12月9日率领所部分别于昆明、雅安、彭县等地通电起义，云南、西康宣告和平解放。与此同时，蒋介石集团新组成的第22兵团，兵团司令郭汝瑰率领所属第72军于宜昌宣布起义。

守川的另一员大将胡宗南，于12月28日下午3时由海口到西昌，听到解放军的炮声，由西昌逃往台湾。

在解放军进军西南的两个月的作战中，先后歼敌正规军和地方保安部队70万人，加上杂牌军，共歼敌90余万人。粉碎了蒋介石妄图以西南为反革命基地待机反攻的迷梦。

（七）解放战争战绩

中国人民解放军1946年7月至1950年6月4年解放战争战绩公报：

其一，消灭敌军兵力：正规军——2个战区总部、一个"剿总"前进指挥部、3个军政长官公署、8个"绥靖公署"、2个警备总部、一个长官司令部、3个绥靖司令部、一个边区司令部、35个兵团部、4个整编军部（内3个整编师部）、183个军部、572个整师、28个师部、411个整团、526个整营，共计5542470人。非正规军——103个整师、9个师部、508个整团、420个整营，共计2528880人。总共消灭敌军8071350人，内被俘者4586750人，毙伤者1711110人，向我投诚者633510人，起义者846950人，接受我军改编者293030人。

其二，向我军投诚及被我俘虏与击毙之敌高级军官1668名：计投诚者273名，内正规军166名，非正规军107名；被俘虏者1310名，内正规军941名，非正规军369名；被击毙者85名，内正规军55名，非正规军30名。

其三，缴获：大小炮54430门、各种机枪319958挺、长短枪3161912支、火焰喷射器228具、飞机189架、舰艇200艘、坦克622辆、装甲车389辆、机车1016辆、汽车22012辆、骡马195475匹、各种子弹507984700发、各种炮弹5527400发、手榴弹3635800枚。另击落敌机190架，击毁敌坦克156辆，击毁敌军舰9艘。

其四，1946年7月至1950年6月，我军共负伤1048900人，阵亡263800人，伤亡共计1312700人，被俘13700人，失踪196100人。我军共计损失兵力1522500人。敌我在作战中兵力总损失相较为5.3:1。

第三章

抗美援朝　保家卫国

一、打败了美帝

新中国建立伊始，以美国为首的帝国主义把战火烧到了中国东北，并派第 7 舰队染指台湾，大有吞灭朝鲜、扼杀中华人民共和国于摇篮之势。美帝国主义倚仗原子弹、大炮和飞机，气势汹汹地打上门来，而当时我国经济恢复刚刚开始，长期战争的创伤尚待养息，财政状况困难很多，新区土改还没有进行，人民政权还没有完全巩固。在这种情况下，只有小米加步枪加一点炮兵的中国军队敢不敢和世界上最强大的美军短兵相接，一决胜负？中国人民面临着空前严峻的抉择。

美帝国主义的全球战略是：独霸全球，主宰世界，进行核讹诈，充当世界的宪兵、警察。中华人民共和国总理周恩来指出："美国在朝鲜的侵略，乃是美国的一个预定步骤，其目的是为美侵略台湾地区及朝鲜、越南和菲律宾制造借口，也正是美帝国主义干涉亚洲事务的进一步行动。"我们只要打开亚洲地图，就可以清楚地看出美国在亚洲的侵略行动所指向的最终目标是中国大陆。

中国解放战争时期，美国支援、武装国民党蒋介石集团打内战，企图消灭中国共产党。新中国成立不久，立足未稳，百废待兴，它又对新中国虎视眈眈。当 1950 年 6 月 25 日朝鲜内战一爆发，美国出于其争霸世界的野心，以武力拓展其在东亚的势力范围，继承日本军国主义的衣钵，走侵略中国必先占领朝鲜、台湾的老路，悍然出兵介入，动用了其陆军总兵力的三分之一，空军总兵力的五分之一，海军总兵力的近二分之一的兵力。纠集世界 16 个国家组成所谓的"联合国军"，共有地面部队 69 万人、火炮 3720 门、坦克 1130 余辆、飞机 3000 余架、舰艇 270 余艘，妄图一举消灭朝鲜人民军，摧毁朝鲜民主主义人民和国政权，占领整个朝鲜，建立一个亲美的大韩民国，屯兵鸭绿江、图们江边，威胁我国，进而找借口进攻我国东北工业基地的战略目的。

当美帝国主义的野蛮侵略和疯狂进攻，气势汹汹越过三八线，攻占平壤，进攻至鸭绿江边，打到我们家门口，侵占我国领土台湾和台湾海峡，我国的安全受到严重的威胁，朝鲜民主主义人民共和国处于危亡、金日成首相请求中国派兵救援之时，尽管我国战争创伤尚未恢复，军队武器装备落后，国内外一部分人对我国人民力量持怀疑态度，武装到牙齿的美帝气焰万分嚣张。就在这种极端困难的情况下，中共中央和毛泽东主席代表中国人民的伟大意志，以非凡的革命胆略和气魄，毅然作出抗美援朝、保家卫国的伟大的战略决策，出兵朝鲜，同世界头号强国——美国侵略军队血与火的较量。

在抗美援朝战争中，由中华民族优秀儿女组成的中国人民志愿军，肩负着祖国人民赋予打败敌人、帮助友邦、保卫祖国、拯救和平的光荣使命，于 1950 年 10 月 19 日雄赳赳、气昂昂，跨过鸭绿江，奔赴朝鲜战场。在中国共产党和毛泽东正确领导下，在全国人民全力支援下，在毛泽东主席、周恩来总理、彭德怀司令员兼政治委员英明运筹和指挥下，与朝鲜人民军并肩作战，经过五大战役、打过三八线、阵地防御、打打谈谈，在两年零 9 个月的艰苦奋斗，不怕牺牲，浴血奋战，以劣势的武器装备打败了武装到牙齿的美国侵略军队，取得了抗美援朝战争的伟大胜利，粉碎了美帝称霸世界的梦想，戳穿了美军"不可战胜"的神话，有效地制止了美帝的野蛮侵略，创造了战争史上的奇迹，教育了恐美者，教训了侵略者，提高了新中国的国际地位和威望。中国人民昂首挺胸地向世人庄严宣告：今日的中国已非昔日的中国了，中国人民站起来了，中华民族是不可欺侮的。

抗美援朝战争，中国人民和志愿军打出了中华人民共和国的国威和军威，打出了中华民族的气势和尊严。这是自 1840 年以来中国被西方列强武力开关后，中华民族抵抗侵略，争取独立，以弱胜强，打赢的第一场现代化战争。抗美援朝战争，显示出中华民族不畏强暴，维护世界和平、正义的坚强意志，弘扬了不屈不挠、英勇顽强的伟大民族精神。抗美援朝战争的胜利，奠定了新中国在世界舞台上"自立于民族之林"的地位，是中华民族重新崛起、走向复兴的一个新起点。这场战争给我们留下了享之不尽、用之不竭的精神财富。

抗美援朝战争真正称得上是：

> 助友邦卫祖国救亡图安之战
> 动天地泣鬼神震撼全球之战
> 得胜利奏凯歌举国欢腾之战
> 树丰碑垂青史建功立勋之战
> 洒碧血铸军魂扬威强国之战
> 反侵略保和平振奋世人之战

二、最有远见、最有胆略的人——毛泽东主席

毛泽东是一位伟大的政治家、军事家、战略家。他有超出常人的想象力、高明的战略指导思想和丰富的战争经验。每临难以把握的局势，令人恐惧的险恶境地，与毛泽东生存同一时代的人，都会深刻地感受到：毛泽东的想人所未敢想，言人所未敢言，行人所未敢行那胆识过人、特立独行的浩气之势，为之震撼。抗美援朝、保家卫国时期，毛泽东在周恩来、彭德怀等开国元勋鼎力相助下，做出了伟大的业绩。

（一）毛泽东主席首先预感到我国东北边境有危险

1950 年 6 月 25 日，朝鲜战争爆发以来，毛主席对形势的估计，从来没有像金日成、斯大林那样乐观，尽管他为朝鲜同志的胜利感到由衷地高兴。

1950 年 7 月 6 日，毛主席在朝鲜人民军越过三八线向大邱进攻，不计后方空虚的时候，战局将发生变化时，就预感到我国东北边境有危险，一举拍板——调整战略，组建东北边防军。

毛主席深知周恩来的卓越才华和他在红军、八路军、解放军那些让世人震惊的战役胜利中所起的巨大作用，将组建东北边防军事关战略问题之大事，交给了周恩来副主席。

雷厉风行的周副主席于 7 月 7 日下午 2 时，在中南海居仁堂主持召开了保卫国防问题的会议。确定由四野第 13 兵团司令员邓华、政委赖传珠（9 月赖调总政工作由邓兼任）率第 38、39、40、42、50 军 5 个军及炮兵第 1、2、8 师和 4 个高炮团、6 个工兵团、1 个骑兵团，共 25.5 万余人组成东北边防军，担任保卫东北边防安全的任务。

经毛主席批准，一批钢铁部队应声而动，千里铁道线上，兵车日夜奔驰，到 8 月上旬，在靠近中朝边境完成集结，开始整训。

正是此举，使中国人民赢得了 3 个月的时间进行战争准备，使中国军队赢得了战机。3 个月后，当朝鲜人民军南进失败，秘密组建的东北边防军，几十万大军突然汹涌入朝，山呼海啸般杀出。当第一次战役胜利后，人们才深刻地领悟到毛主席的决策英明伟大。

8 月下旬，根据毛主席的指示，周副主席还多次主持召开军委会议，研究确定边防军第二线和第三线部队的部署。中央军委决定将上海地区的第 9 兵团和西北地区的第 19 兵团，分别调至津浦、陇海铁路线，以便随时策应东北边防军。

组建东北边防军，是毛主席未雨绸缪、深谋远虑的举措。这不仅巩固了东北边防，而且使中国在战略上处于主动地位，避免了临时应战，为此后中国人民志愿军开赴朝鲜、抗击美国侵略军的进攻进行极其重要的准备，也为后来抗美援朝战争奠定了胜利的基础。

后来，毛主席说："朝鲜战争开始后，我们先调去 4 个军，后来又增加一个军，共 5 个军，摆在鸭绿江边，所以，到后来当敌人越过三八线后，我们才可能出兵，否则，毫无准备，敌人很快就打过来了。可惜那时只有 5 个军，那 5 个军火力也不强，应该再多几个军就更好了。"

66 军是 10 月 23 日受命，26 日到达安东，当天过江入朝作战的。

（二）毛主席预料到美军可能在仁川登陆

1950 年 8 月，朝鲜人民军在朝鲜南端洛东江同美李军打成僵持状态，毛主席预见到，战争转入持久和美国扩大战争的规模的可能性日益增大。根据朝鲜战争的发展情况和得到的情报分析，毛主席敏锐地预料到美军要在人民军后方登陆作战。

朝鲜半岛三面环海，便于登陆的地点很多，美军能在哪里登陆呢？

毛主席吸着烟，目光在地图上往来巡睃，最后，他将锐利的目光盯在仁川港上：美军很有可能在仁川登陆，从地理位置上看这里比其他地方要好。

毛主席为了证实美军可能在仁川登陆，他想听听总参谋部的看法，立即召来军委作战室主任兼周总理的军事秘书雷英夫和作战部长李涛，听取他们的汇报。

雷英夫指着地图向毛主席、周副主席汇报了：美军可能在仁川登陆的看法和数据后，毛主席感到有道理、很重要，便对周恩来说：美军在仁川登陆的可能性最大，这是事关战略局势的大问题。当即指示："立即通报情报部门，严密注意朝鲜和美、英、日。立即把我们的看法向斯大林和金日成通报，提供他们参考，希望人民军有后撤和在仁川防守的准备。立即通知 13 兵团要加紧准备，八九两个月一旦有事，能立即行动。"周恩来副主席立即通过驻朝鲜大使倪志亮向金日成通报了中央军委的预测，并向斯大林发了电报。

可惜，此刻还沉浸在胜利喜悦的金日成和斯大林，都忽视了这个情况，对中共中央的提醒，没有引起他们足够重视，人民军正在忙于将侵略军赶下海去，在仁川只部署 1000 多人的兵力，附近的汉城也只有 5000 余人，这哪里能挡住美军的进攻呢？结果仁川港遭到了血洗。

正如毛主席所预料的，1950 年 9 月 15 日凌晨 6 时 30 分，敌人趁人民军集中在洛东江前线，后方空虚之际，在麦克阿瑟亲自指挥下，以阿尔蒙德为军长的美第 10 军所属的陆战第 1 师和步兵第 7 师以及炮兵、坦克、工兵部队等，共 7.5 万余人，在 260 艘舰艇、近 500 架飞机的配合下，于朝鲜西海岸仁川实施大规模的登陆作战，血洗了仁川港，并继续向汉城、水泉方向进攻，切断了人民军的退路。

与此同时，正面洛东江战线，"联合国军"于 9 月 16 日趁机反扑，向北进攻。

美第 8 集团军司令官沃克的第 1 军指挥美 24 师、骑兵第 1 师（已是机械化步兵师）、英 27 旅、南朝鲜（以下称南军）第 1 师，以及南军第 2 军团的第 6、7、8 师，以大邱、大田、水泉为轴线实施主要突击；美第 9 军指挥美 25 师、第 2 师由晋州方向实施辅助突击；南军第 1 军团指挥首都师、第 3 师，沿东海岸向北进攻。

朝鲜人民军在腹背受敌，两面作战不利的情况下，被迫于 9 月 18 日转入战略退却。朝鲜的战局发生了急剧变化。9月26日敌登陆部队攻占了汉城，30日正面部队抵达三八线，妄图以战略速决吞并北朝鲜。人民军几乎全军覆灭。

（三）毛主席决定出兵援朝

在只靠人民军自身的力量已经无法阻止美国为首的侵略军进攻的情况下，朝鲜劳动党和政府决定请求苏联和中国给予直接军事援助。9月29日，金日成首相和副相兼外务相朴宪永致电斯大林，要求给予军事援助。

10月1日，朝鲜劳动党政治局决定，派常委内务相朴一禹携带由金日成、朴宪永联名求援信，于当日深夜赶到北京，当面呈交毛泽东主席，请求中国出兵援朝。

斯大林接到朝鲜的求援电，急得团团转。担心出兵去跟美国直接冲突，会引起世界大战！他在房间里转来转去，突然停住脚步，露出笑容，他终于想起还有中国同志呢！

他立即给苏联驻中国大使罗申发电报，请立即转告毛泽东和周恩来。他在电报中说："我看，朝鲜同志的情况变得令人绝望，朝鲜如果没有援助，最多只能维持一个礼拜的时间，你们如果认为能用部队给朝鲜以帮助，那么至少应当将五六个师迅速推至三八线……"

斯大林曾承诺，中国出兵到朝鲜，苏联将派出空军掩护，地面由中国负责，空中由苏联负责。

10月1日这天，南朝鲜军在襄阳越过三八线，麦克阿瑟向朝鲜发出"最后通牒"，要人民军"放下武器，停止战斗，无条件投降"。美军并要越过三八线北进。

10月1日凌晨，周恩来总理再一次对美国当局提出强烈警告："美国军队正企图越过三八线，扩大战争。美国军队果真如此做的话，我们不能坐视不顾，我们要管。"

然而，美国当局过低地估计中国人民的力量和反侵略的决心，把中国的警告置之不理，气焰十分嚣张。美国认为中国不具备单独出兵干涉的条件，不敢与美国抗衡。麦克阿瑟更没有把中国放在眼里。

朝鲜同志来求援了，斯大林来电报了，中国面临着艰难的抉择：出兵或不出兵。

出兵朝鲜，决非是件简单的事情。中美两国的国力军力相差悬殊，美国还拥有原子弹和世界上最先进的武器装备，我们只有"小米加步枪、加一点炮兵"，要同世界上头号强国美国决一雌雄，下这个决心要有何等的气魄和胆略！而且对出兵还有人持反对意见，高岗、林彪就反对出兵援朝。这两个人物，一个是毛泽东征求过政治局几位同志拟定的出兵前方主帅林彪，另一个是保障大军后勤供应的后卫高岗。当时中国患恐美病的人为数不少。

中国不出兵，朝鲜就要亡国，金日成只有带上流亡政府跑至中国东北。我国的安全就要受到严重威胁，唇亡齿寒。

中国出不出兵，毛主席有一"底"，这个"底"就是美国军队是不是越过三八线："美国如果干涉，不越过三八线，我们不管，如果越过三八线，我们一定过去打。"

1950 年 10 月 7 日，美国侵略军不顾我国政府的严重警告，悍然在开城地区越过三八线，向北进攻，企图迅速占领北朝鲜。

周副主席忧虑地问毛主席："林彪如此态度，看来要换个人挂帅了。"

毛主席激愤地说："是要换了，为将者都没有必胜的信心，怎么能带兵打仗呢？只有临阵换帅！"

"你看换谁呢？"周副主席问。

毛主席看来胸有成竹："谁敢横刀立马？"

周副主席立刻接上去："惟我彭大将军。"

彭德怀大义凛然，勇挑重担，毅然接受了这一艰巨的任务。

毛主席在 10 月 4、5 日两天，主持召开政治局会议，进行了各抒己见的激烈讨论，逐步统一了认识，很多同志认为，我们最缺的是空中掩护，只要斯大林确实能出动空军掩护我们，就可以出兵！

毛主席根据大家的意见，一锤定音：出兵援朝！毛主席派周恩来总理到苏联去与斯大林磋商空军掩护和解决武器装备问题。双方商谈很好，意见一致。斯大林答应先给中国 36 个师的装备，派出空军掩护志愿军出国作战。

金日成听到中国出兵参战，过去的紧张情绪一扫而光，连声说："太好了！太好了！"

可是就在这个时候，斯大林变卦了，告知周恩来："由于空军没有准备好，我们的空军暂缓出动！"

周总理感到惊讶，立即将这个情况电告毛主席。

毛主席知道后，当时脸色变了，眼睛都红了，当着朱总司令的面拍了桌子："我们的战士也是人生爹妈养的血肉之躯，炸弹落下来照样血肉横飞尸骨无存，我们一出动就是几十万部队，他却连几百个飞行员都不肯出。说好了的话又不算数，这不是釜底抽薪吗？"

毛主席停顿良久才言道："百年积弱呀，我们中国人一定要争气！以后一定要好好想个法子，把我们的势力一下子就抓上去、越快越好，再也不用仰人鼻息！"

毛主席已经3天3夜没有睡觉了，服了超出用量两倍的安眠药也没有用，脑子里总是翻江倒海，彻夜深思。他思绪如麻，心如刀绞："当年日本帝国主义者，不就是先吞并了朝鲜，继而以朝鲜为跳板，入侵中国的东北吗？难道现在美帝不正是沿着日本军国主义当年的老路走来的嘛！"

毛主席平静下来："我们不能见死不救！"

毛主席就出兵问题，与彭德怀、高岗和其他政治局委员再一次商量。大家一致认为，即使苏联缓出或不出空军支援，我们中国也要克服千难万险，在美军越过三八线北进，我们仍应出兵援朝不变，我们自己去救朝鲜。

当天，毛主席把这个决定电告周总理。

周总理看着电文，除了惊异之外，感到一种振奋之情油然而生。说真的，毛主席的胆魄令他钦佩不已，看来，不管苏联出不出空军，中国都要打了。从鸦片战争到八国联军入侵，只有今天共产党领导下的新中国，才有这样大无畏的气概和能力！不会在帝国主义的武装侵略面前却步不前！

当天下午，周恩来再次走进斯大林办公室，斯大林表情诧异："怎么，现在又……"

"斯大林同志"，周恩来说："毛泽东同志和政治局刚刚拍来电报，我们党中央已经再次作出决定：立即出兵朝鲜！"

斯大林听后半晌沉默无语：是的，他怎么能不理解作出个决定背后意味中国人民将克服怎样的困难和付出什么样的牺牲！

还是中国同志好……还是中国同志好……斯大林像是对周恩来说，又像自言自语。

斯大林这次是彻底震惊了，太意外了，中国人竟是真的要用那么原始的武器独自去对付美国人，与侵略者作战，与美帝拼命！

"中国共产党人是真正的布尔什维克，毛泽东是个马列主义者……"

斯大林流泪了！这次斯大林除了同意援助装备外，还同意提供 3 个空军师、300 架飞机在 2－3 个月后参战。

其实，中苏朝都知道，中国出兵朝鲜是为整个社会主义阵营打的一场前哨战，这场战争中国牺牲了许多干部战士，消耗了巨大的经费，贫穷的中国全部独自承担，所有的民族牺牲和对朝鲜的人力物力援助都是无偿的，没有让朝鲜出一分钱。而中国去打仗，苏联却让中国贷款买他的军火，为此，抗美援朝期间中国总共欠下苏联 30 亿人民币的军火款，以后在 3 年困难时期，中国人民咬着牙全部还清了。

10 月 8 日，中国革命军事委员会主席毛泽东为组成中国人民志愿军发布命令：（一）着将东北边防军改为中国人民志愿军，迅速向朝鲜境内出动，协助朝鲜同志向侵略者作战并取得光荣的胜利；（二）中国人民志愿军辖 13 兵团及所属之第 38、39、40、42、50 军，及边防军炮兵司令部与所属之炮兵第 1、2、8 师。上述各部队须立即准备完毕，待命出动；（三）任命彭德怀同志为中国人民志愿军司令员兼政治委员；（四）中国人民志愿军以东北行政区为后勤基地……

毛泽东是一位有远见的大政治家、大军事家、大战略家，他总是胸怀全局，从大局着眼，周密考虑。面对强敌，无丝毫怯意。他根据大家的意见，科学分析形势，权衡利弊，在敌人重兵威胁之下，以革命领袖勇往直前的胆略和气魄，代表着中国人民的伟大意志，毅然作出即使苏联缓出或不出空军支援，我们也要出兵朝鲜，抗美援朝、保家卫国的英明伟大决策。

试想，如果当时中国不出兵朝鲜，同美帝作战，顶住敌人疯狂进攻，以美国为首的侵略军占领全朝鲜，李承晚集团宣布大韩民国统一了朝鲜，那将是个什么样子？美国的重兵集团、军事基地设在鸭绿江、图们江边，大炮、导弹对着我国，飞机在鸭绿江上空横飞，军舰在靠近朝鲜一侧狂驶，不断对我国进行挑衅，甚至找借口向我国东北工业基地发动侵略进攻，我国还能安安稳稳地进行社会主义建设、人民还能安居乐业吗？绝对是不可能的。

全中国人民、志愿军广大指战员，从抗美援朝的实践中，深深体验到：没有共产党就没有新中国，没有毛泽东主席就没有伟大的抗美援朝，也就没有抗美援朝的伟大胜利。

（四）毛主席抗美援朝的关键时候投入全部精力

抗美援朝中，毛主席投入全部精力有三次：

第一次，志愿军出国的时候

毛主席首先与周恩来副主席、彭德怀司令员从战略全局上谋划、部署和指挥打好第一次、第二次战役，以期首战必胜，稳定战局。毛主席确定的作战方针是："在稳定可靠的基础上争取一切可能的胜利。"他对部队行动的指示，甚至具体到各军开进路线、到达指定位置的时间，哪个军打哪个敌人、采取什么战术等。

志愿军入朝之前，毛主席曾确定志愿军在龟城、宁边、五老里一线组织防御，制止敌人进攻，但敌进迅速，我军无法先敌到达预定地区。同时，敌军在战略上判断错误和分兵冒进。毛主席审时度势，当机立断，敏锐地抓住这一时机，改取在运动中各个歼灭敌人的方针和部署。

初战必胜，这是大军事家毛主席一贯的做法，这对出国作战的志愿军来说尤其重要。第一、二仗能不能胜利，将决定志愿军入朝后能不能站住脚的问题。

第一次战役，是1950年10月25日—11月5日，志愿军经过13昼夜苦战，歼敌1.5万余人，首战告捷，将敌从鸭绿江边赶到清川江以南，向南推进100多公里，初步稳定了战局。

毛主席在这次战役中，根据战场上的情况变化，果断地改变计划，使决心和部署适应战场上不断变化的复杂情况。

第一次战役胜利了，斯大林豪气顿生，看来美国没有什么了不起，老大哥再不出点力会被人瞧不起的，他改变了主意，决定由苏联64防空集团军罗波夫中将军长率领苏联空军100多架米格-15飞机的航空兵师，于11月10日到达安东浪头机场。以后增加到3个师、2个独立团、300多架飞机，直到战争结束。

第一次战役的胜利，对鼓舞朝鲜军民士气，稳定人心，对志愿军初步站住脚跟，均有重要意义。但整个战场形势并没有发生大的变化。

麦克阿瑟仍然狂妄，还不承认志愿军已经入朝，正向前线增兵，已达5个军、13个师、1个空降团22万人，比第一次战役增加8万余人。其企图是：让美10军、南第1军团在阿尔蒙德指挥下，从长津西进，让美第8集团军、南2军团在沃克指挥下，由清川江北犯，最后在江界（朝鲜临时首都所在地、距鸭绿江50公里）以南地区会合，把志愿军、人民军消灭，结束朝鲜战争，让部队回日本过圣诞节。志愿军遂于11月25日发起第二次战役，浴血奋战一个月。

毛主席预感到一场恶战不可避免，他于10月31日决定从华东调9兵团入朝，担任东线抗击和歼灭美10军和南1军团进攻的任务，以诱敌深入寻机各个歼敌为方针，歼灭美陆战第1师、美第7师和南首都师、南第3师。

我9兵团第20、26、27军12个师15万，在严寒冬天作战，将美陆战第1师、美第7师和南首都师、第3师基本上歼灭了，并将美第10军的残部赶下海去了，彻底解决了东线的问题。志愿军总部和中央军委都给9兵团发了嘉奖令。毛主席在嘉奖令中说："你们在极其困难的条件下，完成了巨大的战略任务。"9兵团在此役中也伤亡严重，多为冻伤冻死在战场上，不少团队失去了战斗力，在咸兴、元山地区休整3个月，直到第五次战役。

在西线我集中6个军18个师，以诱敌深入各个歼敌的战法，抗击美第8集团军及南军共13万人的进攻，在歼灭德川南第7师、宁远南第8师、戛日岭土耳其旅之后，按照彭总的命令和在前线的韩先楚副司令员指挥下，38军113师14小时用双脚边打边行军72.5公里，那还是地图上的距离，奇迹、神迹般地插入三所里，犹如一把利剑刺进美第8集团军的心脏，使拥挤在西线的美南军顿时惊惶失措。"联合国军"总司令麦克阿瑟和第8集团军司令官沃克为了最后的绝命挣扎，妄图不惜血本地突破三所里、龙源里志愿军的阵地，将困守在清川江附近的美第2师、美第24师、美第25师和南第1师逃出包围圈。

11月29日开始，是一场中国军队用几十门迫击炮、几百挺机枪、几千支步枪和刺刀同美国军队几百架飞机、几百辆坦克、上千门大炮展开了决斗的血战。美南军碰得头破血流，大败而退。30日凌晨，112师赶到三所里、龙源里，团长范天恩带领335团上了松骨峰，前沿的小山包是3连的阵地。

1950 年 11 月 30 日这一天，是志愿军第二次战役——清长大战中，最关键、最激烈的一天，也是 38 军在三所里、龙源里浴血奋战的一天。这天入夜，我 38、39、40、42、50、66 军从各个方向对第 8 集团军发起总攻。

在这次大战中，不仅南第 2 军团彻底完蛋了，美第 2 师、土耳其旅也垮掉了，美第 24 师、第 25 师、英第 27 旅受到重创。

美第 9 军见三所里、龙源里突围无望，吓得丢弃全部装备：2000 辆汽车、几百辆坦克、1000 门大炮，轻装掉头向西汇合美第 1 军，整个美第 8 集团军的残兵败将沿肃川一条海边公路亡命南逃，光俘虏就送给志愿军 3000 多人。10 天功夫，美军向南逃跑 300 公里，第 8 集团军司令官沃克中将，在逃跑中翻车身亡。美第 8 集团军一直逃到三八线才停住脚步，转入防御。

第二次战役——清长大战，是一场改变世界和历史的大战，是志愿军在抗美援朝运动战阶段打得最精彩的一次战役，我军大胜，收复了平壤，整个世界、包括中国自己都被这大得令人难以置信的胜利震惊了。

斯大林看了战报流下了眼泪。斯大林于 12 月 25 日向毛主席发来贺电。整个苏联社会对志愿军感到钦佩：这是一支伟大军队！从此，苏联开始比较真心实意地援助中国了。

经济学家马寅初在东欧参加召开的保卫世界和平大会，80 多个国家、3000 多名代表，听到志愿军收复平壤的消息，一齐鼓掌高呼："毛主席万岁！新中国万岁！"时间长达 10 多分钟，实为国际会议极其罕见的景象！

中国军队入朝时，有些朝鲜同志说"你们的计划很好，但装备太差，恐怕打不赢美军"，悲观得很。第一次战役，中国军队主要打的是南军，他们又说"你们打南军行，打美军不行"，还是底气不足。打完第二次战役，志愿军的威信在朝鲜人民心中空前高涨："毛主席伟大，周总理伟大，朱总司令伟大，彭老总伟大，朝鲜有救了！"

此时在中国北京，毛泽东、周恩来与金日成首相会面，两国的领袖对战争的进程无疑十分满意。

毛泽东对金日成说：

　　"原先我们一直担心两个问题，一个是志愿军过江后能不能站住脚，经过第一次战役，这个问题解决了；二是现有的装备，能不能和装备现代化的美军交战，交战后能不能取得胜利，现在这个问题也解决了。事实证明，我们不仅可以与美军交战，而且能战而胜之，看来原来的担心不必要了。既然美帝敢于诉诸武力，那么中国人民志愿军就要奉陪到底。打第一次战役，打第二次战役，胜利了，还不够，还要接着打。你敢越过三八线北进，那么我们为什么不能越过三八线南进？”

金日成首相说：

"对，我们要乘胜前进，拿下平壤，拿下汉城，迫使敌人从朝鲜撤出去……"

他由衷地赞同毛泽东的见解。

这巨大的胜利把西方世界震惊了，打败"联合国军"的国家，竟是建国不久的、国力军力很弱的、武器装备很落后的国家。

中国人民最兴奋，出兵的消息终于不再保密了，大捷的喜报让无数的中国人民流下热泪，天安门广场彻夜狂欢，举国上下都在狂欢。

全中国人民彻底信服了毛主席所说的"占人类总数 1/4 的中国人站起来了"那句宣言不是一句空话，中国的民族自豪感和爱国主义精神空前高涨，中国人民的精神面貌从根本上改变了，什么"东亚病夫"、"一盘散沙"的帽子统统被甩掉了，从此，谁也不敢再来欺侮我们的民族了！

这次大捷，更出乎敌人的预料，大灭了敌人的威风。美联社、合众社痛心疾首：这是美军历史上"最丢脸的失败"，"最黑暗的年月"。美国国会参众两院对麦克阿瑟大兴问罪，辱骂这位五星上将是"最坏的笨蛋"、"蠢猪式的司令官"。美国国会联席委员会主席、美国前总统胡佛承认："美国在朝鲜被共产党中国击败了。"杜鲁门总统急忙召开国家安全委员会，研究"这场灾难性的失败"所带来的危局。

美国大败，美国曾有人动摇了，提出："是打，还是撤的问题。"

志愿军由于连续作战，西战线部队已经十分疲劳，要立即发起第三次战役确实有很多困难。

毛主席于 12 月 29 日复电彭德怀，再次强调"我军必须越过三八线"的重要性。

为了不给敌人喘息的时间，打过三八线，以争取政治上的主动地位，中朝军队于 1950 年 12 月 31 日—1951 年 1 月 8 日，进行了第三次战役——残酷的岁末大战，历时 9 天，我军于严寒的冬天奋勇作战，突破敌人在三八线的防线，向南推进 80 - 110 公里，解放了汉城，歼敌 1.9 万余人，将敌人赶到三七线地区，粉碎了敌人妄图据守三八线既设阵地，整顿败局、再犯的企图，我军在军事上和政治上都赢得了重大胜利。

1951 年 1 月，我军取得了第三次战役的胜利，朝鲜战局彻底地稳定下来，毛主席松了一口气，向中央请了假到石家庄去编辑《毛选》两个月，将中央军委的工作交给了周恩来副主席，将朝鲜战场的作战委托给彭德怀司令员了。

之后，志愿军又进行了第四次战役和第五次战役。第四次战役：在横城打了歼灭战，攻击砥严受挫，受到很大损失；第五次战役："巨大的胜利，深刻的教训。"在战役指导上，打急了，打大了，打远了。回撤时，部署不周密，在敌人反攻时遭受到重大损失。主要原因是轻敌造成的。

第二次：朝鲜停战谈判开始，毛主席将全部精力投入到朝鲜战场上

朝鲜停战谈判，从 1951 年 7 月 10 日开始，直到 1953 年 7 月 27 日为止。是美国当局在美军连续遭到失败，用武力解决朝鲜战争无望的情况下，首先谋求谈判的。美国人想借谈判之机，得以喘息，准备反攻。中朝军队经过边打边谈，以打促谈，打得美军无力再打下去的时候，才达成停战协议的。

美国兵力拮据是美国谋求谈判的主要原因。美国侵朝战争才一年，就已经付出 10 万余人的伤亡（美国自己公布的数字为 7.88 万余人）。

美国陆军 18 个师又 18 个团，已投入朝鲜 6 个师、一个空降团、一个海军陆战师，还有在其他国家军事基地之兵力，其国内只剩下 6 个师和在日本的 2 个师。美国再也没有机动部队可调往朝鲜。

美国在狗急跳墙之时，想在朝鲜打原子弹，而没有敢打。

当时的形势，美国已经不可能吞并朝鲜并把战火烧到中国大陆了；另一方面，志愿军和人民军想完全把美国侵略军从朝鲜赶出去，也是不大可能的。

　　毛主席敏锐地把握住这个机会，为即将来临的朝鲜停战谈判作好各方面的准备。毛主席又将全部精力集中到朝鲜战场了。

　　毛主席指挥作战，最讲究"初战必胜"、"不打无准备之仗"，谈判桌上同对手交锋，也非常注意"初战必胜"，在临战之前，做好充分而周全的准备，不给对手有任何可乘之机和可以利用的借口。

　　毛主席深深懂得，同不讲理的美国侵略者进行谈判，使和平的可能性变为现实，没有雄厚的力量作后盾是万万不行的。在战场上稍有疏忽或示弱，必定要吃亏，必定处于不利地位，因此，毛主席于7月2日致电彭德怀：一方面加强正面防御的兵力，另一方面加强侧后的兵力，防止敌人从东西两岸突然登陆。

　　毛主席既有指挥千军万马、气吞山河的雄才大略，又有实际、具体、细致入微的工作方法。

　　他首先决定志愿军副司令员兼副政委邓华、参谋长解方为彭德怀司令员的代表，并确定从国内派出外交部副部长兼军委情报部长李克农和乔冠华为谈判工作组，指导谈判。中朝代表团团长为朝鲜人民军总参谋长南日大将，其他2人是人民军副总参谋长李相朝将军、第1军团长张平山少将。

　　毛主席不仅指示搞好会议场所、对方代表团宿舍的布置、各种用具、排除地雷等，还亲自起草中朝方面致"联合国军"总司令李奇微的多次复电、致电，草拟中朝方面关于停战协议草案，并征求金日成、彭德怀的同意。7月9日，停战谈判前一天，他还仔细审阅南日、邓华准备在首次会议上的发言稿，他样样都关照到了，他真是一个细致的人，令人钦佩。

　　7月10日，一场旷日持久、一波三折的马拉松式停战谈判开始了。美国虽然被迫和谈，但并不甘心战场上的失败，也不愿意公平合理地解决朝鲜问题。谈判一开始就采取拖延和讹诈政策，并不断借助军事行动。在节外生枝，要使会谈中断时，毛主席识破对方的用意，立即提出对策。

　　7月14日，毛主席重新起草中朝方面给李奇微的复电，将问题说得透透彻彻，把对方的借口驳得干干净净，心平气和，入理入情，表现出中朝方面对朝鲜停战谈判的诚意，又显露了毛主席的外交斗争策略和斗争艺术。

　　为便于识别，代表团的汽车需挂上有标志的旗帜。美国人喜欢白色，所以他们要的是白色的旗。1951 年 7 月 10 日，"联合国军"代表的汽车挂着一面白旗来开城谈判。记者和摄影人员进行拍照，他们举着一面大白旗。

谈判几次后，美联社一位记者写了一篇新闻报道：堂堂美国代表是代表"联合国军"总司令去谈判，车上挂着白旗，太不光彩了，这简直是投降嘛！他们才不干了，不打白旗了，并将谈判地点，由开城来凤庄改到开城东南 8 公里的板门店。

在谈判中，中朝方面的每一项提案，都要遭到"联合国军"代表的反对。双方在谈判桌前的唇枪舌剑，其激烈程度不亚于战场上的刀光剑影。最大的问题有 3 个：一是撤兵——从朝鲜撤出一切外国军队；二是军事分界线，我方主张以三八线为军事分界线；三是战俘遣返问题。

毛主席在周恩来副主席的有力协助下，稳操军事斗争和政治斗争的主动权。在毛主席既有作战经验，又有外交手段的指导下，打打谈谈，问题一个一个地都解决了，谈判成功了，达成了停战协议。

第三次：反登陆作战准备，要同艾森豪威尔大打特打一番，毛主席把全部精力又集中到朝鲜战场来了

毛泽东主席在领导中国革命的过程中，经历过多少次这样的情况：当发现敌人阴谋策划军事行动时，随即作出反应，设想最坏的情况，做好充分的准备，同时表明自己的坚定立场，以有力的舆论配合，揭露敌人的阴谋，使对方知难而退。这次由他指导的反登陆作战准备，又是一个例子。

上甘岭战役打得敌人从正面根本攻不动志愿军的阵地。

1952 年 11 月，北大西洋公约组织武装部队最高司令艾森豪威尔，以结束朝鲜战争的许诺，当上了美国第 34 届总统。

可是，他上台之后，又进行战争叫嚣，他要冒险，宣称要以行动，而非语言，来打破僵局。"联合国军"总司令克拉克制定了于 1953 年春，发动一场包括正面进攻、联合登陆和轰炸中国东北的大规模军事冒险计划，企图把战线推到元山－平壤一线。

在毛主席的具体而周密的指导下，一场大规模的反登陆作战准备，争分夺秒地加紧进行：

（一）加强了兵力。（二）建立了新的指挥机构：毛主席命令，西海岸防御指挥部的司令员、政委由邓华兼任，部署第 16、38、39、40、50、

54 军及特种兵部队；东海岸防御指挥部由从上甘岭转移到元山地区的 3 兵团兼任，司令员许世友、副司令员王近山（先）、曾绍山（后）、金雄（人民军），辖志愿军第 12、15 军、独立 33 师，人民军第 2、5 军团以及25、26 旅团。志愿军总部预备队：第 21、47 军。（三）进行了战场建设。东西海岸共构筑了坑道 720 公里、地堡 6000 多个、掩体近 10 万个、堑壕交通壕 3100 公里。在东西海岸构成了大纵深的严密的防御体系，使敌人无隙可乘。（四）进行了政治动员，部队士气高涨。

美军看到我 30 万大军做好反登陆作战准备，未敢实施登陆作战，美国人被迫放弃了扩大战争的梦想。

连制定登陆作战计划的"联合国军"总司令克拉克都泄了气。他认为：志愿军沿海滩头的防御体系和前线的防御体系一样，纵深的距离甚长，并且它的效力大部分依靠地下设施。除地下工事外，还有一道道的堑壕，阵地从滩头向后分布。因此，任何从海上攻击的部队，一旦上岸就得去攻击一道又一道的战壕和阵地。雷区到处都是。大部分稻田地被水淹没，变成战车陷阱，使我们的装备在泥潭中寸步难行。

战争打到现在，中国军队已经占据了战场上绝对优势，中朝军队合计已达 180 万人（人民军 45 万），仅地面部队就有 25 个军（人民军 6 个军团），武器装备已经和抗美援朝初期不可同日而语，防御阵地坚如磐石，士气高昂无比，长期困扰作战的后勤供应问题已经彻底解决，这些都是开战以来从未有过的有利条件。敌人 120 万人，地面部队 24 个师（南军 6 个军团）。

抗美援朝战争，打到现在应当停止了。美国要求停战。可是，李承晚阻挠朝鲜停战实现，以"就地释放"为名，强行扣留人民军战俘 2.7 万余人，破坏了停战协议。

周恩来总理讲了李承晚破坏停战协议的情况，毛主席说："鉴于这种形势，我们必须在行动上有重大表示，方能配合形势，给敌方以充分压力，使类似事件不敢再度发生，并使我方掌握主动权。"于是，毛主席批准，志愿军以 20 兵团为主，对南朝鲜 4 个师发起了"金城战役"。从 1953 年 7 月 17 日开始，一直打到 7 月 27 日，在停战协定上签字停战为止。毛主席对这次战役给予很高的评价。他说："今年夏天，我们已经能够在一个小时内打破敌人正面 25 公里的阵地，能够集中发射几十万发炮弹，能够打进去 18 公里。如果这样打下去，再打它两次、三次、四次，敌人的整个战线就会被打破。"

1953 年 7 月 27 日，朝鲜停战协定在板门店签字，结束了历时 3 年的朝鲜战争，世界人民渴望的朝鲜停战终于实现了。

毛主席送儿子上战场是伟大之举

为了抗美援朝、保家卫国，全国各地父母送儿子、妻子送丈夫、兄弟争先入伍的动人事迹屡见不鲜，而毛主席送大儿子上战场的事迹，在当时中央领导人中间可不多见。

那是 1950 年 10 月 8 日，美国军队越过三八线第二天，在中央政治局会议上，经毛泽东提议，政治局一致通过由彭德怀统率大军入朝作战。毛主席已发了命令。

当晚毛泽东设家宴为彭德怀同志饯行，长子毛岸英陪侍。毛主席把一杯茅台一饮而尽说："德怀，你要挂帅出征，我没有别的可送，只有一言一物相送，一言么，是你一定要注意安全，美国人的控制权很凶哪，战略上藐视，战术上一定要重视，我毛泽东和共产党不能没有彭大将军哪！"

彭德怀很受感动："主席言重了，我彭某不过是一个农民而已，还有什么宝贝要送我的啊，主席？"

毛泽东哈哈大笑："我老毛和你一样穷哩，宝贝没有，宝气倒有一个。"他指着陪侍的毛岸英用浓重的湘音说道："我这个大儿子要求到朝鲜抗美援朝，我把他送给你，让你带他一同去朝鲜打仗！"

彭德怀举杯的手放下来了。他怎么也没有想到毛泽东要送儿子上战场！彭德怀知道毛泽东和杨开慧所生的 3 个儿子亡的亡，残的残，这岸英是主席的心头肉啊！

彭德怀思虑片刻，看着等待回答的毛泽东连连摇头："主席，那是战争！"

毛泽东站起来："我毛泽东号召全国人民抗美援朝，我的儿子就该第一个去打仗！"

彭德怀深为毛泽东的人格魅力所震动，他猛然站起身说："好！既然有主席此言，我就带！"

彭德怀第二天携毛岸英等一行飞赴沈阳执掌帅印。10 月 19 日夜间入朝，开始同美帝作战。

志愿军司令部在桧仓时，第二次战役即将开始，1950 年 11 月 25 日凌晨，4 架美国轰炸机对着志司驻地一气扔下百颗炸弹、凝固汽油弹，将洞外工棚般的房子全部炸毁，烈火冲天。在房里值班的毛岸英和作战参谋高瑞欣被吞没在烈火之中，毛岸英和高瑞欣同志牺牲了。

毛岸英是毛主席的长子，也是中华民族的好儿子。他的一生充满了艰辛和苦难。8 岁时就和母亲杨开慧一起被关进国民党的黑牢。杨开慧被国民党反动派杀害以后，在地下党的营救和安排下秘密转移到上海大同幼稚园，在上海地下党组织被破坏、生活无着时，10 岁的毛岸英就带着两个弟弟在上海讨饭、流浪街头、兄弟三人相依为命。不久，三弟岸龙被折磨而病逝，岸英和岸青就靠卖报纸、捡破烂、拾烟头、帮人推人力车维持生活。1936 年上海地下党组织恢复后才找到流浪 5 年之久的他们哥俩，送到苏联学习，又遇上了二战。毛岸英参加了苏联红军，当上了坦克连的中尉指导员，参加了攻克柏林的战役。回国后，他带头响应抗美援朝的号召，参加了中国人民志愿军。他没有死在国民党的黑牢里，没有死在颠沛流离的旧社会大上海滩，没有死在残酷的反击德军的战役战斗中，在抗美援朝、保家卫国时，却被美国侵略军的炸弹、凝固汽油弹炸死烧死在烈火之中，他的遗体被烧焦。年仅 28 岁、新婚才一年，就长眠在朝鲜的国土上。这怎么能不使人悲痛呢？怎么能不使毛泽东老年丧子而承受巨大的悲痛呢！

在漫长的革命年代里，毛泽东的 6 位亲人先后为革命献出了生命。他说："我的 6 位亲人牺牲了，杨开慧、毛泽覃、毛泽民、毛泽建、毛楚雄、再有这毛岸英……杨开慧是个好人哩，岸英是个好伢子哩！革命胜利来之不易啊！"

毛泽东与杨开慧所生的 3 个儿子，三子岸龙被折磨病逝；二儿子岸青身体不好，他特别喜爱的德才兼备的长子又牺牲在朝鲜战场上。

毛泽东在毛岸英身上寄托着希望，倾注了无限的父爱，但毛泽东不把毛岸英看成只属他自己的，而是属于党，属于人民，他应当报效祖国。

毛泽东以中国人民的利益为准绳，美帝国主义者夺去千千万万中国优秀儿女的生命，包括他年仅 28 岁的儿子，但他为了中国人民的根本利益，为了中美人民的友好往来，他不以旧怨为念，1972 年，亲手打开了中美建交的大门。

志愿军广大干部战士对毛岸英战友的不幸牺牲非常悲痛！对毛主席送儿上战场倍加赞颂："毛泽东主席伟大！"

三、工作最多、睡眠最少的人——周恩来总理

中共中央副主席、中华人民共和国总理兼外交部长、中央军委副主席、甚至名副其实的总参谋长、总后勤部长、毛泽东的得力助手周恩来，是位工作最忙、睡眠最少的人，他在主持军委日常工作，协助毛主席指挥作战，处理中朝两党、两国之间的关系，政府与军队工作的关系，前方作战与后方供应的关系等等，都是胸怀全局，统筹安排，处置妥善。

周恩来副主席对志愿军的后勤工作更是格外关注。聂荣臻同志在回忆录中写到："整个后勤工作，当时都是在周恩来同志的领导和关怀下进行的。这方面的事情，我几乎每件都要向他请示。他抓得很细，在志愿军准备出国前夕，恩来同志多次听取后勤保障工作的情况汇报或出席有关会议，对出国部队的粮食、装备、武器弹药的供应，交通运输、伤病员救护治疗、后勤干部的调配等等，都一一作了明确指示。"

志愿军在已经连续进行了3次战役，打得十分疲劳，大量减员，要完成第四次战役的作战任务，困难甚大，亟须补充兵力。怎么办呢？1951年2月7日，周恩来根据毛主席的意见，由中央军委作出决定，实行轮番作战，将过去从国内部队抽调老兵补充志愿军的办法，改为以军、兵团成建制地由国内调到朝鲜战场，轮番作战，这是中国人民志愿军抗美援朝战争中的一个新的创造。据后来统计，整个抗美援朝战争中，中国先后共有6个兵团，27个野战军，85个步兵师，11个地面炮兵师加18个炮兵团和许多步兵师、团、营的炮兵营、连，4个高射炮兵师又10个团及60个独立营，2个坦克师共12个坦克团，16个工兵团，10个铁道兵师，2个公安师，空军14个歼击机师和2个轰炸机师的3个大队，轮番入朝作战，再加上后勤部队和部分海军部队，总计有290多万中国官兵上过朝鲜战场。除此之外，还有30多万东北民工入朝战勤，这场未正式宣战的战争，实际上是中国历史上规模最大的境外作战。

在志愿军作战的事情中，最让周恩来操心的就是后勤保障工作。1951

年 5 月中旬，在第五次战役第二阶段，周恩来专门召见志愿军分管后勤工作的副司令员洪学智，一是为了从一线指挥员那里了解志愿军后勤中的困难和问题。二是他要亲自考察洪学智，观察其是否能出任即将成立的志愿军后方勤务司令部司令。

周恩来在听取洪学智汇报提出的困难和问题之后，为了适应朝鲜战争的形势提高后勤效能，中央军委和志愿军总部采取了如下重要措施：（一）成立机构，加强领导。1951 年 5 月 19 日，中央军委作出《关于加强志愿军后方工作的决定》，决定成立志愿军后方勤务司令部，由志愿军副司令员洪学智兼任司令……（二）扩大编制，转变职能。中央军委决定志愿军后方勤务司令部的主要任务是，"除了负责作战物资保障、前运后送外，还要负责维护桥梁道路，保证通信联络，组织警备、防空、维持后方秩序等一切后方勤务工作。"为与后勤担负的任务相适应，志愿军总部决定，将过去配置后勤的工兵、炮兵、公安、通信、运输、铁道、工程等部队，划归志愿军后勤建制序列。到 1951 年 10 月，志愿军后方勤务司令部直属部队发展到 5 个分部、28 个大站、4 个警卫团又 9 个营、13 个汽车团（3700 辆）、29 个辎重运输担架团、3 个公路工程大队、39 个兵站医院、4 个高炮营、3 个通信营、8 个运输营共 14 万余人，另配属有公安 18 师、步兵 149 师、6 个工兵团、11 个高炮营共 4 万余人和 3 万民工，总人数已达 22 万余人，使志愿军后勤具有供、救、修、运、防综合保障和作战能力。1951 年 8 月至 1952 年 6 月，在反"绞杀战"时，还有铁道兵 10 个师和铁道技术人员共 19 万人抢修铁路工程。（三）改革体制，分区供应。（四）国际保障，苏朝支援。志愿军的后勤工作，已由"小米加步枪、仓库在前方"的时代转变为"指挥战斗、组织供应"的时代，有效地保障了志愿军作战的胜利。

周恩来在朝鲜停战谈判之时，他每天上半夜听取总参谋部汇报，掌握敌我情况，处理朝鲜战场上的问题，下半夜看过"克农台"来电报告停战谈判情况，与毛主席研究对策，发去回电后，又开始处理国内事务和外交工作，总是通宵达旦地工作，他身边十几个工作人员倒班转都忙得不行，周恩来却凭借非凡的精力常常连续坚持工作三四天才睡一觉。此时劳累过度病倒了，党中央强令让他到外地休养。因工作离不开他，毛主席更是离不开他，只在大连休养不到一个月即被召回。周恩来的病虽未痊愈，身体瘦弱，常流鼻血，但仍是硬挺，日夜工作。一天在办公室几乎晕倒，同志们见状不由一阵心酸。毛泽东时刻关心他的身体，尽量减轻他的工作量，让他劳逸结合。

周恩来赴苏会见斯大林，寻求支援，在谈判中灵活机动，很好地完成了毛泽东交付的落实空军支援和解决武器装备问题。在斯大林突然变卦，苏联缓出空军支援志愿军作战，使周恩来既惊讶又激愤，他根据毛主席的"我们中国人一定要争气！以后一定要好好想个法子，把我们的实力一下子就抓上去，越快越好，再也不用仰人鼻息"的想法，共产党人由此下决心建立自己的门类齐全的国防工业。周恩来总理趁抗美援朝战争的机会，利用苏联的帮助，让中国类似原始手工作坊的兵器工业，更换机器设备，从仿制苏式武器入手，制造枪炮、弹药，建立起了新中国强大的兵器工业基础，为今天中国的国防现代化奠定了基础，他是中国兵器工业公认的奠基人。

周恩来在抗美援朝时，尤其是停战谈判中，以毛泽东名义向斯大林、金日成、彭德怀、李克农发出一封又一封电报。除了少数电报毛泽东有较多的修改或加一些重要内容的话，绝大部分是一字不改，或只是偶尔改几个不易辨认的字，而周恩来写的电报都是一气呵成的。我们看了这样大量的由周恩来起草、以毛泽东名义发出的电报手稿，感到毛、周之间的意见多么一致。

周恩来一生中最瘦的时期有3次：一次是长征得了肝脓肿，一次是病逝前被癌疾折磨的时候，还有一次就是抗美援朝时期。周恩来为抗美援朝所做的贡献真是几本书都写不完。我们认为，敬爱的周恩来总理过早辞世，是工作多、工作忙、休息少、日夜操劳而累死的。

四、最能打仗、最勇敢的人——彭德怀司令员

最初，中央原拟志愿军的帅印由林彪执掌。林彪推托身体有病，怕风、怕光、怕声音，实际上怕和美国交战。毛泽东当机立断，临时换将，要彭德怀挂帅出征。彭德怀大义凛然，勇挑重担，毅然接受了这一艰巨的任务。

　　彭德怀是一位名震中外的战将，以善打硬仗、恶仗著称。这次出师朝鲜，抗美援朝，要和美军直接交战，敌我力量相差悬殊，特别是我方没有制空权，美机可随时随地对我狂轰滥炸。毛泽东考虑到彭德怀的安全，在敌情尚未清楚的情况下，准备把志愿军总指挥部设在鸭绿江北岸中国境内。

　　彭德怀知道这个安排后，急匆匆找到毛泽东直言面陈："我的指挥部无论如何不能设在鸭绿江北岸。部队打到那里，我的指挥所就应该设在那里。主席最了解我，靠前指挥是我的老习惯。"毛泽东指挥过千军万马，是中国和世界上有名的军事指挥家，他岂不知靠前指挥的道理。这次让志愿军司令部设在鸭绿江北岸，确实是从彭德怀的安全考虑。他忧虑地说：现在情况不甚明了，靠前指挥，你的统帅部万一被敌人的飞机炸掉了怎么办？彭德怀仍然坚持说：部队在朝鲜打仗，我在中国境内指挥，我彭德怀无论如何不能这样作。毛泽东终于被说服了，同意彭德怀的意见。

　　入朝的那天夜晚，后面，送行的人深情依依，表情肃严；前面，夜幕漫漫，山川迷茫；头上细雨朦朦，连绵不断；脚下，江水莽莽，奔腾翻滚。彭德怀双肩高耸，四周审视一下，突然高喊一声："出发！"便带上参谋、秘书、警卫员、报务员和电台，坐着两辆吉普车，首批跨过鸭绿江大桥，进入了朝鲜战场。那时，以美帝为首的侵略军已大举进犯到朝鲜北部山川。彭德怀一进入朝鲜的国土，便进入了敌人的后方。一路上，敌机到处在狂轰滥炸，许许多多的工厂、学校、农庄被炮火淹没，朝鲜的乡亲们扶老携幼，疲惫艰难地向北转移，朝鲜人民正遭受着空前的浩劫。彭德怀看到这些，更加不顾自身的安危，在崎岖的山路上穿行，终于到达北镇西北的一个山洞，与金日成相见，商讨抗美事宜。这时，山洞四周到处是敌人，随时听到敌机的轰炸声和大炮的呼啸声。实际上，敌人已进至大洞东北的桧木洞。中路敌军进至楚山、西路敌军进至大馆洞，他的指挥部处在敌人的四面包围之中。两位统帅处境相当危险。彭德怀在其《自述》中曾有这样一段回忆："当时敌先头部队由德川经熙川窜到我与金日成会谈的大木洞东北面的桧木洞，已绕到我们住的大木洞后边去了。我志愿军刚过江不远，即与该敌遭遇，我与金幸免被俘。"彭德怀就是这样，把指挥部扎在了敌人后方，指挥中国人民志愿军，开始了伟大的抗美援朝战争。

　　不久，美军侦察到了我志愿军统帅部的所在地，不断派飞机进行轰炸。司令部经常处于炮火之中。为此，毛泽东多次电告彭德怀：指挥所应建筑可靠的防空洞，充分注意机关的安全，不可大意。遵照毛泽东的指示，指挥部周围建立了许多的防空洞。但彭德怀从不愿离开指挥位置，躲到防空洞去。面对大家的劝说，他执拗地说："来朝鲜是为了躲飞机的吗！"弄得参谋们毫无办法。1950 年 11 月 24 日凌晨，根据侦察判断，敌机要来空袭。志司决定全体人员上山暂避，可彭德怀就是不上山。最后洪学智强拉硬拽总算把他拉上了山，敌机便对准彭德怀的房子和作战室扔下成批的炸弹和凝固汽油弹。彭德怀住的房子和作战室被烧成灰烬。大家齐声惊呼："好险啊！"

可是，在作战室值班的毛岸英和高瑞欣同志牺牲了。

彭德怀遵照中央军委制定的以运动战为主，与部分阵地战、敌后游击战相结合的战略方针，和朝鲜人民军并肩作战，先后向美帝国主义为首的侵略军发起了 5 次战役，给侵略军以沉重的打击。第一次战役从 10 月 25 日至 11 月 5 日，将敌军从鸭绿江边赶至清川江以南，初步稳定了战局。第二次战役从 11 月 25 日至 12 月 24 日，收复平壤，把敌军驱回"三八线"以南，迫使敌人从总进攻变成了总退却，从而扭转了战局。以后又进行了第三、第四、第五次战役，其中第三次战役志愿军曾一度占领汉城。到 1951 年 6 月 10 日，第五次战役结束，志愿军总共歼敌 23 万人，把战线稳定在"三八线"附近。

五、最可爱的人——中国人民志愿军

抗美援朝战争中，将帅身先士卒，干部战士英勇果断，威武不屈，共同构筑了敌人闻风丧胆的钢铁长城。志愿军广大指战员肩负祖国人民赋予的打败敌人，帮助邻邦，保卫祖国，拯救和平的伟大而光荣的使命，全军上下士气旺盛，斗志昂扬，在战斗中表现出无比的英勇顽强和自我牺牲精神，克服了难以想象的艰难困苦，打出了国威军威。美帝国主义不甘心在 5 次战役中的失败，动员了它全部陆军的三分之一、空军五分之一和海军的近半数兵力投入朝鲜战场，作为侵略战争的主力。中国人民志愿军和朝鲜人民军利用地形，构筑坑道，以阵地防御战和运动反击战相结合的作战方法，大量歼灭敌人，两年中又歼敌 72 万人。在这些战斗中涌现了许许多多惊天地、泣鬼神的战斗英雄，展开了数以万计丧敌胆、撼敌魂的战役战斗。其中第二次战役和上甘岭战役尤为悲壮激烈。

第二次战役是个大战役，在东战线长津湖地区 9 兵团第 20、26、27 军的 12 个师于酷寒严冬大战美·10 军之陆战 1 师、第 7 师，以及由该军指挥的南朝鲜第 1 军团之首都师、第 3 师的进攻，歼敌 1.3 万余人，彻底解决了东战线的问题，以后的作战只在西战线进行。在西战线清川江地区第 38、39、40、42、50、66 军之 18 师大战美第 8 集团军之第 1、9 军和由它指挥的南朝鲜第 2 军团及英 27 旅、土耳其旅，歼敌大部，驱敌南逃 300 公里，第 8 集团军司令官沃尔顿·沃克逃跑时翻车摔死。38 军荣获"万岁军"称号。该军在歼灭了德川南朝鲜第 7 师、114 师正在攻歼土耳其旅同时，113 师插向三所里，14 个小时边打边跑 72.5 公里山路，犹如一把利剑刺进了美第 8 集团军的心脏。该师刚到达 5 分钟就开始血战了。此时，112 师也赶到，老虎团长带领 335 团上了龙源里的松骨峰。

1950 年 11 月 30 日这一天，是第二次战役最关键的一天，也是 38 军打得最激烈的一天。那是一场中国军队用几十门迫击炮、几百挺机枪、几千支步枪和刺刀，同美国军队几百架飞机、几百辆坦克、上千门大炮展开的决斗。麦克阿瑟、沃克为了最后的绝命挣扎，孤独一掷，集中 500 多架飞机、几百辆坦克、上千门大炮，被围困的美国兵、南朝鲜兵，几个师一波一波地连续猛烈进攻，企图逃出中国军队的包围圈。打得最惨烈的是 113 师 337 团 3 连龙源里和 112 师 335 团 3 连松骨峰的阻击战。从天上到地面的炮犁火耕，上百辆坦克伴随整团、整师的步兵冲锋，但在中国这两个固守的阵地前，6 个多小时，美军竟未能前进一步，相距最近时，被包围的美军已经能够看到前来救援的骑兵 1 师坦克上的白色星徽，但可望不可及，就是这短短的几百米却冲不过去，因为那里有中国的战士。有几百几千具美国人的尸体倒在这两处阵地前，两个连队的中国战士也快伤亡殆尽，子弹早就打光了，美国人又冲上来了。松骨峰上的 335 团 3 连最后的 7 名战士互相说道："早就够本了。"然后他们端着刺刀，举着工兵锹，带着满身的烟火最后一次扑向冲上来的美国兵，刺刀捅弯了，工兵锹不好用了，那就用石头砸，用牙咬，用胳膊死死搂着美国兵让烧遍自己全身的火也烧死美国佬。337团3连龙源里的阵地上也无人了！美国兵的精神终于崩溃了："这是在和魔鬼战斗！"他们再也不敢向这两个空无一人的阵地攻击了。

韩先楚在电话里向彭总报告："337团3连龙源里阻击战和335团3连松骨峰阻击战打得最苦，两连基本上打光了，但完成了任务……"彭总接完韩先楚的电话，这位身经百战的统帅，不由地流下了眼泪。

战斗结束后，一位叫魏巍的中国作家登上了龙源里、松骨峰，他用笔记下了所看到的让几代中国人血脉膨胀的情景，那是中国中学语文教材名篇之一的《谁是最可爱的人》。1951年4月11日，由《人民日报》发表。文章热情歌颂了中国人民志愿军的爱国主义、国际主义、革命英雄主义精神。文章发表后，在我国广大人民群众中引起了强烈反响，"最可爱的人"遂成志愿军的代称。

此时，38军已毙伤敌7458名，俘敌3616名（其中美军1042名），歼敌的总数占志愿军此役歼敌总数的48%；击毁坦克114辆，缴获坦克14辆、火炮398门、汽车1500辆及其它大量军用物资，圆满地完成了志司赋予的作战任务，对整个战役的成功起到了重要作用。彭总非常高兴地说："38军果然勇如猛虎！"12月1日，他兴致勃勃地亲自起草，用彭、邓、朴、洪、解、杜志司首长的名义，传令嘉奖38军，并在通令上写上了"中国人民志愿军万岁！38军万岁！"第二次战役结束不久，毛主席在百忙中在北京召见了38军政委刘西元，并进行了亲切的交谈，勉励38军再接再励，打胜朝鲜这一仗！

在阵地防御阶段，我军边谈边打，先后进行了反"绞杀战"、反细菌战、粉碎敌人夏季攻势和秋季攻势、建造"地下长城"、冷枪冷炮杀敌、对敌战术反击，以及进行了上甘岭战役、反登陆作战准备与金城战役。在阵地防御作战期间中朝军队共歼敌72万人。

志愿军为坚守阵地，保存自己，消灭敌人，从1951年9月开始，利用战场相对稳定的形势，在横贯朝鲜半岛250公里的战线上，在构筑的猫儿洞、防炮洞的基础上，经过10个月的艰苦劳动，构筑了以坑道为骨干的防御工事阵地，建造了坚不可摧的"地下长城"，志愿军指战员称之为"战士之家"。据后来统计，志愿军挖的坑道长达1250公里，等于挖了一条从北京市至武汉市的一条石质大隧道（北京西站至武昌1225公里）；挖了各种堑壕、交通壕长达 6240 公里，接近中国长城的长度（长城长度 6700 公里）；修筑了 10 万个地堡和无数个射击掩体。建筑这些工事挖出的土石方，如果以一立方米排列，可构成一条环绕地球赤道一周半的长堤（赤道周长为 4 万多公里），这是人类战争史上空前的奇观！这些都是志愿军战士们付出血汗的成果。

随着坑道工事的基本完成，中国军队的防御阵地日益稳固，伤亡亦不断减少。1951 年夏季和秋季作战时，美国人平均每发射 40～60 发弹可杀伤我军一人，到 1952 年 1 月至 8 月，美国军队要发射 660 发炮弹才能杀伤中国军队一人。美国人开始恐惧地将志愿军称为"闭居洞中龙"，志愿军的防线是"一道不可逾越的死亡深渊"。

1952 年 10 月 14 日，美军向金化以北的上甘岭地区发动了空前猛烈的所谓"金化攻势"，为了夺取志愿军两个加强连防守的 579.9 高地和 537.7 高地北山，先后调动 3 个师 6 万人的兵力，集中了 300 余门大炮和 300 多架飞机，进行了持续不断的连续攻击，平均每天向方圆不足 4 平方公里的志愿军阵地发射炮弹数万发，最多时达 30 万发，每分钟有 360 发炮弹落在这两个连的阵地上，炮弹落处石屑翻飞，钢片如雨，天上有 40 余架轰炸机、强击机轮番轰炸，重磅炸弹啸叫着冲下来将花岗岩轰成碎粉、凝固汽油弹烧得满山烈火冲天。短短一天时间，上甘岭两个山头就被削低 1～2 米，山上寸草不留，坚硬的石头山被炸成石屑山。

驰名中外，最残酷最悲壮的上甘岭战役，兵力火力之密集，反复争夺之频繁，战斗之残酷激烈实为世界战争史上所罕见。其艰苦程度比《上甘岭》电影要残酷几倍，甚至几十倍。什么是前仆后继，看看上甘岭战役便一清二楚了。

彭总是于 1952 年 6 月回国治病，以后就在北京主持中央军委工作的。

上甘岭战役的指挥者是：志愿军司令员邓华、副司令员杨得志，3 兵团副司令员、代司令员王近山，15 军军长秦基伟，12 军副军长李德生。主要指挥者是王近山。

王近山是刘邓大军的一员战将，绰号"王疯子"，打起仗来"疯"得不得了。邓小平政委说："那不是疯，是革命英雄主义。"27 集电视剧《亮剑》中的那个英勇善战，让敌人闻风丧胆的骁将李云龙，其原型之一就是王近山。

志愿军为了抗击敌人的进攻，先后投入了 4 万人的兵力，平均每天打退敌人 30~40 次的进攻。战士们就在那光秃秃的山头上，利用坚固的坑道工事顽强机智地同敌人作战。当敌人成吨成吨的炮弹、炸弹向高地袭来的时候，整个山头都被炮火吞没了，别说是人，就是一只蚊子也休想逃生。可是高地上一个人影也没有。我们的战士，正静静地躲在坚固的坑道里，等待时机出击。炮火一停，敌人攻上来了，突然，好像从地下钻出来一样，出现了我们的战士。他们近敌作战，用机枪、手榴弹把敌人一次一次压了下去。敌人炮弹来了，我们的战士又钻进了坑道。反反复复，每次敌人都抛下很多尸体。

战场上的厮杀，决不是像捉迷藏那样好玩，它的主旋律是血与火、残酷与悲壮。排长孙占元，在 10 月 14 日的阻击战中，带领全排争夺阵地时，两条腿被打断，仍继续指挥战斗。最后子弹打光了，他拉响了仅有的一颗手榴弹，滚进敌群，与敌人同归于尽。营部通信员代理班长黄继光，17 日，和部队一起反击敌人，在冲锋途中，敌人一个大碉堡火力点封锁了我们前进的道路。前去爆破的几名战士先后牺牲了。他高喊"让祖国人民听我胜利的消息吧"，抱起手雷冲了上去。敌人疯狂地向他射击。他身上中了几颗子弹，但仍奋力跃起，猛扑到敌碉堡火力点前，用身体挡住了敌人的射击孔。部队冲上来消灭了敌人。黄继光用他年轻的生命谱写了壮丽的诗篇。在策应上甘岭战斗中，反击 391 高地时，敌人的燃烧弹正打在潜伏战士邱少云身边，顿时大火熊熊燃烧起来，火很快烧着了他身上的伪装、棉衣……邱少云是为严守战场纪律，为克敌致胜，为集体而献身的伟大战士。

11 月 2 日，8 连守备 597.9 高地。接连几天的阻击战，战士们伤亡很大。一次两连的美国兵冲上了山头阵地，战士王万成、朱有光怒火冲天，他俩抱着爆破筒冲了过去，站在敌人中间，怒视着敌人。敌人被他们果敢的行为一时吓得不知所措。王万成、朱有光趁机拉响了爆破筒，"轰隆""轰隆"两声，敌人血肉横飞，纷纷倒下，余下的敌人也抱头滚下山。他们用生命夺回了阵地。电影《英雄儿女》中的英雄王成就是依据王万成、朱有光等一批烈士的事迹塑造的。

5 连战士金星英雄胡修道，和新战士滕土生，坚守 597.9 高地 4 号阵地。说是阵地，其实工事早已被敌人炮火摧毁了，山头打得光溜溜的，全是松土，只有一块大青石头，上半截已被炸得粉碎，剩下的石头根还有半人多高，他们以此为工事。敌人的排炮轰隆轰隆打来，胡修道只觉得整个山头乱摇晃，遍地像火烧一样。这时美国兵爬上来了。胡修道和滕土生一个劲地猛打，敌人被打下去了。敌人冲上来了，又被他们打了下去，敌人在山坡上留下一大片尸体。敌人又打了一阵重炮，开始进攻了，胡修道见上来好一大片敌人，个子挺大，笨手笨脚的，还有一个拿望远镜的军官，"长着高鼻子，一脸黄毛"。胡修道和滕土生又开打了。胡修道朝那个拿望远镜的指挥官投去手雷，那家伙就不见影了。其余的美国兵被打得上不来下不去，在半山坡哇哇乱叫，被我猛烈炮火打得倒在地上不叫了。

后来，敌人调上来20多辆坦克，坦克炮对准他们藏身的大青石，"铛铛铛"一个劲地轰击。胡修道和滕土生缩在大石头后面，坦克炮打在石头上，震得心发痛。滕土生负伤被抬下去了。跟着又来了10多架飞机俯冲轰炸，敌机刚一掠过，胡修道突然听到头顶上"嘶嘶嘶嘶"地响，他知道是我们自己的榴弹炮射击了。胡修道向下一看，山沟里一片黑烟冲上天，敌人的坦克像一些爬行的王八四处乱跑，有的被炮弹击中不动弹了。

敌机仍然俯冲低飞轰炸，就在这时，胡修道有幸目睹了一个战场奇观："一架敌机俯冲下来，跟一发榴弹炮炮弹碰在一块了，霎时间，一片红光闪亮，一团大火球，敌机在空中爆炸了，炸得七零八落，满天飞的都是碎铝片子。"不过，榴弹炮打飞机这个镜头，只有在上甘岭战斗中九死一生的幸存者，才会有幸亲眼目睹这种奇观。胡修道就是九死一生的幸存者。

胡修道和滕土生在炮火支援下，坚守阵地不退，大量杀伤敌人，最终守住了阵地，没有被敌人占去。

上甘岭战役，被誉为"上甘岭战士"的英雄们，打出了"上甘岭精神"，打出了震惊世界的"上甘岭战役"。在敌人的疯狂进攻，我上甘岭阵地稳如泰山，屹立未动。

在多少年以后，有许多美国人还一直想不通："上甘岭战役，美军为什么会惨败呢？"

毛主席给予了回答。毛主席说："纵观古今中外的战史，不论是法国的马其诺防线，德国的诺曼底防线还是以色列的巴列维防线，蒋介石的长江天险，这些固若金汤的防线都不堪一击，一举攻破，唯有上甘岭防线没有被攻破，这是奇迹。"

从上甘岭战役以后，美国再也无兵可调了，再也没有发动什么像样的攻势了。美国人彻底认输了。

金城战役，是抗美援朝战争的最后一次战役。

那是美国侵略军被我军打得再也打不下去了，不得不软下来，同意我方的方案。6 月 16 日，在停战谈判就要达成协议之时，李承晚集团公然破坏停战协议的实施，以"就地释放"为名，公然扣留人民军战俘 2.7 万余人。李承晚胆敢冒天下大不韪，完全是美国纵容的结果。

抗美援朝战争志愿军取得了辉煌战绩。1950 年 10 月 25 日至 1953 年 7 月 27 日，在两年零 9 个月的抗美援朝战争中，中国人民志愿军共毙伤俘敌 71.8 万余人，其中美军 39.7 万余人，敌向我投降 435 人；击毁和缴获敌机 10629 架（包括苏联空军战果 980 架在内）、坦克 1492 辆、装甲车 92 辆、汽车 7949 辆、缴获（不含击毁）各种火炮 4037 门。美军在整个朝鲜战争中，消耗作战物资 7300 余万吨，战费开支 400 亿美元。

当然，在抗美援朝战争中，中国人民也付出了巨大的损失。志愿军共伤亡 36.5 万余人，其中牺牲 11.6 万余人，负伤 22 万余人，失踪和被俘 2.9 万余人。消耗作战物资 560 万余吨，战费开支 62.5 亿人民币。志愿军还损失飞机 231 架、坦克 9 辆、汽车 6060 辆、各种火炮 4371 门。

抗美援朝战争期间，伟大的志愿军战士用鲜血和生命刻画出了许许多多的豪迈壮举，涌现出了大批英雄模范和功臣。全军荣立三等功以上的功臣有 30 多万人，其中特等功臣 154 名，一等功臣 236 名。荣立三等功以上单位 6100 多个，荣立特等功单位 16 个。荣获各级英雄模范称号 413 名。其中一级战斗英雄和一级模范称号 55 人。杨根思、黄继光荣获"特级英雄"称号。被朝鲜政府授予"朝鲜民主主义共和国英雄"称号和一级国旗勋章、金星奖章的 12 人。他们是：彭德怀、杨根思、黄继光、邱少云、孙占元、伍先华、杨春增、胡修道、杨连弟、许家明、李家发、杨育才。授予有功人员各种英雄勋章共 52.6 万枚。

中国人民伟大的"抗美援朝、保家卫国"的战争，是中国人民不畏强暴反对侵略的伟大壮举，创造了震撼世界的光辉业绩，是新中国的光荣和骄傲，是中华民族的光荣和骄傲。她和日月同辉，永远载入了中华人民共和国和中华民族的光辉史册。

六、最尴尬的人——美国侵略者

还在中国人民志愿军入朝前，毛泽东就指出过，"如美帝得胜，就会得意，就会威胁我们。对朝鲜不能不帮，用志愿军形式，时机当然要适当选择，我们不能不有所准备。"他在中央人民政府委员会第9次会议上讲话中，提出要防备美帝国主义乱来，打第三次世界大战。他说："所谓那样干，无非是打第三次世界大战，而且打原子弹，长期地打，比第一、第二次世界大战打得长。我们中国人是打惯了仗的，我们的愿望是不要打仗，但仗一定要打，就只好让你打。你打你的，我打我的，你打你的原子弹，我打我的手榴弹，抓住你的弱点，跟着你打，最后打败你。""美帝国主义如果干涉，不越过'三八线'，我们不管；如果越过'三八线'，我们一定过去打。"

周恩来曾紧急约见印度驻华大使潘尼迦，对美国再一次提出强烈警告："美国军队正企图越过'三八线'，扩大战争，美国军队果真如此做的话，我们不能坐视不管，我们要管。"得到警告的美国国务院"认为东方国家只是说说而已"。自从中国真的出兵后，"美国政府中甚至最反动的人，也都承认他们错了"。

1951年5月，美国国家安全委员会向美国总统杜鲁门提出争取谈判解决朝鲜问题的建议，杜鲁门很快批准了这个建议。5月31日，美国国务院顾问、前驻苏大使凯南非正式的拜会苏联驻联合国代表马立克，表示美国政府准备与中国讨论结束朝鲜战争的问题，愿意恢复战前状态。6月23日，马立克在联合国新闻部发布了希望双方和平谈判的演说。遭受重大打击的美国，看到军事上已不存在取胜的希望，又受到国内外舆论的压力。李奇微于6月30日以"联合国军总司令"的名义发表声明，表示愿意接受和平谈判。7月1日，金日成、彭德怀发表联合声明，同意与李奇微进行停战谈判。

7月10日，谈判正式开始，地点在我方控制的地区开城。我方调经验丰富的47军139师担任警戒。美方代表每次来，都要事先同我们联络好，并佩带一定的标志（开始汽车上插着白旗，以后有的美国记者说是举着白旗去投降才不用白旗了），经我方准许后方可进入，原来那种骄气，一下子没了。谈判进行得很不顺利，旷日持久，一波三折，仅为会议日程就争吵了5天。朝中方提出的从朝鲜撤出一切外国军队的问题，始终遭到对方的拒绝。美方提出要中朝从现在的战线回撤50公里，让出1200平方公里土地。这无理的要求理所当然地遭到我方的拒绝。在战场上捞不到便宜的美国在谈判桌上同样也捞不到油水，于是便露出政治流氓的本性，接连制造事端。8月7日，用轻机枪、冲锋枪射击我军事警察，打死我排长姚庆祥；23日，竟出动飞机轰炸我谈判代表驻地，谈判被迫中断。

战场上的失败，迫使美国不得不又一次坐到谈判桌上。经过反复较量，1953年7月27日，美国侵略者终于在板门店同朝中方面正式签订军事停战协定。接替李奇微的"联合国军"总司令、美国陆军上将克拉克于汶山的帐篷里在停战协定上签上了他的名字。他在签字后沮丧地说："朝鲜半岛的战争，是我们美国在一个错误的时间、错误的地点，同一个错误的对手，打了一场错误的战争。因而我成了历史上签订没有胜利的停战条约的第一位美国陆军司令官……我感到一种痛苦……我们失败的地方是未将敌人击败，敌人甚至较以前更强大，更有威胁性。"美帝是最尴尬的人。

美国侵略者使用了除原子弹（想打而未敢打）以外当时所有的现代化武器，其中包括丧失人道、摧残人权的细菌武器，但这场战争终于以中朝人民的胜利而告结束。这个胜利，打破了美帝国主义不可战胜的神话。正如彭德怀所说："它雄辩地证明：西方侵略者几百年来只要在东方一个海岸上架起几尊大炮就可霸占一个国家的时代，一去不复返了。"

全国各族人民、志愿军包括二班长在内的广大指战员从抗美援朝的实践中，深深体会到：

"没有共产党，就没有新中国，没有毛泽东，就没有伟大的抗美援朝，也就没有抗美援朝战争的伟大胜利。我们正是有伟大的中国共产党的正确领导；有最有远见、最有胆略、最有高超指挥艺术的大军事家、最高统帅、伟大领袖毛泽东主席，有工作最多、睡眠最少、毛泽东的亲密战友、最得力的助手、名副其实的总参谋长、中央军委副主席、政务院总理、大军事家周恩来的鼎力相助；有最能打仗、最勇敢的大军事家、志愿军统帅彭德怀和志愿军众将领以及志愿军广大指战员的英勇顽强、不怕牺牲、艰苦奋斗、流血奋战，才打败了世界头号强国美帝国主义，赢得了抗美援朝战争的伟大胜利，打出了一个全新的世界强国——中国，我们才能安安稳稳地进行社会主义建设，人民才能过上安宁幸福的日子。"

"试想，如果当时中国不出兵朝鲜，同美帝国主义作战，顶住其疯狂进攻，以美帝为首的侵略军队占领了全朝鲜，李承晚集团宣布大韩民国统一了朝鲜，那将是个什么样子？美国的重兵集团、军事基地设在鸭绿江、图门江边，大炮、导弹对着我国，飞机在鸭绿江上空横飞，军舰在靠近朝鲜一侧狂驶，不断对我国进行军事挑衅，甚至找借口向我国东北工业基地发动侵略进攻，我国还能安安稳稳地进行社会主义建设，人民还能安居乐业吗？绝对是不可能的！"

七、《血与火的较量》

作者在二班长离休后，于 1990 年根据他的记忆、实践、笔记、剪报和参阅资料，写了抗美援朝战争的提纲，当时只想整理个材料。华艺出版社约稿后，1904 年开始编写整理，写成《血与火的较量——抗美援朝纪实》。2008 年 4 月华艺出版社出版，2010 年 7 月华艺出版社再版，名为《抗美援朝纪实——血与火的较量》。

（一）此书是怎么写成的

作者说："虽然二班长对抗美援朝战争的情况了解较多，但自己的水平低，写这本书是费了很大劲的。"

二班长入朝前，是西南军区炮兵司令部作战科参谋，并兼孔从洲司令员的半拉秘书，能看到军区发给首长的战报，了解抗美援朝的一些情况。入朝后，在炮 2 师 41 团作战股当参谋，孔司令指示他将运动战几次战役的情况搞清，朱老师长和团首长很重视，给二班长派了一辆吉普车及一名司机一名通信员，利用战斗间隙，到战地勘察，请参战部队介绍战况，整理一个小材料报给了孔司令员，也弥补了他自己未参加的战役的情况。二班长参加了上甘岭战役后，被调到了兵团部当参谋，能了解战役的全面情况。后来，调到军事学院当教员，研究和介绍过抗美援朝鲜的战例，离休后，又读了他人多部抗美援朝的著作和文章，访问了多位志愿军老战士，比较了解抗美援朝战争的情况。

在写中央和军委首长讲话、电板、指示时，多次到解放军档案馆，国防大学资料室查阅和校对内容，连标点符号也非常注意，英雄模范的事迹也力求真实。写到杨根思、黄继光、邱少云的惨烈事迹和毛岸英被美帝的炸弹、汽油弹炸死烧焦时，心如针扎，泪水遮住了眼睛，打湿了稿纸，再也写不下去了，停顿多时，方能续写。那些日子，晚上想，白天写，从早晨4点一直写到晚上10多点。由于语汇贫乏，还得查字典，辞海辞源、成语故事，确实费很多心血才写成，国防大学、军事科学院审校，终于出版了。只是感到：水平不高，有点粗糙。

（二）网上对此书的评论

伟大抗美援朝精神的赞歌

——读《血与火的较量——抗美援朝纪实》

这是史诗，它叙述了抗美援朝、保家卫国取得胜利的光辉历程；

这是赞歌，它赞颂了伟大抗美援朝精神的无限崇高和深远影响。

栾克超同志写的《血与火的较量》这部书，不仅全面系统地写出这一光辉战史，更突显了中国人民志愿军和全中国人民自始至终所表现出来的一种伟大精神——抗美援朝精神，用鲜血和生命换来的，用上下一致、团结奋斗换来的，它表现了中华民族的传统美德和民族精神。这种精神在后来的社会主义革命和社会主义建设中发挥了巨大的作用，直到现在仍然是鼓舞我们前进的巨大力量，因此它是十分珍贵的精神财富，我们需要了解它、珍惜它、继承它、发扬它。作者主要从以下几方面表述这种精神的。

一、赞扬了中国人民志愿军和中国人民不畏强敌、不畏艰险和敢于斗争、敢于胜利的革命斗争精神

1950年，美帝国主义发动侵朝战争，正值新中国刚刚建立，中国人民正在医治战争创伤、恢复国家建设之时，美国却悍然步日本军国主义后尘，发动侵朝战争；同时又派其海军第七舰队侵入台湾海峡，霸占了我国领土台湾。战火烧到我们家门口，中国人民坚决不能坐视不管。但是，鉴于中国当时的状况，要作出立即出兵参战的决定并非易事。从国力来看，中美两国相差十分悬殊：美国钢产量达8782万吨，而我国只有60万吨；美国工农业生产总值达2800亿美元，而我国只有100亿美元；美国拥有核武器和世界上最先进的武器装备，有强大的军工生产能力，我们更无法与之相比。所以，"要使一个刚从战火中获得新生的人民共和国再次面临血

与火的考验，同世界上头号帝国主义决一雌雄，下这个决心需要何等的气魄和胆略！"

二、讴歌了中国人民志愿军广大指战员不怕牺牲、英勇作战和特别能战斗的革命英雄主义精神

在抗日战争时期，我们的军队与充满武士道精神的日本侵略军较量过，解放战争时期又打垮了用美式装备武装起来的国民党反动派的军队，而这次在朝鲜战场上所面对的是被人们称之为不可战胜的美国侵略者。敌我力量强弱、武器装备优劣对比更加悬殊。书中提到，敌人总兵力44万人，其中地面部队35万人，各种作战飞机1100架，各型舰艇200余艘，制海权、制空权全在敌方手中；而我方只有6个军、18个步兵师、3个炮兵师及后勤等部队合共30余万人，且武器装备落后，要战胜敌人谈何容易。

尽管敌人貌似强大，但我们的军队久经战争锻炼，我们有我们的打法。毛泽东同志说："我们有23年战斗经验的党和军队是不怕的。"又说，经过几次战斗后，我们从"心里没底"到"慢慢有底"了，很快摸索到一套对付这种洋敌人的战略战术，这就是"近战"、"夜战"、"拼刺刀"、"抄屁股"等，以己之长、克敌之短。这样，"敌人搞不过我们，我们可以一口一口地、一股一股地把它们包围起来吃掉"。所有这些归纳起来，还是不外乎我们几十年积累起来的以弱胜强、以劣胜优的打法。这是我们战胜敌人的法宝，同样也是我们抗美援朝战争的作战指导方针。

在正确的作战方针指导下，中国人民志愿军发扬了不怕牺牲、英勇善战和特别能战斗的革命英雄主义精神，同敌人斗勇、斗智，首获初战告捷并连续取得五次战役的胜利，很快扭转战局；转入战略防御后，又边打边谈、以打促谈，进而粉碎了敌人的秋季攻势、夏季攻势、金城大捷及什么"绞杀战"、"细菌战"，迫使敌人在谈判桌上签了字。应该说，所有大小战役战斗打得都是很残酷的。以上甘岭战役为例，"兵力、火力之密集，反复争夺之频繁，战斗之残酷、激烈，实为世界战争史上所罕见。"在43天的战斗中，"联合国军"投入了6万余人的兵力和16个大口径炮兵营、200辆坦克、300多架飞机，对志愿军阵地轮番轰炸、攻击，仅在两个高地上就倾泻了1903发炮弹、500余枚炸弹。弹片落处石屑乱飞，钢片如雨，岩石炸成碎粉，树木烧得精光，漫山遍野烈火冲天。

残酷的战斗吓不倒具有钢铁意志的志愿军指战员，他们树立了"要压倒一切敌人，而决不被敌人所屈服"的必胜信心，一不怕苦，二不怕死，坚毅、顽强，前仆后继，浴血奋战，终于战胜了敌人。战斗中，他们创造出无数可歌可泣的英雄事迹，涌现出成千上万的英雄模范和人民功臣，创造了有名的"上甘岭"精神。最著名的英雄模范如黄继光、邱少云、孙占元、胡修道、朱有光、王万成等。对"上甘岭精神"，作者归纳为："为了祖国，为了人民，为了胜利的奉献精神；不屈不挠，团结奋斗，战胜困难的拼搏精神；英勇顽强，坚决战斗，血战到底的胜利精神。"

三、赞颂了中国人民志愿军不怕艰苦、不畏险阻和勇往直前、战胜一切的奋斗精神

志愿军在朝鲜战场上面临着过去在国内从未遇到过的困难。首先是战场环境恶劣，气候寒冷。好多部队是刚从南方驻地开赴朝鲜的，他们从炎热到35℃上突然来到零下30℃以下的严寒地带，应该是巨变。第二是地形复杂、生疏，山高林密，江河纵横，给行军作战带来更大困难。第三是后勤运输线又远又长，交通不便，更遇上敌机的轰炸、拦截，粮食、弹药的补给就更加困难。第四，敌人还采取了惨无人道的细菌战、化学武器战，又大大增加了军事行动的难度。总之，朝鲜战场作战的艰苦性、艰巨性和残酷性，在中外战史上是空前的。

志愿军广大指战员，在党的强有力的思想政治工作的保证下，他们政治坚定，作风过硬，意志坚毅，发扬了吃大苦、耐大劳的精神，在他们看来，没有克服不了的困难，没有战胜不了的艰难险阻。中朝军队突破三八线追击敌人时，气候骤降至零下三十多度，滴水成冰，朔风怒吼，大雪扑面，战士的衣服早已破烂不能御寒，鞋子开裂后只好用绳子捆绑，粮食供应跟不上，战士体力严重削弱。但是，他们忍受奇寒徒步渡江，浸透汗水的衣服经寒风一吹即冻结成冰，烘烤又怕有火光，可战士们有钢铁般的意志，仍然顽强地疾速前进。书中说："这场风雪大进军的艰苦程度，不亚于世界军事史上任何一次艰苦战役。"在不少情况下，后勤供应跟不上，粮食、弹药往往靠战士自己肩扛背驮，吃不上热饭、熟饭只好"一把炒面、一把雪"或吃冻土豆充饥解渴。在天大的困难面前，志愿军战士发扬了我军长期战争磨炼出来的特别能吃大苦、耐大劳的精神，最终战胜了困难，战胜了敌人，取得了胜利。

四、颂扬了中国人民志愿军和中国人民见难相助、援助友邻的爱国主义与国际主义相结合的精神

见难相助、援助邻邦是中华民族的优良传统。早在明末清初，日本的丰臣秀吉就曾派军队侵略过朝鲜，当时的明朝政府就立即派兵援助，驱逐侵略者。因此，中朝两国早就是血肉相连、唇齿相依的友好邻邦。今日的新中国，有共产党领导，又同为社会主义兄弟国家，朝鲜遇到外敌入侵，更应把出兵援助视为义不容辞的国际主义义务，正如毛泽东所说，如不出兵相援，那还叫什么社会主义国家呢？又说，"我们现在困难很多，这是实情，但我们毕竟是一个大国，人口众多，我们应该发扬国际主义精神，无私援助朝鲜。"

在长达四年的抗美援朝战争中，无论是在前线的中国人民志愿军，还是在后方的广大中国人民，都把自己个人的命运与国家的命运联系起来，把自己国家与友邻朝鲜的命运联系起来，把抗美援朝和保家卫国联系起来，把爱国主义和国际主义高度结合起来，作出了自己的贡献。在朝鲜战场上，广大志愿军干部战士除了在战场上与敌人拼杀外，还出现了许多舍生忘死、救助朝鲜人民、与朝鲜人民生死与共的动人事迹。如国际主义战士罗盛教跳入冰窟救出落水朝鲜少年崔滢、爱民模范王永维冒着敌机轰炸救出73岁军属老大妈、三级国旗勋章获得者戴子和不顾严寒跳入冰河中救出因翻车掉入水中的一位朝鲜人民军将军、爱民模范曾荣廷冒着敌人密集的炮火救出郑大妈等等之后，他们都光荣地献出了自己年轻的生命。伟大领袖毛主席毫不犹豫地送儿毛岸英上战场，并牺牲在前线，朝鲜立碑纪念，成为伟大国际主义和中朝人民友谊的象征。在后方，全国广大人民积极参军参战，用各种方式支前，为取得战争的胜利献出了自己的力量。

五、宣扬了举国上下万众一心、齐心协力、团结对敌的民族传统精神

毛主席、党中央作出出兵赴朝作战的战略决策后，各民主党派、人民团体、无党派人士、各行各业、各族人民群众，纷纷发表声明、谈话，表示支持，大规模地游行示威表达自己的力量。此情此景反映出刚刚站起来的中国人民近百年从未有过的空前的团结及认识和行动上的一致。接着，一个广泛群众性的抗美援朝运动在全国各地轰轰烈烈、深入持久地开展起来。

人们记忆犹新、特别令人感动的就是那场自发的全国规模的捐献运

动。当时人民生活水平还很低，可是人人都将仅有的一些钱掏出来，连小学生都踊跃参加，据统计捐献总额达5565亿元人民币，可购买飞机3710架。工厂工人开展生产竞赛，农村大搞生产，为反对敌人的"细菌战"，还在全国开展起轰轰烈烈的爱国卫生运动。通过支援抗美援朝战争，最大限度地把全国人民动员了起来，投入到支援前线、恢复经济、恢复建设的伟大斗争中去。前线与后方、城市与农村情绪高涨、斗志昂扬，"边打、边稳、边建"，国家人力、物力、财力迅速增长，保障了战争的胜利。正如作者所说："中国人民从来没有过这样的团结一致，从来没有这样的意气风发，从来没有这样高昂的民族自尊心和民族自豪感。"

毛泽东在总结抗美援朝战争时说："一件事不做则已，做则必做到底，做到最后胜利。"毛主席说出了全军和全国人民要说的话。这场战争的胜利打破了美国军队不可战胜的神话，创造了世界战争史上的奇迹，在特殊环境和新的条件下锻炼了我们的军队和人民，也正是这场战争使我们的军队和人民创造了伟大的抗美援朝精神。这种精神进一步感染和鼓舞了新中国几代人，这种精神丰富了中华民族精神文化宝库，这种精神需要我们继承、珍惜并进一步发扬光大。

（三）国防大学政委刘亚洲上将写给栾克超的信

尊敬的栾克超同志：

您好。

你撰写的《血与火的较量》正在拜读，迫不及待地给您写信，是因为此书又一次使我心灵深处受到洗礼。

我父亲1953年入朝，时任师后勤处政委。停战后，一岁多的我随父母入朝，虽是战争后期，但老人经常讲那场战争的事，我对入朝的将士有种说不出的情感。

《血与火的较量》不仅系统、翔实地再现了伟大的抗美援朝战争全景，还将那个年代的激情岁月和先辈们的精神风貌展示出来，对今天中国青年乃至后人，具有深远的教育和启迪意义。

朝鲜战争是美国近代对外战争中唯一的败仗，抗美援朝是中国近代自卫战争中唯一的、彻底的胜利。此战留给今天中国人最大的精神遗产是，能战才能言和，卫国才能保家；留给世界的启示是，未经中国的允许，任何人都不能在中国的家门口玩火。美国在之后的越南战争中，再次深刻地感受到了这一点。

也给我军留下了一点教训，这一点，很多人或看不到，或不愿意看到。第四次、第五次战役就有很多值得反思之处。而这一点，我注意到您涉及了，这非常好。

您是前辈，是老首长，也是国防大学的老人。大学是培养我党、我军高级干部的重镇，我将用这一平台，很好地宣传党的先进理念和老一辈留下的革命精神，为国家培养合格过硬的治国、治军人才。

此致

敬礼

刘亚洲上

2010 年 12 月 1 日

八、为 180 师洗冤

二班长于 2010 年春开始，在纪念中国人民志愿军抗美援朝出国作战 60 周年之际，与 60 军和 180 师部分健在的同志共同研究，为原志愿军 180 师洗冤。二班长将整理的材料于 10 月 9 日上了"中华网"、"中国军网"。

抗美援朝中 180 师受到损失的事实真相

近年来，有些作品和文章对中国人民志愿军 180 师在抗美援朝中受到损失一事的叙述和评论，多有不实之词。二班长曾在志愿军第 3 兵团部当过参谋，根据自己所掌握的实际情况，查阅了有关资料记载，并征询了一些当事人的意见，在纪念抗美援朝 60 周年之际，说一说自己的看法，以期能引起认真研究与探讨，得出一个实事求是的正确结论，还历史以本来面目，搬掉压在现仍健在的 180 师老同志心头上的一块石头，告慰长眠在异国他乡的 180 师光荣牺牲烈士的英灵。

（一）180 师受到损失的经过

抗美援朝战争的第二年，中国人民志愿军从 1951 年 4 月 22 日开始实施第五次战役，共投入 3 个兵团 11 个军 58 万余人；另有朝鲜人民军投入

3 个军团的兵力。战役历时 50 天，歼敌 8.2 万余人，粉碎了"联合国军"的正面进攻和从我侧后登陆在蜂腰部建立新防线的企图，迫使敌军不得不在三八线附近地区转入防御，扭转了我军在战场上的被动局面。

5 月 23 日，取得巨大胜利的志愿军参战部队，带着 8000 余名伤员向北回撤。回撤途中遭到敌人反攻，美 1 师、美 25 师和美 10 军等重装甲"特遣队"，向我纵深猛插，其空降兵在我回撤路上空降。在"特遣队"身后还有 13 个师紧随。我军对美军实施如此大规模的反攻估计不足，致使志愿军有的部队受到损失，180 师受到了重大的损失。

志愿军第 3 兵团第 60 军的第 180 师，在第五次战役第一阶段打得英勇顽强，突破美军阵地后，突入纵深 10 多公里，歼敌一部，并协同兄弟部队将美 25 师与土耳其旅割裂；在第二阶段作战中，猛打猛冲，继续向南进攻，以积极作战行动，牵制美陆战 1 师和美 7 师。该师 538 团无后座炮连排长邸安邦率领全排以 9 发炮弹击毁敌坦克 9 辆，打退敌反击，震撼了敌人，鼓舞了我军士气。

5 月 23 日，在我军完成歼敌计划全线回撤时，该师又奉命于北汉江南岸地区担任防御、掩护兵团伤员转移的任务。当天上午右翼友邻部队已回撤，180 师右翼空虚。此时南朝鲜第 6 师一部已渡过北汉江到北岸；从右翼又上来一支美军快速"特遣队"，致使 180 师陷入腹背受敌的危险境地。

180 师指挥所当即向 60 军指挥所发报请示：是否可以撤过江北？60 军根据 3 兵团决定各部队暂不回撤，原地阻击北犯之敌，掩护伤员转移后再回撤的指示，令 180 师在北汉江南岸就地防御，掩护伤员转移后回撤。当时在三八线以南 50 公里的北汉江南岸地区，只有伤亡近半、粮弹短缺、艰难竭蹶的 180 师一个师，孤军作战，顽强阻击，打得异常艰苦。

3 兵团于 23 日上午刚开始转移，电台车被敌机炸毁，兵团部与下级部队失去了 3 天的联络。

5 月 24 日，敌军继续北犯，180 师孤军突出，受到美陆战 1 师、美 7 师、南朝鲜第 6 师 3 个师的围攻。60 军鉴于 180 师处境危险，军长韦杰、政委袁子钦等军首长研究决定，急命该师于当日撤过北汉江，摆脱险境。180 师接令后，于 24 日晚按后勤、炮兵、师部、团队的顺序渡江北撤，并节节抗击敌人的进攻，掩护伤员转移。至 25 日拂晓，该师已全部撤到北汉江北岸的鸡冠山、北培山等地。

5月25日、26日晚上，180师按照60军的命令，继续向西北突围，60军同时令在战役第二阶段分别配属给12军、15军作战刚归建的181师、179师向敌出击，接援180师。由于天降大雨，加之敌人重兵阻截，180师的突围和60军的救援行动未获成功。

志司、3兵团、60军首长对180师的情况非常关心和担忧，党中央、中央军委也极为关心。毛主席曾致电彭德怀讯问："60军180师的情况如何？甚以为念。"

5月27日，彭总电令3兵团主力兼程赶进，打退敌之进攻，以解180师之危。但此时，3兵团的12军配属9兵团于东线作战正在转移中，15军正在执行志司赋予的抗击敌军反攻新任务。3兵团乃于27日12时电令60军不惜一切代价救援180师，并指示180师干部要沉着冷静，很好地掌握部队，保持建制，寻找敌军空隙，将部队撤回。17时30分再次电示60军，令180师不顾一切牺牲，由师团干部带领，选最强的团队，组织好火力，从芝岩里、史仓里方向突围。18时，60军电令180师坚决向史仓里方向突围，同时令179师取捷径赶进，向史仓里以南之敌出击，救援180师。由于敌人于27日攻占了史仓里，60军第二次救援180师仍未成功。

27日晚，180师以3个加强连为先锋，全力向史仓里方向突围，营团干部身先士卒，战士们抬着重机枪边射击边冲击前进，打得十分艰难。在突破敌人3个阵地后，部队伤亡很大，无法继续攻击，电台也被敌人炮弹炸毁。在这种情况下，180师"采取了分散突围的办法，确定人员分路向史仓里方向突围，到伊川、铁原集中"（《抗美援朝战争史》语），受到了重大损失。5月29日以后，该师先后突围出来以及陆续归建的有师长、副师长、师参谋长和团以下干部、战士近4000人（含先期掩护后勤转移的一个营）。

（二）强加给180师的不实之词应予消除

就是这样的一个180师，却被有的作者在其著作中写成：

"司令部稳住了，60军180师的情况也查明了，该师全师覆没了。180师的覆没有很多原因，有上级的，有兄弟部队的，但更多的是自身的……当一切不利因素累积时，180师覆亡在情理之中了，断粮时竟不知杀掉可供几天食用的几百匹骡马而任其跑散，不积极联络求助反而砸毁电台烧掉密码，不集中突围反而解散部队听天由命跑一个是一个，干部担心编进部队的国民党俘虏打黑枪只想自己跑掉……180师11000名士兵共损失了

7000 名，其中 5000 余人被俘，这是志愿军在战争中被俘的最多的一次"；

"180 师未经激烈战斗即遭全师被歼"；

"该师……下令将电台砸了、电报密码烧了。这样就使上下联络中断了，该师与军、与兵团、与志司都中断了联络。"

2009 年 3 月 17 日《中国老年报》转载《百年潮》一篇题为"志愿军战俘艰苦卓绝的斗争"的文章中说："第五次战役进行到第二阶段志愿军有两个军的兵力被敌分割包围，最后一个整编师，即 180 师未能归还建制，一部分人血染沙场，16000 多人落入敌人牢笼，占了整个朝鲜战争志愿军被俘人员的 80% 还多。"

其一，180 师究竟被俘、损失多少人？

180 师被俘、损失人员的数量，有据可查的至少有以下 3 处：

① 第五次战役即将结束时，3 兵团于 1951 年 6 月 6 日向志愿军总部、中央军委、西南军区所做的检讨报告中说："……一八〇师后撤时，伤亡损失两千人，被敌俘去五六百人，吃野菜、野草中毒及饿死一部分，还有一部分失散。"

② 60 军的史料记载："180 师入朝 11300 人，战役第一阶段全师在第一线参战的 10036 人，伤亡 2392 人；第二阶段全师参战的 7644 人，伤亡 1600 余人；在 5 月 24 日该师后撤时，当时全师只有 6040 人。5 月 28 日下午，师部电台被敌人的炮弹炸毁，报话员被炸死后，他们烧掉密码，决定分散突围，至 5 月 29 日后归建近 4000 人。"

③ 彭总受难时，在《彭德怀自述》中写道："还有六十军之一个师，在转移时，部署不周，遭敌机和机械化兵团包围袭击，损失三千人。"

说 180 师 11000 名士兵损失了 7000 名，其中 5000 余人被俘，一是把 180 师的损失、被俘人员数量夸大了；二是将英勇作战，光荣牺牲、负伤的近 4000 位同志也纳入损失、被俘之列了。

说 180 师是个整编师，16000 多人落入敌人牢笼，这是将被俘人数扩大得无边了：（一）可能是他将"16000"数字多加了一个"0"，否则，180 师入朝的 11300 人都去当战俘尚差 4700 人；（二）"整编师"不是我军的编制，志愿军入朝参战的 85 个步兵师，没有一个是"整编师"，180 师也不例外；（三）不是第五次战役进行到第二阶段志愿军有的部队受到损失，而是战役第二阶段胜利结束后，在回撤时受到的损失；（四）志愿军进行的是抗美援朝战争，并非"朝鲜战争"。

其二，180 师的电台是被敌人炮弹炸毁的，不是他们自己砸毁的：

5 月 28 日 15 时以后，180 师电台与军电台中断了联络。180 师当时在场的张城垣同志证实："5 月 28 日 15 时，敌人的一颗炮弹落在师指挥所中间，报话机被炸坏，背机员小刘被炸死，同时对面的山上敌迫击炮也向我打来，郑师长立即命令机要科长文青云将密码全部烧掉。"电台被敌炮炸毁，为防止密码丢失，将其烧掉，是完全正确举措，没有错误。

其三，说 180 师"全师覆没"、"全师被歼"，是言过其实的：

第五次战役 180 师在第一线作战的 10036 人，第一、第二阶段作战中光荣牺牲、负伤近 4000 人，到回撤时全师只有 6040 人，突围出来的有师长、副师长、师参谋长和团以下干部战士近 4000 人，仅损失、被俘约 3000 人，而且营以上机构基本还存在，怎么能说"全师覆没"呢？说 180 师未经激烈的战斗即遭"全师被歼"，更是无稽之谈。

180 师受到重大损失，其原因确是多方面的：有敌情我情、上面下面、天时地利和回撤时整体部署不周密等因素造成的。对 180 师受到的损失，确应有个正确的评价。军长韦杰提出过意见："把板子都打到 180 师身上是不公正的。"第五次战役失败，完全是志司作战计划问题战役指挥问题，而非战术指挥问题，问罪 180 师，是没有道理的。彭总曾高姿态地作了检讨，承担了责任。

（三）180 师依然驰骋在战场上

180 师经过数月整顿补充、调整领导班子、总结经验教训、进行军政整训后，依然是一支能打能拼的战斗集体，驰骋在战场上。在新任师长李钟玄、政委唐明春、参谋长王振邦、政治部主任袁本慧等首长指挥下，于冷枪冷炮杀敌、对敌战术反击、金城战役的作战中，都打得很好，取得很大胜利。

1952 年 5 月 27 日，该师担任反击方形山南朝鲜第 5 师 36 团一个加强营的坚固防御阵地的任务。头一天夜间将 4 个主攻连 400 多人潜伏在敌阵地前，当天晚上在炮火支援下，突然发起攻击，一举攻占了方形山，全歼守敌 400 余人，并打退敌人的猛烈反扑 50 余次，守住了阵地。战斗中，其 539 团 1 连班长彭焕新担任第一爆破组长，英勇顽强，不怕牺牲，连续炸毁敌人4个机枪火力点、3个地堡和一个坑道口，志愿军领导机关授予他"二级战斗英雄"光荣称号。

1952年6月14日夜间，60军以180师反击949.2高地南朝鲜第5师主阵地，他们奋勇作战，又一举夺占了这个核心阵地，歼敌1750名，其中生俘250名，缴获坦克4辆、榴弹炮和化学迫击炮5门以及大批枪支弹药及军需物资，受到了上级的嘉奖。

1953年7月13日开始的金城战役，60军主攻南朝鲜第8师阵地，181师、180师在突破敌阵地时，勇如猛虎，冲向敌阵。有的突破口铁丝网未被我炮火摧毁，跳越不过去，来不及剪断或爆破，战士们即趴在铁丝网上，以身为跳板，让冲锋战士踏着人背通过，突破敌阵，消灭敌人，而趴在铁丝网上的勇士们的胸膛被扎烂，血流不止，紧急救护。

180师冒着大雨，奋战两天就占领敌阵地58平方公里，并打退敌人多次反扑，歼敌数千，受到军长张祖谅、副军长王诚汉、副军长兼参谋长邓仕俊、副政委赵兰田的通令嘉奖。毛主席所说的此役打进18公里，即是指的60军攻到的位置，冲在最前头的就是180师。

180师在抗美援朝战争中，涌现出：集体二等功3个连队、集体一等功2个班、特等功臣5位、一等功臣22位、战斗英雄4位。一等功臣540团6连班长罗维新同志受到毛主席的接见。这再一次证明180师是一支攻守兼备、战斗力强的部队。

第五次战役结束后，参加过长征老红军的180师原师长郑其贵同志，生活、工作挺好，开始到3兵团司令部当管理处长，回国后任吉林省军区白城军分区副司令员、司令员，安徽省军区顾问（副军职），1990年逝世。

2010年10月9日

（注：作者系中国人民解放军国防大学第四干休所离休干部。）

第二次上网：中华网、中国军网

再议180师在第五次战役中的损失。1981年3月出版的《彭德怀自述》第262页中，明确地写道："还有六十军之一个师，在转移时，部署不周，遭敌机和机械化兵团包围袭击，损失三千人。"这是彭总作出的实事求是的定论。然而，在中国人民志愿军抗美援朝出国作战60周年前后，有些同志还在依旧弹不实的老调子，在其书中、文章中、电视中，硬说

180 师损失 7000 人，其中被俘 5000 人。

我们可否算笔帐：180 师入朝参战全额 11300 人，在战役第一阶段和第二阶段，打得英勇顽强，牺牲和负伤共 4000 人，这是铁的事实；战役胜利结束回撤时该师共撤回来 4000 人，这也是铁的事实，那么该师损失多少人呢？三年级小学生都能算出来，180 师损失约 3000 人。而这些同志不顾事实和彭总结论再三地说：180 师损失 7000 人，其中被俘 5000 人，他们是否把作战中光荣牺牲和负伤的 4000 名同志也算在损失、被俘的人数之内了。果真如此的话，180 师健在的同志和长眠在异国他乡的烈士，绝对不能允许把 180 师在战役第一阶段和第二阶段浴血奋战、光荣牺牲和负伤的同志也被纳入损失、被俘之列，请这些尊敬的同志别再给 180 师制造奇冤了。

2010 年 12 月 30 日

以上文稿经中华网、中国军网论坛登载后，反响强烈。

部分网友的评论：

历史真相，告慰烈士英灵。

该文的作者是个有发言权的人，而他们是些什么人？他们是白痴、无赖。就是这些白痴、无赖的人给 180 师制造的不实之词和冤案。

客观公正地看待历史。全线回撤，担任掩护的 180 师伤亡巨大是客观的，责任当然是多方面的。战场上情况瞬息万变，做出正确的抉择要有超常的智慧。

金城战役的作战中，180 师是进攻主力部队。

后来 180 师打了翻身仗。

英雄就是英雄！向他们致敬！

向为国捐躯的先烈致敬！

历史的真相不在文人的笔下，而在当事人的口述中！

倒下的和站着的都是英雄，蹲着的仍然是英雄，炮火中的人们都值得我们敬礼！

第四章

进驻旅大　保卫北京

一、旅大战略地位

在朝鲜战场上指挥部队浴血奋战、屡建战功的志愿军第 3 兵团，于 1955 年 1 月奉命班师回国，经丹东、集安开赴旅大，接收驻旅大苏军的防务。这是我军历史上第一支坚守旅大要塞、辽东半岛防务的人民子弟兵。他们翻开了保卫旅大、建设旅大和坚守辽东半岛防务的新篇章。

旅大地处辽东半岛南端，东濒黄海，西临渤海，南隔渤海海峡与山东半岛构成犄角之势，素有"京津门户、北京咽喉"及"东北亚第一要塞"之称。千山余脉纵贯全境，丘陵起伏，渤海海峡宽直线距离 106 公里，为进出渤海的唯一通道。境内较大河流有碧流河、复州河、大沙河、庄河、英那河等。大连又是一个工业、港口、旅游和金融贸易城市，是东北腹地及内蒙古东部地区的对外窗口。公路、铁路、海运、空运四通八达。战略地位极为重要，历为军事重地、海防要地、兵家必争之地。中日甲午战争、沙俄强占旅大、日俄战争、日本关东军策划发动"九一八"事变，都是在旅大地区进行的。沙俄、日本先后强占此地近 50 年，直到 1945 年 8 月，在世界反法西斯战争取得决定性胜利的时刻，苏联红军出兵东北，日本宣布无条件投降，旅大从此结束了殖民地统治的历史。但在此后的 9 年多，旅大地区一直由苏军驻防。以毛泽东为首的党中央、中央军委和中央人民政府着眼战略全局，洞察世界风云，早在建国之初，就对旅大地区的防务交接和设防布局进行了战略筹划和政治、外交准备。并于 1954 年 10 月 12 日同苏联政府签订了《关于苏联军队自共同使用的中国旅顺海军基地撤退，并将该基地交由中华人民共和国完全支配的协定》，为中苏双方顺利实施防务交接提供了纲领性文件。

二、交接防务装备

交接工作是在中苏双方组成的联合军事委员会领导下进行的。中国派出肖劲光为主任委员，邓华为副主任委员，刘亚楼、曾绍山为委员的高层领导负责组织交接工作。1955年1月19日，中方代表在中共旅大市委第一书记郭述申陪同下，与苏军驻旅大地区的第39集团军司令员什维佐夫上将为首的苏方代表举行了首次会谈。1月28日、2月6日中苏双方两次召开会议，先后讨论通过了交接准备工作计划和实施计划。为加强交接工作的组织领导，根据中央军委决定，中方内部还组成了以肖劲光为主任委员，邓华、甘泗淇、刘亚楼、曾绍山、郭述申为副主任委员和总部及各军兵种14名领导参加的"接收旅大防卫区委员会"，并建立与苏军相对应的兵团、海军、空军3个委员会和炮兵、装甲、通信、政工、后勤等5个分会。

参加接防的兵团领导机关和各军兵种部队于2月上旬陆续进到接防地区，全面展开了接防工作。第3兵团副司令员曾绍山和政治部代主任李震率先遣人员已先期抵达大连，对接防工作的组织与实施作了统筹安排。兵团领导机关和直属队在副参谋长张蕴钰的带领下，先于部队进入旅大。翻译由我大连俄语专科学校教员、学员担任。

参加接防接装的部队有海军旅顺基地、空军第3军，陆军第64军，公安第1师，炮兵第7、11、31师及19团、高炮第61师和第608团，华北独立坦克团，工兵第22团，通信第2团以及志愿军后勤第4分部等数万名官兵。在接防政策性强、工作量大、时间紧迫的情况下，第3兵团和各军兵种部队与苏军友好协商，相互尊重，精心组织，把握关节，使交接工作紧张而有序，充分显示了兵团领导机关良好的政治素质和卓越的组织能力。防务交接过程中，中苏双方采取室内与现地相结合的方式进行作战方案的交接，组织了携带通信工具的示范性演习，制定了两军同驻期间协同作战预案。为了提高接防部队的专业技术水平，在苏军的协助下，组织了专业对口的见习，开办了300多个训练班，1.5万余人参加了训练，为接受技术装备打下了良好基础。

中苏双方于 3 月份开始装备交接，我方有偿接受了苏军移交的各种火炮 1198 门、坦克和自行火炮 357 辆（门）、各型飞机 328 架、水鱼雷轰炸机 78 架、各种舰艇 58 艘、各种炮弹 235 万发、炸弹 2624 枚、各种车辆 1684 辆、雷达 35 部。机场、营房、仓库、医院修理厂等不动产苏军进行了无偿移交。

防务和装备交接工作基本完成以后，1955 年 4 月 15 日，中苏联合委员会举行了辽东半岛协议地区防务交接签字仪式。至此，第 3 兵团及所属部队圆满完成了接防接装工作。

第 3 兵团炮兵司令部司令员朱光在作战科长叶深协助下，带领作战科、训练科、侦察科、通信科、高炮处接受苏军炮兵防务和装备。二班长当时是训练科副科长（无科长）带领作战科、训练科参谋负责接受和制定炮兵作战计划。侦察科长张生琛、通信科长王怀惠、高炮处长王丁，分别接受炮兵侦察、通信、高炮事宜。二班长在与苏军炮兵司令部作战科中校科长和一位上校参谋（苏军规定在工作中上校参谋听中校科长的，在外面中校科长向上校参谋敬礼）数月的工作中，感到虽然友好，但他们傲气、自大，有点瞧不起中国同志，甚至有意给中国同志出难题。有一次，第二天双方炮兵司令（苏方为第 39 集团军炮兵司令沃耶沃金中将）现地报告炮兵作战方案和决心。交接防务资料应该先交，当天上午苏军就应将炮兵作战方案的标图和文字交给中方看，并介绍有关情况。然而，苏军这位炮兵作战科长到下午快下班时才将标图和文字材料拿给我们看，并规定只能看半个小时。半个小时那能记下那么多的问题？中方知道他们是在出难题的，使中方无法作充分准备，届时炮兵司令的报告定会逊色于苏军炮兵司令，以显示他们的高明。面对苏方刁难，二班长急忙想了对策，他让一位参谋记文字部分，两个参谋记标图部分的兵力部署，一位参谋记敌情部分，他和另一位参谋研究考虑苏军作战方案优点和不足。刚到半个小时，那位苏军科长准时将方案全部拿走了。中方经过一夜的努力，凌晨向炮兵司令朱光汇报。3 兵团炮兵司令朱光是位老红军，作战经验丰富，熟悉炮兵战术技术。他根据作战方案加上他自己独特的见解，在现地指着地图报告得很精彩，一点不比苏军炮兵司令报告的差，甚至优于了他。气得苏军这位炮兵作战科长直发楞。

还有一次，在现地演习休息，在帐篷外闲聊时，这位苏军炮兵作战科长吹嘘苏军的这也好，那也好，连那个破帐篷也好的不得了。二班长不服气，拿了一个小木棍轻轻往帐篷上一捅，捅了一个大洞，这位苏军科长很不好意思地进了帐篷。但苏军在生活上有一个很好的习惯，不管官多大，一回到家，围裙一扎，就下厨房做饭。二班长就是在那时学会做饭的。

1955 年 5 月 25 日，苏军领导机关撤退前，旅大地区党政军民在斯大林广场（现改为人民广场）召开了声势浩大的欢送苏军光荣回国大会。次日又在大连火车站隆重举行欢送仪式，深切地表达了中国人民和军队的战斗友谊，中苏军民在旅顺修建了"胜利塔"、"友谊塔"，这些纪念性的建筑，如今成为人们热爱和平，不忘历史，珍惜友谊的象征。

三、辽东半岛大演习

为适应反侵略战争的需要，胜利地履行保卫旅大要塞和辽东半岛防务的神圣使命，第 3 兵团接防接装之后，立即展开了空前规模的正规化训练和有针对性的战场建设。1955 年 11 月，在中央军委高度重视和总部直接组织下，第 3 兵团以集团军身份参加了方面军抗登陆战役中第 5 集团军海岸防御军事演习。此次演习，层次之高，规模之大，影响之深是新中国成立以来的第一次，在我军建设历史上写下了浓重的一笔，留下了极为宝贵的经验。演习为在使用原子、化学武器条件下，诸军、兵种协同抗登陆作战理论的形成和发展奠定了基础。

这次演习由总参和军事学院组成导演部，叶剑英（授衔时元帅）亲任总导演，粟裕（授衔时大将）、陈赓（授衔时大将）、邓华（授衔时上将）、肖克（授衔时上将）任副总导演。第 3 兵团副司令员曾绍山和沈阳军区副政委杜平担任集团军司令员、政委。海军旅顺基地，空军第 2 军、第 3 军，陆军第 64、38、39、40 军，独立第 1 机械师等 18 个师以上首长机关，以及 32 个团，共 6.8 万多人参加了演习。动用各型飞机 200 余架次，作战舰艇 100 余艘，坦克 200 余辆，各种火炮 1000 余门。为提高干部组织指挥能力，总部组织了全军 809 名高中级干部随演习部队作业、见学。演习于 1955 年 11 月 4 日正式开始，历时 10 天。演习分战役准备和战役实施两个阶段。战役准备阶段，首长和机关通过现地和沙盘作业演练判断敌情、定下决心、组织侦察与协同、拟制战斗文书以及各项战役保障等课目；战役实施阶段，着重进行了抗登陆、反空降、反突击课目的实兵演习。参加演习的兵团首长、机关和各军兵种部队在演习中发扬了吃苦耐劳，连续作战的优良战斗作风，经受了一次正规化训练和近似实战条件下的锻炼，提高了组织和指挥能力，并有力地促进了旅大要塞、辽东半岛战备工作的落实。

这次演习从准备到实施一直是在中央和军委首长的亲切关怀和总部的具体指导下进行的。1955 年 9 月预演时，党、国家和军队领导人刘少奇、周恩来、邓小平、彭德怀、贺龙、陈毅、聂荣臻亲临现场观看演习，并亲切接见和检阅了演习部队。国防委员会副主席张治中、龙云，党中央和国务院各部门领导人杨尚昆、习仲勋、王首道、黄敬、赵尔陆、吕正操、章伯钧，总部和军兵种领导人黄克诚、谭政、王树声、肖劲光、许光达等都到现场观看了演习。苏联、朝鲜、越南、蒙古 4 国派出了军事代表团进行了现场参观。

正式演习结束后，在大连人民文化俱乐部进行了总结。中央军委副主席、国防部长彭德怀以"关于最近国际、国内的主要情况和军事训练中应注意的一些问题"为题作了重要讲话。总导演叶剑英元帅作了辽东半岛军事演习总结。此次演习距今已近 60 年，我军的现代化建设水平和武器装备已有很大的发展，但老一辈无产阶级革命家、军事家深入海防第一线亲自组织、指导演习的优良作风和对部队的殷切期望，参加演习的机关部队至今记忆犹新。演习留下的宝贵精神财富和理论财富，几十年来对部队已经产生了并继续产生着积极影响。

正式演习之后，以及后来亲临旅大视察、与部队会见的还有：朱德元帅及康克清同志，罗荣桓元帅，徐向前元帅，董必武副主席，万里副委员长，廖汉生副委员长，陈云副总理，邓子恢副总理，李铁映国务委员，黄火青总检察长，总参谋长罗瑞卿大将，军委副主席、总政治部主任李德生上将，军委副主席刘华清上将，国防部长张爱萍上将，国防部长、代总参谋长杨得志上将，国防部长秦基伟上将，国防部副部长李达上将、副总参谋长彭绍辉上将，张干才上将，洪学智上将等，还有：华国锋主席、江泽民主席。

二班长在演习时，除搞计划、抓训练外，主要协助首长组织炮7师、炮10师及机炮师炮兵团，共7个炮团、223门大口径火炮，在庄河海面上进行拦阻射击。训练时以少量炮弹进行了实弹预演。9月的那次预演，每炮发射几十发炮弹，形成几十公里宽的一道火墙，激起的水柱高达几十米，景象十分壮观，敌人登陆船确实很难通过。通过参加此次演习，他确实提高了合同战术和炮兵的战术、技术和组织训练的能力。

四、提前授军衔

为了辽东半岛军事演习，驻旅大地区的机关、部队提前于1955年5月授军衔，第3兵团副司令员曾绍山授中将，司令部副参谋长、作战处长授大校，其他处长授上校，中校。炮兵司令部司令员朱光授少将（后来的政委、副司令员授少将，有的副司令员为大校），科长少校、处长中校、副科长大尉。二班长时任训练科副科长只能是大尉，以后作战、训练两科合并为作训科，他任作训科科长，晋升为少校、中校到消除军衔。

1955年授军衔评定严格。正排、副连级：少尉、中尉；正连、副营级：中尉、上尉；正营、副团级：上尉、大尉；正团、副师级：大尉、少校、中校；正师、副军级：上校、大校；授少将的：红军正军，38式的须任过军长、政委的。

"人是衣裳，马是鞍"这话没有错。1955年2月，志愿军第3兵团机关刚进驻大连、旅顺时，干部身穿的棉衣油渍麻花，头戴的旧棉帽，脚穿大头鞋，一进百货公司，女售货员赶紧捂鼻子，人家知道你无钱买东西，不予搭理。而苏军军官穿料子服戴肩章，挽着夫人一进百货公司，女售货员笑脸相应，哇啦哇啦说开了。到1955年5月，驻旅大解放军军官授了军衔，穿上了新军装，而且工资改革有钱了，大连、旅顺未婚的女同志找当兵的找疯了。大连有轨电车青泥洼桥下一站是一二九街，车上有位少校，卖票员一直盯着这位两道一的少校，忘了一二九街，喊了"下一站两道一"，引起大家轰笑。有一位女同志找了一位，这位本是少校，那天他穿便衣，女的问他几个豆，他说一个豆。女的嫌一个豆的少尉军官官小，另找了一位3个豆的上尉军官，那位一个豆的少校穿军装戴军衔去参加他们的婚礼，女的一看是两道一，后悔地想："光看豆了，忘了杠"。后来找不到级别高的了，她们说："一杠一嫌小，一杠二三正好"。旅大人尤其是女同志穿戴比较讲究，叫做"料子裤子，包米面肚子"。

1955 年 4 月，志愿军第 3 兵团恢复解放军第 3 兵团，1959 年 9 月，第 3 兵团改为旅大警备区（仍为正兵团级），实际上是沈阳军区在旅大、辽东半岛方向的前指，担负守卫旅大、辽东半岛防务，保卫首都北京的重任。防区范围：西至旅顺老铁山西角、东至丹东拉古哨、北至营口的广大地区。建制部队：外长山要塞区（正军级）下辖 3 个师级、3 个团级守备区，守备第 1、2、3 师及直属炮兵第 1 团、坦克第 4 团（为领导方便此两团由守备 1 师代管）。指挥部队：对驻旅大地区的海军旅顺基地、空军第 3 军，是作战指挥关系，平时只管其战备工作。对旅大地区民兵建设和训练，各县民兵由旅大警备区驻该地部队负责，大连市内民兵由辽宁省军区大连军分区负责。旅顺口区民兵由海军旅顺基地负责。

五、解放军第一次授军衔

1955 年 9 月 27 日，共和国在中南海怀仁堂隆重举行的授予元帅、大将军衔典礼，这是中国人民解放军第一次实行军衔制，毛泽东主席亲自授予 10 位元帅军衔，中央副主席、国务院总理周恩来亲自授予 10 位大将军衔。

在这次授衔当中，朱德、彭德怀、林彪、刘伯承、贺龙、陈毅、罗荣桓、徐向前、聂荣臻、叶剑英 10 人被授予元帅军衔；粟裕、徐海东、黄克诚、陈赓、谭政、肖劲光、张云逸、罗瑞卿、王树声、许光达 10 人被授予大将军衔。被授予上将军衔的 57 名，中将军衔的 175 名，少将军衔的 800 名。这 1000 多名将帅，无不是身经百战、功勋卓著、令敌人闻风丧胆的沙场猛将。此外，在革命战争年代英勇捐躯的叶挺、许继慎、蔡申熙、段德昌、曾中生、左权、彭雪枫、黄公略、方志敏、刘志丹，以及彭湃、韦拔群、赵博生、董振堂、杨靖宇等，也都是名垂史册的著名军事家或杰出将领。

北京的天安门的广场上，矗立着一座人民英雄纪念碑。纪念碑上镌刻着毛泽东题写的"人民英雄永垂不朽"8个遒劲的大字。碑下的浮雕上，雕刻着一幅幅革命军人英勇战斗、不怕牺牲、前赴后继的动人画面：八一南昌起义、红军长征、血战平型关、百团大战、三大战役、百万雄师横渡长江……人民解放军是一支英雄辈出的伟大军队，不断续写着光荣的英雄史诗。据中国军事博物馆的不完全统计，在人民解放军的历次战役战斗中，先后有100多万英烈牺牲在杀敌战场上。十七勇士飞夺泸定桥、八女投江、狼牙山五壮士、张思德、董存瑞、黄继光、邱少云……这些家喻户晓、妇孺皆知的英雄故事，集中体现了人民军队不怕牺牲、视死如归、勇斗顽敌、敢打必胜的英雄气概，激励着一代又一代的革命军人沿着英雄的道路不断创造英雄的伟业。

时任解放军总干部部第一副部长的宋任穷后来回忆说：

当时，少将以上军衔由军委直接掌握，所以工作量最大，难度最大的"平衡、排队"的任务，就落在了总干部部头上，他们认真研究、反复斟酌，而从最后结果来看，这种平衡因素起了相当的作用：

朱德、彭德怀，因为战功卓著，排在了十大元帅的前两位；

林彪是第四野战军的代表，十大元帅中他的战绩和指挥能力堪称第一，是十人中除朱德以外唯一的政治局常委；

刘伯承是第二野战军代表；

贺龙借助南昌起义总指挥和红二方面军总指挥的资格成为元帅；

陈毅代表着南方三年游击战争、新四军、第三野战军三个方面的力量；

罗荣桓是政工元帅，代表着政治工作在军中的地位，这是中国军队特有中国特色；

徐向前借助红四方面军总指挥的身份成为元帅；

聂荣臻是华北野战军的代表；

叶剑英一直是"中共军方在政坛上的代表"，除他之外，党内、军内再无他人有这种特殊地位了。

十位大将的评选，也同样综合考虑了"山头平衡"的因素和当时的职务因素：

粟裕的军事造诣和战绩在全军首屈一指，建国后曾任总参谋长；

徐海东是陕北方面的代表，是红二十五军幸存的指挥者，与陕北红军合编为红十五军团之后任军团长；

黄克诚是第四野战军的代表，虽然战绩、资历并非最优，但时任总参谋长兼军委秘书长，是他获大将军衔的重要因素；

陈赓是第二野战军的代表；

谭政是任总政治部主任，与元帅中罗荣桓的情况一致，是大将中政治工作方面的代表，同样意味着中国军队的特色；

肖劲光是第四野战军的又一代表，海军司令的职务是他获大将军衔的重要因素；

张云逸的大将军衔几乎完全凭资历获得，十位大将中他年事最高，是除粟裕外第三野战军的又一代表，也是唯一参加过护国讨袁的；

罗瑞卿来自华北野战军；

王树声曾任红四方面军副总指挥，授衔时任国防部副部长；

许光达则来自第二方面军。

除了"山头平衡"成评衔重要因素，时任职务、资历、业绩等因素外，这些将领们在中共早期革命斗争的几个重要时期的表现，也对他们的授衔结果有所影响。

曾任红二方面军副总指挥的肖克，本来有资格入选大将，但他在长征中斗争张国焘时保持了沉默，被认为是站在了张国焘一边。用肖克自己的话说是"站错了队"，成了他没授予大将军衔的因素之一。

参加了《肖克回忆录》的编撰工作的周炳钦认为，"在中国革命战争中，肖克不仅是我军历史上最年轻的高级指挥员之一，还有着与同时授衔的共和国元帅们相处共事的特别经历"，"在这次授衔的55名上将中，他名列榜首。也许这并没有表明其戎马生涯的真实价值，授衔前毛泽东曾亲自找他谈话，对他说，把你放在这个位置上，别人就不好说什么了"。

与肖克相对照的是林彪。林彪在十大元帅中资历排在倒数第二位，因他战功卓著，却名列十大元帅第三位。

六、到高级炮校学习

1955 年 9 月，辽东半岛大演习最后一次预演（党中央、中央军委首长看演习那次）结束后，二班长要求到沈阳高级炮校学习，因学校已开学数月，经炮兵司令朱光与孔从洲校长联系，才入校插入团级班学习。经过一年多的积极努力学习，各门课程都是 5 分，被评为优秀学员。1956 年底，还未毕业时，南京军事学院来校调教员，二班长被选中。他不愿意到院校工作，即给兵团曾绍山司令员打电话。曾司令说："你赶快回来！"孔校长也说："你赶快走！"就这样，他未参加毕业典礼即提前回来了。当时在院校中流传"5 分当教员、4 分当参谋、3 分当首长"的说法。二班长下决心不再进院校的门。

1956 年后，旅大警备区炮兵司令部作战、训练两科合并为作训科，二班长当科长，晋少校、中校，直到取消军衔。当时他主管炮兵战备和训练工作，经常下部队。尤其是外长山要塞区各守备区的武器主要是大口径、远射程火炮。有较多的 152 加农榴弹炮、130 和 122 加农炮、122 榴弹炮、85 反坦克炮和各种迫击炮，刚上岛不久，部队需要加强训练和战备，因此，他一年有 4－6 个月时间在岛上蹲点，抓战备和训练，研究岛屿防御作战问题，并参与组织海洋岛"岛屿防御作战"实兵实弹演习，受益匪浅。

七、当团长

1965 年 5 月，二班长到炮兵第 1 团当团长，又是团党委副书记、守备一师党委委员。全团有 4 个营：1 营是 152 加农榴弹炮，2、3 营是 122 加农炮和代管守备 1 师 37 高炮营，人多、炮多、汽车多。他因过去有较长时间在基层，与战士有感情，这次又能与战士、基层干部打成一片，一起工作、学习和生活，非常高兴，如鱼得水。他与团里其他领导同志团结一致，积极努力，抓好战备训练、政治工作、连队建设，关心战士和干部衣食住行的日常生活，保证部队在政治上坚定、技术上过硬、作风上优良，有高昂的思想精神和坚强的战斗力。

他到炮团之后，老政委就调到师里当副主任去了，新任政委又到外地搞"四清"，很长时间团里就他一个主管。作为唯一的主管他应该抓什么呢？按当时的大气候他应该抓"突出政治"，抓政治思想工作，按他的职务他应该抓训练。可是他还用了很大一部分精力是在抓干部战士的生活。

二班长到团报到是一个星期天的上午，当时部队正在洗澡，快到中午他拿起浴具就奔向澡堂，一进浴池只见人挤人，只能站着不能坐下，他就问正在洗澡的战士为什么这么多人，为什么不下午再来洗。战士们不认识他这个新来的团长，几个人七嘴八舌地说，下午来洗水就成了浆糊了。原来团里规定澡堂每天只烧一遍水，中午不换水，所以各连队谁也不愿下午用别人洗过的水，宁可在上午大家来共用这一池水。二班长还了解到星期六上午干部洗，洗完不换水下午家属洗。他想这样太不卫生太歧视妇女了，于是立即找后勤处长研究，后勤处长强调没有钱，买不起煤，经过耐心说服，后勤处长才同意安排中午换水，让大家上下午洗都能洗得干净一点。

当时全国刚经过三年自然灾害，粮油缺乏，连队伙食差，干部、家属有的得了乙肝，有的患浮肿，二班长立马急谋对策。他想起在机关工作时去看地形，曾看到东沟农场有一大片未耕种的荒地，于是就带上后勤处长驱车去与东沟农场商议，农场同意拨给700亩水稻田，经师领导批准派了8连去耕种，第一年收获稻谷4万斤，第二年7万斤，第三年10万斤，适量补助连队，卖给干部1角1市斤（当时国家供应1角8分1市斤）。他看到连队战士文化生活枯燥，便尽力说服后勤拿出钱来给每个连队买一台半导体收音机，让连队战士能听到新闻广播、文娱节目，这在当年也算得上高档用品了。

二班长刚到炮团时，部队驻在夏家河子，营房门前有一条河，河上架有一条不太坚固的石桥，大水一冲就垮，经常是塌了修，修了又塌，严重影响火炮和车辆的行动，也影响干部战士和家属的出入，只能在河里铺上一块块石头，踩着石头过河。遇到夏季发大水，有时一人多深，营房便成了孤岛。二班长连忙到上级机关求助，弄来了钢材、水泥和木料，筹集资金，组织人力，由一连担任施工，建成了一座坚固的钢筋水泥大桥，人人称便。

当时部队营房也很破旧，需要翻修和新建，但经费不足，二班长就想到自己建窑烧砖。正好营房东侧是黄土小山，土质很好，北边靠海有取之不尽的砂子，只是缺技术人员，经打听在营城子村有一位为志愿军烧过砖的技工，就是年纪大了不愿出来。二班长多次带人去面请，"三顾茅庐"才请到，特为他安排一间好房，派一名战士侍候他，他很高兴。由6连出劳力，经他指导烧出了质量上乘的好砖，满足了部队建房的需要。礼堂地势低洼，水泥地潮湿甚至渗水，没有椅凳，开会、看电影时，战士得打背包、背背包、背包下面垫塑料布才能坐，干部和家属得自己拿椅凳。二班长想我们再穷，置不起像样的椅坐，搞个木凳还是搞得起。于是组织木工，搜集木料，全部做起了长条木凳，战士不用背背包了，干部和家属不用拿椅凳了。

后来团部移驻大辛寨子，营房条件也不太好。二班长大年三十走访干部家庭，发现很多干部家屋内温度很低，穿着大衣棉鞋还冷，政治处副主任围着被子坐在床上，他看了心里很难过。于是立即与有关同志研究，给干部家里盘火炕，加炉子，让干部家里很快暖和了起来，干部和家属都很高兴。他看到直属连队、分队屋内温度也低，战士睡不好觉，就又设法给他们盘了火炕，加了炉子，使在外面执勤的同志回来能钻进热被窝，舒舒服服地睡上觉。

二班长当团长期间，在抓好部队的政治思想工作和战备训练的同时，又抓了营区建设和干部、战士和家属的日常生活，不仅没有影响"突出政治"和技术训练，反而促进了部队的思想稳定，热情高，干劲足，提高了战斗力。

二班长认为政治不是空的，而是实实在在的东西。"突出政治"要落到实处。他在团党委扩大会上没有讲稿讲话中说："第一，首先要落实到部队党的建设上，使党委成为团结的班子，有力量的班子，敢说敢为的班子；使连队党支部真正起到战斗堡垒作用。第二，要落实到部队政治思想建设上，使部队思想稳定，团结一致，朝气蓬勃，干劲十足，不怕困难，敢于压倒一切敌人。第三，落实到部队作风建设上，我们要的是什么样作风？就是毛主席说的八个字、三句话。八个字是：团结紧张、严肃活泼；三句话是：坚定正确的政治方向，艰苦朴素的工作作风，灵活机动的战略战术。第四，落实到部队战备训练上，使部队有时刻准备打仗的行动，有高超过硬的战术技术、杀敌本领，保存自己，消灭敌人。第五，还要落实到部队日常生活上，使干部战士心情舒畅，积极工作。要给战士娱乐活动、自由活动和写家信的时间，使他们只想部队、不想家，一心扑在工作上。第六，各级领导必须讲究工作方法，尤其是对干部的男女关系问题，战士的小偷小摸的事情，要批评从严、处理从宽，特别是不要大张旗鼓地处理，使他们抬不起头，防止矛盾激化，发生政治事故。"他是这样讲的也是这样做的。

《大连日报》社在团锻炼的 6 位编辑也参加了党委扩大会议，他们认为二班长讲得好，要求再到他们报社去讲一次，把内容登在报纸上。二班长是不愿意出名的人，没有去，也不能去。

八、当作训处长的 10 年

（一）这个处长不好当

二班长正准备与政委、常委等同志商量，进一步加强党的建设、补齐领导干部、调整营连干部、狠抓部队政治思想工作和战备训练，大力提高部队战斗力之时，1967 年 7 月，突然接命令被调回警备区机关工作，任旅大警备区司令部作训处副处长（无处长），1969 年 9 月当处长，一干就是10 年。这是个合成兵团司令部的作训处，工作多、任务重、关系广的非常难干的差使。

旅大警备区司令员、政委是由沈阳军区副司令员、副政委兼任，副司令员、副政委也都是老红军，当过老军长、老军政委，到警备区工作为副兵团级。司令部、政治部为正军级，后勤（原志愿军 4 分部）是副军级。司令部、政治部的处为副师级。

二班长在作训处时，警备区副参谋长、副主任以上首长有 51 位。管作训处的首长就有 8 位：司令员、政委、参谋长、分管作战的两位副司令、一位副参谋长。分管训练的一位副司令、一位副参谋长，作训处得随时汇报情况，请示报告，及时处置。有些重大事情，还得及时报告警备区和司令部、政治部副参谋长、副主任及以上其他首长。

作训处在装甲兵处撤销后，其人员和工作合并到作训处时，正式编制是 25 人，最多时有 35 人，超编 10 人。内分作战、训练、坦克、测绘 4 个组。电报颇多，作战组有一人管电报。全处是一个党支部、3 个党小组。以后又增加人防工程、军工生产工作。

战备和训练任务很重。根据首长指示和工作情况，处长、参谋经常下部队了解情况，帮助工作，考核部队。处长、参谋几乎爬遍旅大地区、辽东半岛的主要山头和岛屿。由于地形熟、情况明，拟制的作战计划、战备训练计划、汇报的战备情况和提出的建议基本上能符合实际情况和首长意图。分管作战、训练的副司令说："作训处是活地图，对部队的战备和训练情况，了如指掌。"为了解决打坦克训练和演习，火箭筒不能打实弹只能对着坦克或模型比划，效果很不佳的难题，训练组有两位参谋管修靶场和科研，研究出了火箭木头弹、水泥弹打坦克，既不伤坦克或模型，又能训练射手实质操作动作，在坦克和模型上能发出爆炸声和烟火，在坦克或模型上留下弹痕，又很安全，近似实战，效果很好，很受部队欢迎。

紧急和重要的战备、训练工作，警备区常委或首长开会研究时，作训处长带参谋旁听。首长一面研究，作训处就一面起草电报，在首长研究完或讨论其他问题时，电报稿已起好，交给参谋长或管作训处的副司令审阅修改，作训处再誊清，首长阅后即签发，上报下达。

作战值班室每天两位（正副）值班参谋很紧张，上面有沈阳军区作战值班室，下面有要塞区、各师、后勤作战值班室随时上报下达，还有海军旅顺基地、空 3 军作战值班室汇报、通报情况，电话、保密电话不断，又急又重，丝毫不敢疏忽，晚上 12 点以前根本不能休息。处长为了掌握和处理情况，除下部队和外出由副处长值班外，基本上常年住在办公室，尤其是过年过节不离开作战值班室和作战室。每天上午上班全处集体交班，交流情况布置工作。旅大警备区还有个特点，在军管大连市期间，司令员、一位政委和参谋长主要管大连市的工作，管作训处的副司令职级高、资格老、年龄大，下面的部队首长不好多打扰就给作训处长打电话，管作训处的首长有事也给作训处长打电话就行了，所以作训处长就成了忙人。

为了战备，全处同志每人准备一套行装和洗漱用具，打好背包，集体放在处里专设的储藏室，一有情况，除作战值班的外，其他人背起背包，立即出发，这是作训处常年一贯的做法。

（二）大连的人防工程

1969 年 3 月，中苏边界发生"珍宝岛事件"后，当时大连市由旅大警备区军管，旅大警备区首长、机关、部队，遵照毛主席"提高警惕，保卫祖国"、"深挖洞，广积粮，不称霸"、"备战、备荒、为人民"和"要准备打仗"的重要指示，以及国务院、中央军委"加强人民防空战备，做好反侵略战争准备"的重要指示，在沈阳军区党委、首长领导下，在加强部队的防御工事建设的同时，狠抓了大连市的人民防空工程建设。开始，在作训处和地方有关单位具体组织下，大连市有 500 余个厂矿企业、街道、机关、学校参加施工，最多时每天参加施工的人员达 30 万人。经过一年多时间的积极努力，取得了全市修建的人防工事和改造部分旧有工事，可隐蔽 38.8 万人的成绩，沈阳军区首长和军委总部机关同志看后，非常满意。当时用了 1000 多万经费无处出，沈阳军区陈锡联司令员、曾绍山政委在会上对旅大市领导说："你们拿出 1、2、3% 就解决了嘛！以后的经费由国家和地方负责。"

之后，以作训处分管人防工程建设的参谋为处长成立人民防空办公室、人防指挥部，由旅大警备区司令部一位副参谋长专职领导，进一步掀起大搞人防工程建设的高潮。根据大连市战略地位重要和市区三面环山、水位低、土质好的特点，贯彻"独立作战，长期作战，坚守旅大，保卫北京"的指导思想，按照"打防结合，平战结合，军民结合，人防城防结合"的原则和以打为主的积极防御方针，重点解决打与藏的问题。1970 年下半年和 1971 年，全市动员，人人动手，家家参加挖洞的人民战争，以及从 1972 年开始成立专业施工队伍，按单位职工的 1－3% 的比例抽出人员，组成 270 多个施工队，有 5000－6000 专业施工人员，进行常年施工。经过近 8 年时间的齐心努力，团结奋斗，到 1975 年已完成规划的人防工程 90%。挖通和修复了环绕市区的 10 座大山的坑道，打通和修复了接连市内 228 个街道的 10 个地道网，成为"能打、能藏、能生活、能机动、能生产"的地下长城。并建成了大型地下粮库 21 个、地下医院 4 所、地下物资库 2 个、地下油库 1 个、地下危险品库 1 个、地下工厂 3 个，有 117 台生产设备搬进地下车间开工生产。南山屯兵坑道，防护厚度 50 米以上，有多个出入口，能装进一个坦克团，坑道内设有指挥所、作战室、办公室、会议室、医院、商店、学校（教室）、水库、食堂、伙房、锅炉房、发电、厕所等俱全,其重要部位瓷砖铺地,吊灯照明。马栏坑道粮库,防护厚度 50 米以上,洞口 3 个,设有轻便轨道和托车,共有 11 个储粮房间,可储粮 5000 吨,一个储油房间,可储油 100 吨,建有制米、制面车间各一个,一昼夜产米 24 吨、面粉 12 吨。还设有发电机、降湿机、水库、办公室、宿舍等,储粮无虫、无鼠、不受潮湿,储存 5 年仍能生芽。大连市政坑道礼堂,2 层楼,共有 1122 个座位。还有大连商场绿山坑道物资库、大连水产坑道冷冻库、大连纺织厂地下织布工厂,等等。

大连市人防工程规模大,很气派,是全国人防工程典型之一。八一制片厂摄制的电影《地下城》很受欢迎。不仅地方和部队一批批参观学习,连各国驻华大使馆武官也来大连参观。军事学院首长、学员、教员 800 多人到旅大警备区研讨"城市防卫"课程时,仔细参观了大连市人防工程的坑道地道。军委总部召开人防会议,旅大警备区参谋长、作训处长二班长参加会议,在一位副总参谋长带领,乘两架客机参观了北京、株州、张家口、大连、长春的人防工程,大连市的人防工程毫不逊色,得到好评。

(三) 军工生产

"文化大革命"期间,"零九工程"(核潜艇)进度缓慢时,中央军委命令由部队作战部门参与抓上去,旅大警备区作训处长多次到沈阳军区开会。军委总部开会时,是旅大警备区司令员带二班长去参加的会议。作训处协助在老虎滩海校大院南山沟里建了研究所,在旅顺白云山洞西侧原 192 师一个团、现是守备 1 师炮兵团的营房建了测控站,以便在小平岛进行测控。作训处还有两位参谋参与军工生产——造枪。大连造的自动步枪,除装备民兵还出口。越南军队使用的自动步枪,很多是大连造的。

沈阳军区决定将旅顺白云山洞下面原 64 军 192 师一个团的营房、现是守备 1 师炮兵团的营房交给海军建测控站。警备区首长开会研究时,二班长提出请示军区要旅顺市区原炮 19 团的营房给守备 1 师炮兵团,并说此营房条件较好,宿舍、车库、炮场齐全,还有礼堂时,因二班长在守备 1 师当过团长,曾在守备 1 师当过政委的警备区政治部副主任对二班长也不客气说:"你胡扯,旅顺那有这么个营房?"二班长回答说:"主任肯定有,接装时我到炮 19 团去检查过工作,怎么能没有呢!"首长们半信半疑,决定由汪干副参谋长明天带领包括 1 师首长亲自去看一看。在还没有全部看时,1 师师长就急着提出他们要这个营房。汪副参谋长对二班长说:"昨天我替你有点担心，今天看了，还是你作训处长对旅大的营房清楚。"作训处拟好要此营房的电报，警备区首长签发后，军区同意了。

（四）三次战备训练演习

"文化大革命"期间，为落实毛主席"要准备打仗"的指示，检验部队战备水平和训练成果，提高战斗力，经上级批准，旅大警备区结合年度训练，曾组织进行过两次抗登陆和一次城市防卫的陆、海、空军联合作战实兵实弹演习。1970 年 9 月，第一次在南海湾地区抗登陆演习时，沈阳军区首长、机关亲临指导。1972 年 1 月，第二次在南海湾地区抗登陆演习，有阿尔巴尼亚军事代表团参观。1974 年春，在傅家庄地区和大连市内城市防卫演习，是根据军委总部的指示，并在总参、沈阳军区机关帮助下进行的。有地方群众和部队参观见学。每一次演习，在首长具体领导下，作训处组织勘察地形、拟制演习计划、调动演习部队、进行训练和预演，从开始到结束，一折腾就是个把月，警备区首长、机关和演习部队疲劳不堪。

第二次抗登陆演习一结束，警备区司令员即令作训处长带领陪同阿尔巴尼亚军事代表团到海洋岛去参观外长山要塞区海洋守备区和海军旅顺基地海洋水警区的战备和训练。二班长当晚派船，准备完客人在船上吃的喝的，已过 12 点了。第二天早晨 5 点他检查落实后，7 点就陪客人登船出发。10 点到后，即看了守备区炮兵坑道和 130、122 加农炮兵连对海上运动目标实弹射击表演、海洋岛民兵三八炮兵班 85 反坦克炮、122 加农炮对海上固定目标实弹射击和老太太班自动步枪打靶表演，以及水警区导弹快艇从坑道内出击对海上运动目标射击表演，均博得客人热烈掌声和好评。下午饭后 3 点回返，回到大连已近天黑。

二班长刚回来，又领受与政治部、后勤部各一位处长为袁佩爵政委监督火化任务。由于袁政委患的是肝硬化，加之穿着很厚的料子军服和军大衣，火化工人又不准用铁钩子翻腾，只能慢慢地烧。二班长看了多次锅炉，快到天亮时才烧烬，把骨灰装入骨灰盒，上午 8 点，3 位处长将骨灰盒送交警备区常委。之后，二班长已累得实在难以坚持，即到 87 疗养院疗养休息一下。没过几天，参谋长又命他组织部队警卫接待在大连棒棰岛宾馆休养的西哈努克国王。真是没有一点闲工夫。

城市防卫演习在训练和预演之后，沈阳军区江拥辉副司令员代表军区党委来审查。参加会议的有沈阳军区副司令员兼旅大警备区司令员、大连市委第一书记、革委会主任刘德才，大连市委书记宣世民等。在江副司令员尚未到时，宣书记看到挂在会议室墙上很大的标绘很漂亮的演习地图，便问二班长："这图是谁画的？""是我们测绘员绘的！""我们大连市400万人口就找不到这样的能画图的人？"二班长立刻意识到宣书记是想要人，马上即想到未提成干的测绘员刘宪茹的安排问题，即说："是我们处测绘员刘宪茹绘的，他不但图绘得好文字水平也很好！"接着又向刘司令员、宣书记说："宣书记你要他，刘司令肯定会同意的！"刘司令问什么事？"宣书记看好我们测绘员刘宪茹了，欲要他！"刘司令员对二班长说："宣书记要谁，你就给谁！"二班长知道宣书记也是吉林榆树县的，即对宣书记说："他是榆树县的，他家乡还有一个小对象！"宣书记即告诉参加会议的市委秘书长："一块调来！"二班长说："我明天就给你送去！"就这样定下来了，第二天作训处两位参谋陪同送他到大连市委工作。

由于在地图上标示的敌人兵力和进攻方向、我军兵力部署和作战行动、海军水上轰炸机和空3军轰炸机、强击机的轰炸、突击目标标绘得非常清楚，江副司令员到后，刘司令让二班长汇报。二班长只汇报10多分钟就行了。江副司令问："海、空军飞机批次间隔多长时间？"二班长答："海军轰炸机由旅顺土城机场起飞、空军飞机由金县三十里堡机场起飞，批次间隔30秒至一分钟，是与海空军作战处共同研究定的！"

最后江副司令员作指示的大意是：第一，这次大连进行城防演习是周总理亲自批的，一定要搞好；第二，党政军民、陆海空三军一定要搞好团结合作，齐心努力；第三，一定要注意安全，绝对不能出问题。

后来，处里有的同志说，是处长走后门把刘宪茹安排到大连市委的。二班长说，不是后门，是前门，是作训处图绘得好，是全体参谋、测绘员的杰作，功劳应归全处同志，而处长只是在当时脑瓜转得快一点，把全处同志的功劳集中到刘宪茹一人身上了。作训处当时3位测绘员，同时报提干的。刘宪茹档案里有"在学校时打砸抢"一词未被批准。二班长去找直工处长：一个中学生能搞什么打砸抢？直工处长说：明年吧！二班长说：明年他就超过23岁了！其实，不仅处长关心他，是说过不能让他回家种地，全处同志都很关心他，都希望能把他安排好。

二班长城市防卫演习准备时，发生了一件既痛心又不光彩的事情。一天上午，他陪同总参谋部人防处处长等人检查演习准备工作回来时，发现他家锅炉房后门开着，以为是烧锅炉工人师傅搞卫生。进家一看，厨房进锅炉房的门也开了，是小偷进了家。发现挂在椅子上的军用挎包不见了。包里面装有准备给教导大队学员讲十大军事原则课的几张地图和没有记重要问题的一个小笔记本。他立即报告分管作战的副参谋长，副参谋长又报告了警备区首长，沈阳军区首长也知道了。这样一传，成了"旅大警备区作战处长把沈阳军区的作战方案被小偷偷去了"，军区、警备区首长很重视，命令一定要找回来。大连市3位警察住进他家3天，抽了他3条大生产香烟，根据锅炉房门上有小偷的指纹和地上的脚印破了案。是一个刚从监狱放出来的犯人，想偷钱吃饭，钱未偷到，顺手将挂在椅子上的军用挎包拿走了。小偷回家一看，是标好的几张作战地图和一个小笔记本，把他吓坏了，未敢动放在柜子顶上藏起来了。警察把东西拿回来交给旅大警备区政治部保卫处。经过审查，包里确实只装有讲课用的地图，小本子里只记有苏军一个集团军的编制和装备一些数据，一点没有涉及旅大警备区和沈阳军区的作战问题。刘司令对二班长说："你本子上没有记什么东西嘛！你怎么不早说？"二班长说："我说过了，在东西未找回来前，我说没有什么东西能行吗？"并向刘司令汇报说："作训处的处长、参谋都能严守保密纪律，作战的问题只能记在脑子里，不能记在本子上，更不能拿回家去！"以后听说因惊动面太大还给他一个警告处分，使他哭笑不得。

作训处的工作多、任务重、关系广，是什么原因使他们能做出比较好的成绩呢？简单地说：第一，是警备区和司令部党委、首长的关怀与领导；第二，作训处有一支政治思想好，党性强，业务能力过硬，团结一致，能听党和毛主席的话，全心全意为人民服务的参谋队伍。

（五）作训处经受的狂风暴雨

1. 保证旅大的稳定

1966年，一场空前的"文化大革命"开始了。

旅大警备区是属于野战军，按照党中央、中央军委的规定，其机关、部队不准搞"四大"——大鸣、大放、大字报、大串连，照常进行战备、训练工作，保证机关、部队稳定，准备打仗，防止敌人突然袭击。沈阳军区还规定驻旅大地区其他单位的部队，在"文化大革命"期间统归旅大警备区调用。在地方开始夺权时，旅大警备区奉命成立军管会对大连市实行军管，大连市的党、政、群等工作都是在军管会领导下进行的。

　　大连市的群众组织有：革联、工总司、大中院校 3 大组织。工总司与革联对立严重。工总司认为自己是"革命派"，革联是"保皇派"。革联认为自己是"拥军派"，工总司是"造反派"。两派都抢部队的枪支，武斗不断升级。大连市是个工业城市，工厂林立，制造武器容易。群众组织用自造的武器和抢部队的枪支搞武斗。工总司还使用了兵工厂的 85 反坦克炮；革联使用了汽车焊上钢板的土坦克。

　　为保卫大连市稳定，警卫重要目标，做群众工作，制止武斗，经沈阳军区批准，旅大警备区先后调动包括一个坦克团共 7 个团的部队进驻大连市内和郊区。以一个团的连队分别警卫广播电台、发电厂、自来水厂、粮油生产化工厂、危险品工厂、海港码头和市委市府、公安局等重点单位。

　　作训处开始除部分同志参与军管工作和管人防工程、军工生产外，主要力量管警备区建制部队的战备、训练工作和海、空军的战备工作，以及进驻大连市部队的调动与使用。

2. 制止武斗收缴武器

　　随着二班长为制止武斗小组组长，军管会通常以警备区参谋长、作训处长和辽宁省军区大连军分区司令 3 个人名义张发布告之后，二班长和参谋逐渐参与群众组织工作，负责制止武斗、收缴武器、与群众组织谈判、磋商联系等事宜。经常冒着危险、奋不顾身地自身或带领执勤部队去制止武斗、收缴武器、拆除武斗工事、清除路障。并严格执行政策，"不带枪、不开枪"，对群众组织"骂不还骂、打不还手"。

　　某年秋季的一天，警备区首长正在作战室开会，得到报告：设在大连火车站楼顶上的宣传毛泽东思想广播站被工总司群众组织在火车站广场开会的给砸毁了。邓岳司令员即命令二班长带人去将其恢复、照常广播。二班长立即和两位参谋带领执行部队赶到，将一位参谋和一个连队留在底下，他和一位参谋带领一个连队和军区的侦察大队的一个侦察排上到楼顶平台上，安装好广播机、喇叭，开始广播时，工总司正在开会的几千人包围了火车站，因部队遵守"不带枪、不开枪"、"骂不还骂、打不还手"的规定，底下的连队很快被打散，工总司的人喊着口号，大吵大嚷地从东头二楼平台搭梯和从爬梯往上攻，若攻上来就会有一场混战，双方肯定会有伤亡。二班长不愧是个老兵，在这种紧急的情况下能沉着应对。他告诉执勤部队：第一，不要慌、不用急，他们攻不上来！第二，他们是群众组织，是工人父老兄弟，我们必须严格执行"不带枪、不开枪"和"骂不还骂、打不还手"的规定；第三，既不能让他们攻上来，也一定要做到不伤人、不死人，对将要攻上的人只准握手相劝请他们下去，绝对不准往下推，推下去摔死人，他们会抬着死人游行、到警备区机关大院去闹事，去发难！

侦察支队是个经过严格训练的特种兵部队，侦察排的同志对将要攻上来的人，一握手说："请您慢慢地下去！"被握手的人痛得直叫："我下去，我下去！"就这样，工总司的人攻到夜间12点也未攻上来，只好散去。

二班长考虑到第二天他们一定还会再来攻，而且不是一两天才能平息的，于是便采取更有效的措施：一是请火车站抬上几大桶柴油浇涂在二楼平台、爬梯和外面的墙壁上，弄得粘糊糊的，并在爬梯顶上用麻袋装沙子，麻袋底下穿几个小孔，一拍打麻袋沙子往下落迷人的眼，向上爬的人难以爬上来；二是请求警备区后勤部送上来10顶帐篷、100张行军床、100条毯子、100件棉大衣。至于吃饭、喝水问题，火车站厨房有一个大通气孔通到楼顶，饭菜、水可以从此孔提上来。

果然不出所料，第二天工总司又是几千人，呐喊着从上午9点开始猛攻，由于到处是油又粘又滑，从爬梯往上爬沙子迷眼，一直攻到晚上12点又未能攻上来。他们攻时，还有一些人站在高处用弹弓向战士们打铁蛋子，打伤几个战士，5连连长以身挡二班长，眼被打伤，急送医院抢救治疗，致一只眼睛失明了。工总司的人从楼下往上看，帐篷一大片，又听说上面有旅大警备区作战处的人，第三天攻势减弱。后来由6团韩秀团长上去接替二班长，又折腾了10天，此事才算平息了。

当时驻大连市内的辽宁省军区独立师2团（3371部队）因害怕群众组织抢枪，将全团的武器集中保管在团部大楼5层上面。一天，工总司去抢他们的枪。该团为不引起争斗，紧闭门窗，战士和机关干部守护在里面。工总司上千人呐喊着从早晨开始猛攻，用石头砸门窗，直到上午未能攻进去，就要用炸药炸开门窗，该团警卫连副连长气极了，从另一幢小楼上开了枪，用机枪对披军大衣指手划脚指挥的头头开打，连续打倒6人。该团团长与在军人俱乐部的二班长一直保持联络。在打倒一两个人时，二班长命令一定不能再打了，团长说他们是在另一幢小楼上开的枪，没有办法制止。二班长当时考虑如果派执勤部队去制止抢枪，工总司被打红眼了，肯定会发生冲突，所以只让部队待命，没有出动。下午2点该团干部战士吃不上饭，二班长请军人俱乐部为他们做饭，作训处参谋冒着危险两次带汽车去送饭，任务完成得很好。到下午3点以后，工总司忙着抢救伤员，抬死人，才慌乱地撤了出去，但扬言一定要踏平该团。

该团出了这么大的问题，辽宁省军区和独立师派师政治部主任等人来处理此事。二班长考虑他们处理不了这么大的问题，就把全部责任揽过来，告诉他们："你们处理不了这么大的问题，在'文化大革命'期间，该团归旅大警备区指挥，此事由旅大警备区处理，你们只做好该团内部工作就行！"为了平息这场大的冲突，二班长召工总司领导到军人俱乐部开会谈判，他们的常委、头头和很能闹的群众代表20多人，一进会议室就大哄大闹起来。二班长首先让他们学习毛主席语录："要文斗，不要武斗"、"抓革命，促生产"。接着宣布："是你们去抢部队的武器，是你们不生产、搞武斗，是你们违背了伟大领袖毛主席的教导，所以，应该由你们自己负责，不能怪军管会和执勤部队！"他们不服，瞪眼睛，拍桌子，大吵大闹，非要踏平该团不可。二班长把桌子一拍说："你们胆敢动3371部队一个指头，军管会就发布告宣布'你们不是革命群众组织'。"他们又闹腾一阵子才散去了。为了避免工总司报复该团，执勤部队凡是出去巡逻和破除路障的车队路过该团时即喊："向3371部队学习！向3371部队致敬！"的口号。经过一个月的活动和做工总司领导的工作，问题总算得到了和平解决。

大连市武斗最凶时，属革联派的东方红组织是一帮中学生，常与工总司斗，工总司极恨他们。一天，东方红30多人住在市内大连市卫生学校，工总司发现了，将卫校包围起来攻击，要置他们于死地。工总司攻了一阵攻不进去，就把造炮弹的523厂（兵工厂）85反坦克炮拉出对卫校开了炮，将主楼打了几个洞。在这紧急之时，革联开出几辆土坦克将工总司围攻的人驱散，眼看事态要扩大，二班长和作训处参谋连忙带领执行部队赶到，缴炮捉炮手，工总司急忙把炮挂上汽车开跑了。为了保护东方红这些中学生，二班长将他们送到郊区的坦克团一个连的营房，"关"了起来，由这个连对其看管，进行学习教育，不准其走出大院，直到武斗稍缓后，才让他们回家。

一天晚上，海军403医院一派组织串连地方群众组织相助，与另一派武斗起来，不仅动了棍棒还动了了武器，打伤了人。二班长与作训处参谋带执勤营长和一个连队赶到。在二班长召集两派头头开会谈判时，一个大个子闯进来大骂对方和军管会，并要动手打人，扰乱了谈判，二班长实在忍不住了，一拍桌子："轰出去！"营长和几个战士抬着大个子扔出门外，两派的头头也有点害怕了。二班长对他们说："你们是医院，不救死扶伤，搞武斗，不像医院，不像医生。"并宣布："你们必须立即缴出武器，拆除武斗工事，与地方脱钩，搞大联合！"在二班长和执勤人员强制、说服与监督下，一夜一天，他们缴了全部武器，拆除了全部武斗工事，签订了大联合协议。

在全市武斗趋缓时，在甘井子的523兵工厂两派组织继续武斗，不仅停止生产，而且武斗升级，封闭大门，不准外人进入。警备区邓司令员命令二班长带部队冲进去缴他们的枪。二班长和参谋带两个全幅武装的连队去了。他考虑强攻会造成不利的后果，于是先让参谋到哨卡去通报：制止武斗小组组长带执勤部队来制止武斗，请立即通知两派领导人。他将两个连队布置在厂外，只带一个排进厂。不料，两派头头规规矩矩在门口欢迎。经过两天调查摸底和做群众的工作，他们同意缴枪，停止武斗。第三天两派缴了全部武器，拆除了武斗工事。二班长让两个连全部撤回，只留少数人不带武器，继续说服教育群众，召开全厂职工大会，二班长讲了话，从此，两派搞了大联合，解放干部，恢复生产。二班长在该厂住了一个多月，看到工厂稳定，生产上了轨道后，才撤出来。

3. 当海校军管会主任

根据沈阳军区命令，旅大警备区对海军大连舰艇学校进行军管，装甲兵处处长是军管会主任。他因年龄大一点、身体弱一点，在那种天天吵闹的环境下病倒了。当时，全市只有海校两派闹得厉害，并与地方挂钩，影响全市的稳定。二班长刚从523厂回来，首长又让他到海校去当军管会主任，带领军宣队、工宣队解决海校的问题。

海校是个军级单位（代号205部队），有两个群众组织：总部、红司。总部是大连市革联系统，红司是大连市工总司系统。两派斗争激烈，并影响到地方。红司与工总司联系密切，并受北京海军大院掌权的这派群众组织的控制，对军管会意见多、闹得欢、工作难做。

二班长带领300人的军宣队、工宣队进校后，主要工作是做两派群众组织的工作，使他们能消除派性，与地方脱钩，进行大联合，稳定学校和社会，恢复教学工作。并教育工宣队克服派性，不带派性观点去做工作。对派性大、闹得凶、对军管会意见多的一派群众组织，要耐心细致地多做思想政治工作，使其慢慢转变。二班长亲自做红司头头的工作，让他们收敛一点，与地方上脱钩，解放干部，放出在"牛棚"关押的人等。他亲临"牛棚"察看，关押20多人，罪名都是"走资派"或"特务"。他当即将校长和校其他领导同志放了出来，并让工宣队接管"牛棚"，在一周之内全部放出去了。红司的头头带领一些群众到军管会去大闹，说军管会把"特务"都放了，是包庇特务，是犯罪……二班长平心静气地告诉他们："你们群众组织没有权利抓人、关押人，若他们真的是特务拿到证据之后，由军队保卫部门或公检法机关再抓人不迟。至于我若是犯罪，由旅大警备区、沈阳军区处置，请各位不必操心。"

支持红司组织的是一位校政委、支持总部组织的是一位副校长。这位政委同志很傲慢，军管会副主任（是位团长）与他谈话，他竟敢当面拍桌子。二班长作为军管会主任和他谈话，既严肃又平心静气地指出："你是位老革命、老共产党员，你作为政委、党委书记不带领全校教职员工，遵照伟大领袖毛主席的建设'强大的海军'、'抓革命，促生产，促工作，促战备'和'准备打仗'重要指示，建设好学校，提高教育质量，你却作一派的后台，支持一派打击一派，使两派对立，越闹越凶，影响地方的安宁，把学校折腾成这个样子，哪像一个政委、一个老革命、一个老共产党员嘛！"他才老实一点。二班长也与支持总部一派群众组织的副校长谈了话，进行批评教育。

经过10多天的调查研究和说服教育，摸清了两派群众组织的情况和人们的反映后，军管会召开全校教职员工和家属大会，二班长讲了话。指出："全校所有同志必须遵照伟大领袖毛主席'抓革命，促生产'的重要指示，消除对立，与地方群众组织脱钩，不得有任何联系，搞全校大联合，解放干部，恢复学校的安定局面，建设好学校……"开会时让支持两派的政委、副校长上主席台就坐，红司不同意支持总部的副校长上主席台，竟大吵大嚷，其头头带五、六个人到台上要将副校长拉下台。二班长一拍桌子："下去！"军宣队、工宣队将其"请"了下去，他们才不敢再闹了。

经过军管会和军宣队、工宣队两个月的艰苦工作，学校情况稍有好转，但根本问题解决不了，而且军管会一天的活动，当天北京海军大院掌权的那派群众组织就能知道，为红司出主意对付军管会。鉴于此情，二班长向警备区首长提出建议：军管会和军宣队、工宣队全部撤出来，由海军自己去管为好。经沈阳军区首长批准撤了出来，结束对海校的军管。

4. 收摊子

大连市群众组织武斗将近尾声时，为了恢复全市的稳定秩序，进行和恢复生产，经旅大警备区首长同意，制止武斗小组确定收摊子，以 4 个团执勤部队每团负责一个区，将中山、西岗、沙河口、甘井子 4 个区所有武斗点缴枪、拆除武斗工事、将人员教育后放回去。二班长和作训处参谋还带领侦察大队将工总司占领中山广场建委大楼的主要武斗据点端掉。那天晚上全市一齐行动，从夜间 10 点开始，至第二天凌晨结束，全市的武斗点都被缴了枪，拆除了武斗工事，将其人员教育后放了回去，结束了大连市的武斗，稳定了全市的秩序。

之后，根据警备区首长的指示，二班长又负责将革联、工总司、大中院校的常委、头头，集中在棒棰岛宾馆学习、反省、教育一个月。

在"文化大革命"最激烈时，群众组织要揪斗大连市委书记胡明，二班长将其藏于大连海港最里头的执勤连队，造反派怎么找也未找到。旅大警备区军务处长莫庆云在大连工学院支左，一派群众组织到处捉 M 处长，他跑到作训处，二班长让作战值班参谋派好船，一位参谋带一个排乘汽车绕道从香炉礁到 4 码头乘海运大队的船，将其送到距南朝鲜很近的海洋岛暂避。

还有造反派曾多次要冲进警备区办公大楼。有一天，造反派果然冲进了办公大楼，10 几个人还要向作训处、作战值班室、作战室冲，侦察大队执勤的哨兵上前制止，眼看要撕打起来，二班长考虑一个战士难以挡住，就请他们进到作战室，进去后，参谋拉开布帘，他们一看挂着那么多的大地图划着红蓝大箭头，以为是绝密的作战图，吓得急忙捂住眼睛说："我们什么都没有看见，什么也未看见！"赶紧撤了出去，以后再未冲办公大楼。其实，那些地图并非作战方案，只是事先布置的演习设想地图。

（六）作训处参谋的安置

1. 妥善安排老参谋

作训处老参谋较多，他们为革命做出贡献，应该很好地安置。经请示司令部党委和与政治部干部处商量，老一点参谋到部队当副团长、参谋长、师作训科长等，有的同志转业到大连市做地方工作。年轻的参谋下部队当营长、连长锻炼，也调进一些年轻的参谋。

作训处有两位参谋在军管会办事组和教育组工作，本来工作得很好，突然让其回到处里，说他们两人有历史问题，不能使用了。二班长进行了解的情况是：一位参谋在军人登记表上家庭成份写得是"伪官吏"。是入伍时他说了家庭情况，连队说是伪官吏。其实际情况是：他8岁以前其父当过伪县长，死了。他8岁以后其母改嫁，其继父是中医，土改时定为中农成份，二班长确认他应按其继父的成份，否认是"伪官吏"成份。

另一位参谋说他隐瞒家庭地主成份。实际情况是这样的：他家是河南商丘，1938年日本打到河南，其父亲带全家逃到陕西，后到四川，家中几亩地被叔辈姑所占，无力耕种就出租。其父根本不知道土地出租之事，更没有收过租金。解放后，他在四川参军入伍到朝鲜，之后其父带家人回到河南老家，正逢土改，因他的地出租被定成地主成份。抗美援朝胜利回国到旅大，其请假探亲，一回到家才知道家庭成份定的地主，立即返回部队，并向原训练处处长如实汇报过。二班长确认其家庭成份不应是地主，更没有隐瞒地主成份之说。

一天晚上，分管司令部政治工作副参谋长值班，他是沈阳军区原机要局长来当副参谋长的，原则性很强。二班长到他办公室汇报这两位参谋的情况，提出那位参谋家庭成份不是"伪官吏"、那位参谋家庭成份"不是地主，更没有隐瞒地主的家庭成份"。这位副参谋长对二班长说："你的政治水平太低，看问题片面。"二班长不服，第二天直接去向旅大警备区袁政委汇报了这两位参谋的情况，并建议说："若这两位参谋在作训处工作不合适，可让他们到教导队去当副队长。"袁政委听后对二班长说："你认为的是对的，这两人可以到教导队去工作。"在警备区首长研究干部时，这位副参谋长提出让这两位参谋转业时，袁政委说："这两个参谋的情况我知道，他们可以到教导队去当副队长（副团级）！"这样才算解决了这两位参谋的问题。以后还有一位参谋当了处长（副师职）！

作训处还有一位分管坦克的老参谋，在大连革委会工交组支左。他的夫人前几年病逝了。工交组有位已有家庭的女同志出于尊重他，来往过几次。他的丈夫没有弄清情况，就给部队写了一封说这位参谋与他的妻子有不正当的男女关系的控告信。司令部分管作战的副参谋长把信交给二班长处理。为了弄清情况，二班长让二位参谋去调查。写信的人承认只是怀疑，没有事实。二班长又让二位参谋去让写了"只怀疑无事实"的证明，并上交到部党委完事了。没有不透风的墙，此事在司令部传开了。鉴于这位参谋人好工作好，经二班长建议，司令部党委上报旅大警备区党委，让其到守备2师坦克团当了副团长，后当了作训处长（副师长）。

作训处一位是齐齐哈尔步校毕业的老参谋，工作很好，就是身体稍差，到部队去摔打有点困难。二班长想他做后勤工作较合适，即与警备区后勤部联系。后勤首长答复只有87疗养院还有个政治处主任空缺，二班长说他做政治工作也是一把好手，即到87疗养院当了政治处主任，工作干得很好，后当了军区医训学院副院长（副师职）。

二班长还请示首长同意，让作训处两位年轻参谋下部队锻炼，提高能力。一位参谋到守备1师当连长，一位参谋到守备2师当连长。而拟去守备1师当连长的那位参谋，师里让其当副连长，二班长认为让作训处参谋哪只能当副连长？就未让他去仍留作训处工作。到守备2师当连长的参谋被分配到守备6团的尖子连队——渡江侦察连当连长。由于他本人的努力和党的关怀，连长干得出色，当了营长。经过两次院校学习后，当了团长、师长、要塞区司令、省军区司令、被授予少将军衔，当了全国人大代表。二班长曾与守备1师首长商议同意，让一位很好的参谋、而未带过兵到守备1团3营（驻大连市兴工街）当营长锻炼后，准备当团参谋长。这位参谋因故未能去，失掉了这个机会，很可惜。

二班长对参谋的工作安排非常关心，不能只顾使用方便长期留在机关，他总是想到参谋的发展，到部队去锻炼。他为一位思想好、能力强的老参谋到师里去当作训科长，尽管干部处、首长同意了，但师里不同意要，他多次与师长、政委交谈、联系，好事多磨，甚至进行强争。1976年，在沈阳军区开训练会议时，二班长向去参加会议的程政委汇报了拟让这位参谋到守备1师去当作训科长，政委当即说不用讨论了，你回去告诉干部处下命令就行了。在场的副参谋长、政治部副主任都很赞成。二班长考虑还是再与 1 师的首长商量一下为好。他从沈阳回来就到栗子山 1 师指挥所，在坑道里再一次与师长、政委商议。师长说："我就不要外来人！"因二班长在炮司当作训科长，师长是侦察科长，且住在一幢楼，说话不见外。二班长说："你是 18 军的，你到 3 兵团来不是外人嘛！"政委打圆场说："我们立即开常委会研究，通过了算！"会上二班长简单介绍了这位参谋的情况，结果一直到举手，他们才同意了。这位参谋去当作训科长，干得很好，真正起到首长助手的作用，受到赞扬，当了师参谋长。

2. 该帮的帮该保的保

作训处副处长的夫人患瘫痪病，不仅不能持家，自己也不能自理，请了农村小保姆，侍候她和 3 个孩子，一干就是 10 年。他的夫人病逝了，孩子基本长大了，但小保姆已是 27 岁的大姑娘了，没有城市户口怎么办？副处长找二班长帮助解决难题。二班长想起当团长在辛寨子公社搞社教当政治部主任时，南关岭公社夏主任是队员，人好愿意助人。即和副处长一起到南关岭公社向他一说，提出把户口落在他们公社城市户口，夏主任同意了，并说咱们一同到金县去找荣县长请他点个头才行。见到荣县长，夏主任将这个保姆的情况向荣县长一汇报，还说我们南关岭公社同意，只请荣县长点个头即可，荣县长果然同意了，保姆的城市户口落在南关岭公社了。不久，保姆和守备 1 团一位干事结了婚，副处长的包袱这才卸掉了。

作训处一位参谋犯了说不出口的"男女关系"丑事。二班长主张给予"留党察看两年、复员处理"，上报到司令部直属党委。而直属党委要给予"开除党籍、遣返回乡"的处理。二班长不同意这样处理，又将上述主张上报。直属党委还是坚持原拟的处理。第三次，二班长上报称："作训处支部再三研究，认为只能给其'留党察看两年、复员处理'合理，如何处理，直属党委决定，我们支部服从。"结果直属党委采纳了支部意见："留党察看两年、复员处理。"这位参谋是四川人，被安置在大连造船厂重庆分厂，经联系可以在大连造船厂工作，就这样他仍在大连造船厂上班。

主持公道、关心干部的二班长，一天，在司令部党委会研究干部问题，党委书记、参谋长在军管会，由分管司令部的吴伟副司令主持。炮兵处提出让一位参谋复员。这位参谋四川人，大学生，家庭是大地主，他参军入朝后，土改时其家被扫地出门。他在志愿军第 12 军工作时是清理对象，由于表现好，军党委确定留队。调到 3 兵团部工作反右时又是清理对象。当时二班长是部门负责人，鉴于其表现和 12 军党委作过留队的结论，提出不处理回乡，兵团首长同意了。现在炮兵处经分管炮兵的副参谋长同意让其复员。二班长感到不妥，冒着得罪这位副参谋长和炮兵处的情况下，当即讲了这位参谋的家庭情况、在朝鲜两次处理结论和其曾在炮司作训科当过副科长、现在正在住院，这样处理不符合党的政策和情理。还说："复员，即为还乡。"他现已有老婆孩子让他怎么回、怎么过！其结果是："被扫地出门地主的儿子回来了，能过得下去吗？致使设法留在大连，能有他的好果子吃嘛！并提出若在炮兵处工作不合适，可否让其到教导队当副队长，管炮兵班的训练。"主持会议的吴副司令说："胡闹，怎么能这么处理，让其到教导队当副队长。"他才未复员、转业。

参谋长和那位造反派的副参谋长，按照"四人帮"的旨意，积极认真地追查传抄怀念总理的诗词，而且查得很细，人人过关。说实话人人或多或少都有传抄怀念敬爱的周总理的诗词。不会说慌的二班长，此时不得不说了慌话："我是一个一个检查过他们的本子和稿纸，作训处参谋包括我们处长没有一个传抄的，主要是工作太忙，根本没有时间传抄。"这才过了关。

作训处有一位参谋已调去给司令员当秘书，但仍属作训处的人。一天，参谋长、副参谋长、处长办公会，管理处管处长很火地提出："一位才当几天秘书，未经管理处私自将两间房换成 3 间房，这么干还要我们管理处干什么？"参谋长、副参谋长很重视，严肃地说："无组织无纪律，一定要追查。"二班长一看事不好了，急忙说："这事我知道，我和管理处管处长商量过，管处长工作忙可能忘了。"管处长一下懵了，不能再说什么。参谋长说："既然你们商量过就由你们两个去处理吧！"会后，管处长问二班长："你什么时间与我商量的？"二班长说："不这么说让参谋、秘书怎么办？他确有困难，我们给人家解决不了，两间房 4 个人他怎么住？他两口子住一间，上中学的儿子住一间，他小姨子住哪，总不能让儿子、小姨子住在一起吧，他这样处理实际是帮了我们的忙，我们应该体谅他的难处，还追究什么，我替他向您道歉！"管处长才点头同意了。

二班长在炮 1 团当团长时，二连（四好连队）连长是警备区炮司作训科参谋去当连长的，家仍住在警备区。在当营长时，有人举报："他母亲卖的报纸中有蒋介石的像，是他家保存蒋介石的像。"为此就不能当营长了，让其当后勤处长。当作训处长的二班长认为这样的优秀干部为这点事就不能用了太可惜，就与守备 1 师师长、政委多次研究、提议，才让其当了副团长。以后当了团长、副师长。在当副师长时分管后勤工作，为了给师搞点钱，贩鱼鱼臭了，损失一些经费，军区、警备区追查时，二班长请师长与其他师首长研究帮其承担点责任。于是师上报时"是经过师党委同意的"，这才免于处分。

3. 作训处没有"小鞋"穿

二班长主要的问题是：性格太直，要求太严，批评过多，尤其是对老参谋批评多，有时不讲情面，有的同志接受不了。在棒棰岛宾馆开完会，一位参谋忘了拿回图架这点小事，批评他丢了图架时说："你的手表怎么没丢！"对人刺激太大。但他有一条使参谋非常佩服，即参谋给他提意见或批评，无论多重、过火，他都绝不会记在心里，绝对不会打击报复，对参谋的评好、提级、提职、住房等，不但一点不受影响，而且尽力设法帮助办成办好。参谋犯了过失或错误，他能主动承担责任，使参谋免于受到指责、处分或减轻处分。参谋说："当他的下级非常放心，不会有'小鞋'穿。"有人说：他是为参谋护短，也有人用土语说得难听一点：是护"犊子"。

有一位挨过二班长批评的参谋常到造反派副参谋长家嘀嘀咕咕，说三道四，使这位造反派副参谋长常对二班长不满，发脾气。这位参谋怕报复，曾向二班长提出要求转业，还说只要能到辽阳化工厂就行。二班长不仅未让其转业，还将其不够随军条件的家属设法从辽阳调到大连来，并常去看望。二班长调到北京后，凡是回大连仍到他家看望，和没有矛盾一样。二班长认为参谋有意见到哪里去提都是应该的，最好还是当面或在会上提出为好。他这样做方法虽有不妥，但他是下级嘛！当领导者不仅不能指责，而且还应自责，检讨自己的缺点，才能团结一致。

二班长一直认为家属工作就是干部工作。他对下级的家庭、家属很关心，尤其是作训处是搞作战和战备训练工作的，参谋、处长说走就走，甚至连给家属打招呼的时间也没有，多日不能回家，后方不安置好不行，他常深入看望，帮助解决一些具体问题，使之无后顾之忧，安心工作。二班长的家也一样，全靠家属支撑，3 个上小学的儿子也管家，一个做饭，一个搞卫生，一个剁鸡食喂鸡。

二班长也走麦城。"文化大革命"将要结束，旅顺海军基地首长邀请旅大警备区副参谋长、政治部副主任、后勤部长以上首长到旅顺4码头参观新舰艇，中午在他们白玉山招待所吃顿饭。作训处副处长要求这次他带路，二班长同意，并告诉他一定让基地作战处徐处长在旅顺文化馆门前路上等着，由他带领到4码头。不知何故，徐处长未在此等候，副处长带领车队一直向市区前进。二班长在车队最后一看事不好，即驱车赶到车队前头，带领车队在胜利塔转向调头到达4码头，海军基地首长在码头迎接。刘司令让二班长上他的车，还让把车门关上，当着秘书的面开始训起来了："你怎么搞的，你糊涂了吗？"二班长知道刘司令的脾气，不能解释，不能强调客观，只说："我过于相信海军作战处徐处长了！我吃一堑长一智。"没有说是副处长带的队。刘司令批评一阵，见二班长没有吭声才消了气。当参谋得处处想到首长，保护首长。中午吃饭时，海军的同志排着队给刘司令敬酒，刘司令不好拒绝。二班长一看事不好，急忙拿了个大空茶杯，跟在刘司令身后："谢谢，我代替刘司令喝！"二班长做做样子把酒倒在茶杯里，就这样，二班长喝了有半斤茅台，还倒了两大茶杯，不然刘司令非倒下不可。席间，基地司令得知抗战时他在西海独立团、6师17团当1营营长时，二班长是他营2连的兵，又让二班长喝了3杯，幸好未出洋相。

二班长常说，除他本人外，作训处确实人才济济。以后有10多位成为副师、正师、军参谋长、副军长、省军区司令等职的干部，出了3位将军。还有一位画家、一位书法家，他们的作品在国内外都有名。转业到地方的同志工作也很有成效，有多位当了局长、主任等要职。二班长感到虽然自己不才，但作为当了10年作训处处长，对作训处的同志在党和首长的教育培养下，经过他们自己的积极努力，有进步，有成绩，感到非常欣慰。

二班长对参谋的工作安排非常关心，不能只顾使用方便长期留在机关，他总想到参谋的发展，到部队去锻炼。到部队去当副团长、参谋长、科长，甚至当政治干部的五六人，都干得很好，受到锻炼，得到发展。

（七）紧急关头不慌乱

1971年9月13日，发生了林彪出逃的事件。

9月14日上午上班前，沈阳军区作战值班室通知旅大警备区作战值班室：军区陈司令要和你们刘司令在保密电话通话。二班长知道刘德才司令到棒棰岛去了，急忙告诉他的秘书请刘司令急速回来，陈司令要在保密电话与他讲话。刘司令回来后他办公室的保密机出故障，二班长即请他到作战值班室保密电话室与陈司令通话。陈锡联司令员说："两木飞了！"刘问："什么？"陈又说："两木飞了！""两木飞了！"刘又问："什么两木飞了？"二班长听了两遍，脑子已经反应过来，急忙在玻璃板上写了个"林"字，刘司令一看，忽然坐在圈椅上不能讲话了。二班长拿起耳机说："司令员我是作训处长×××，刘司令血压高了不能讲话了！"陈司令认识二班长，就喊着他的名字说："两木飞了你明白吗？"二班长回答："我明白了！"陈司令说："第一，立即传达到陆、海、空3军司令、政委，只传达这一级！第二，明天中央军委有电报，按电报执行！"二班长回答"是"！

接完电话已9点半了，此时刘司令稍好，二班长向他汇报了陈司令的两条指示，他说"立即办"。二班长让作战值班参谋通知海军旅顺基地司令、政委和空3军军长、政委立即到警备区刘司令办公室来开会，并告诉食堂准备一桌中午饭。还让另一位参谋去办公楼门口接海、空司令、政委，军长、政委。二班长亲自打电话请甘渭汉政委到刘司令办公室开会。甘政委到后，二班长把军区陈司令的通话向他报告了。

海军旅顺基地司令、政委，空3军军长、政委到后，刘司令对二班长说："你传达陈司令员的指示！"二班长说："今天上午9时，军区陈司令员在保密电话中向刘司令员讲：'两木飞了！'他指示：第一，立即传达到陆、海、空3军司令、政委，只传达到这一级；第二，明天中央军委有电报，按电报执行！"传达完了谁也没有说话，有的没有吃饭就走了。

当时有两位首长不知开什么会有点着急。一位是参谋长，在作战值班室转来转去，问开什么会？他认为作训处长是下级能不告诉他嘛！二班长确实无法告诉他。就说："参谋长，问刘司令吧！"二班长开玩笑地说："参谋长，你若能下楼去接海空军司令、政委最好，显得规格高！"他真的下楼去了，才离开作战值班室。再有一位是警备区分管作战的老陈副司令没有参加会，可能是有点感觉，坐在办公室走廊沙发上发闷。二班长对他说："副司令员，你先回去，晚上我到你家去！"他才回去了。他是1927年参加红军的，曾当过林彪的警卫排长。二班长晚上去向他汇报了。

二班长为了进一步证实是林彪飞了，当晚请司令部二办（侦听）收听了蒙古国的情况：蒙古对中国一架飞机进入其国土提出抗议；第二天中央军委的绝密电报上只有毛泽东署名，没有林彪。往常都是两人署名或只用中央军委名义。二班长心中更有底了。

毛主席署名的中央军委电报没有讲情况，主要的内容是：第一，命令全军急速进入一级战备；第二，禁空：由陆军派出高射炮部队进驻海、空军机场，禁止任何飞机起飞和降落。根据首长指示，作训处对海军旅顺基地的土城子机场和空 3 军的三十堡机场各派去一个高炮营执行此任务。二班长和炮兵处长等到机场进行了检查。

当时旅大警备区刚开完民兵会议，作训处分管民兵训练的参谋起草上报电报，开头又是写了毛主席的教导："兵民是胜利之本……"林副主席……二班长把内容修改好说："电报开头简练点好。"这位参谋誊清后，还有林的话，二班长又说：电报开头不需要用都说的话，而参谋不知情况无法理解，第 3 稿仍然如此，二班长即将林的话删掉了，这位参谋楞了，回去说："处长要犯错，要犯政治的大错误。"过了两天，二班长带领大家搞卫生，将作战值班室挂的：马、恩、列、斯、毛、林的像都请了下来，只留毛主席一人的像，大家更有感觉。

第三天开设警备区前指，因刘司令、参谋长一直在管大连市的工作，由分管训练的吴副司令和一位分管训练的副参谋长带领司令部人员进入前指坑道。前指也设有作战值班室。吴副司令不知发生什么问题，急得转来转去，二班长就把情况悄悄向他一人汇报了。

15 天后，上级通知传达到师级。警备区召集师以上干部在作战室开会，甘政委对二班长说："你传达!"二班长又将军区陈司令员讲的和指示说了一遍，一个字未敢多说或少说。之后，无人问什么，甘政委也未讲话就散会了。

为了便于工作，在这个时候二班长才给作训处的同志讲了，并要求绝对保密，大家才清楚了。

（八）顶住顶头上司的压力

1. 他是个造反派

1976 年 1 月 8 日，伟大的马克思列宁主义者，党和国家的卓越领导人，中国人解放军的创始人之一，敬爱的周恩来总理逝世。当时旅大警备区正在召开训练会议。遵照中央军委和沈阳军区的指示，加强战略和作战值班，作训处在悲痛中，由副处长及 4 位参谋作战值班，处长及 6 位参谋到招待所参加训练会议。二班长发现这位顶头上司——管训练的副参谋长对总理逝世漠不关心，像无事一样，对其颇有感觉。以后越来越觉得此人心术不正。

原来，这位顶头上司、副参谋长，原是高等军事学院外军教研室的正师职教员，"文化大革命"中成了造反派，是清华大学蒯大富式的人物，"四人帮"之流的人，当了学校的造反派头头，被称为"司令"，亲手打了政委李志民上将的耳光，夺了高院的领导权，当上了革委会主任，成为大军区职务，大权在握。同时还当了北京三军造反派的"领袖"，非要把叶剑英元帅打倒不可。"文化大革命"将要结束，他走后门到旅大警备区当副参谋长（副军职），分管训练工作。到职后不久，野心未灭，又要夺参谋长的权，而这位参谋长，毛远新许愿他当旅大警备区司令或总参谋部副总长，故也愿意这位副参谋长夺他的权，同流合污。这位造反派的副参谋长常年打老婆，从北京打到大连，他院内有一口井，老婆投井而死，死因不明不白。他半年打跑了 4 个警卫员，他要作战值班室通信员小孙当警卫员，他连儿子也打，不到两个月小孙哭着回来，二班长气愤地说："不要去了！"他的姑娘和警卫员乱搞，他不教育而是捉他姑娘的奸。一天早饭后，他告诉孩子和警卫员外出中午不回来吃饭，坐上汽车就走了，姑娘和警卫员在沙发上就胡闹起来了，过了一会，他坐车突然返回家中，用皮带抽他们两人，还不准起来，打电话给政治部保卫处："我家出事了，赶快来人！"保卫处同志去了，两人还躺在沙发上，他说："你们处理吧！"坐上汽车就走了。二八式驳克手枪，别人两只手才能使子弹上膛，他一只手就能上膛。二班长曾说过："他不像共产党，像个土匪。"尽管如此，二班长仍把他当上级领导一样对待，但他却认为二班长会妨碍他的野心，经常找茬。

2. 不怕打击报复

1975 年秋的一天上午，这位副参谋长带作训处一位参谋到教导队去，拟 8 点出发，因处里有急事，二班长就给他打电话请示 8 点半走，他同意了。二班长根据部党委指示正在批评那位参谋，8 点，这位副参谋长在楼下喊那位参谋下去要走。参谋晚下去 20 分钟，可能因受了批评对副参谋长说了些什么。上午 11 点半，这位副参谋长回到他的办公室找二班长板着脸说："你说清楚是谁领导谁？"二班长被这突然一问惊呆了，急忙两手抱拳说："副参谋长，没事，别生气！"他说："不！你说清究竟谁领导谁？"二班长实在无法就说："我这个处长归参谋长、副参谋长领导，作训处参谋归处长、副处长领导，警备区首长、司令部首长给参谋直接下达任务，参谋坚决执行，但为了更好地完成首长的指示，参谋事先或事后必须向处长或副处长汇报，这就是谁领导谁的关系。"副参谋长无言可对拔腿就走了，从此算是得罪了他。

1976 年年初，拟订警备区教导队的训练计划。司令部开始拟订的计划是：一年办两期，一期半年。开训练会议时，部队与会的同志提出：为使部队在位的干部多一点，建议警备区教导队一年办 3 期，一期 3 – 4 个月。甘政委问作训处长的意见。二班长说：部队意见可行。于是甘政委决定警备区教导队一年办 3 期，一期 3 – 4 个月。

会后的一天上午，警备区司令部开部党委会传达训练会议精神，到会的有 5 位副参谋长、近 10 位处长。部党委书记、参谋长主持会议。管训练的这位副参谋长在传达警备区教导队训练计划时，仍定为：一年办两期，一期半年时，二班长当即提出："警备区首长最后定的是：警备区教导队一年办 3 期，一期 3 – 4 个月，我们司令部仍确定一年办两期，一期半年，是否向警备区首长汇报一下为好！"这位副参谋长可能是因二班长在训练会议讨论时提了与他相反的意见，于是就火起来了，一拍桌子："你对训练会议不重视，作训处参加人太少！"二班长一看到副参谋长火了赶紧向他说："别，别的！×副参谋长别生气，总理逝世了，军委、军区指示加强战备和作战值班，作训处只留 5 人昼夜作战值班，我带 6 个参谋参加训练会议，其他人回不来！"这位副参谋长更凶狠地拍桌子："你放肆，你敢瞧不起人？我打了那么多年的仗我怕过谁！"二班长见他要行凶的样子，摆老资格，话中有刺，简直是污辱人嘛！也就不客气了，把茶缸往桌子上一摔，水花四处飞溅，喊着他的名字说："××，你要干什么，你要知道今天是部党委会，你、我都是党委委员，不是你副参谋长领导我处长的会议；你们私自改了警备区首长的决定，我身为作训处长有权建议你们应该向警备区报告一下，这有什么错误吗？在党的会议上你摆什么老资格？你是抗战的、当过团长、打过仗，我就不是抗战的、当过团长、打过仗吗？当然啦，我确实没有资格和你比，因为我没有当过造反派嘛！××，我告诉你,我的下场不会好,你的下场不一定比我强多少!我等着你撤了我的职吧!"二班长又对部党委书记、参谋长说:"我建议,我们的会应开下去,开上几天,请警备区常委参加,我们都把问题摆出来,说说清楚,揭揭老底,我个人和家庭的一切事情都敢如实说出来,你们敢吗?"因为他自己也有许多见不得人的丑事怕暴露出来,参谋长急忙说:"到此为止,到此为止!"这位副参谋长更怕见阳光,也就没有再吭声了!会后,有的副参谋长、处长对二班长说:"我们真替你捏一把汗啊!"现在看来这是抵制"四人帮"之流,当时二班长没有认识到这一点。

3. 造反派整人没有好下场

在二班长调到军事学院尚未走之前,造反派副参谋长,认为整他的时机已到,就让主持司令部工作分管军务的副参谋长召集另两位副参谋长与他一起开会整二班长。二班长开玩笑地说:"4 位首长开会'欢送我',非常感谢!不过我早就不是司令部的处长了,是一师的副师长、常委,你们整我,必须经过警备区常委或首长批准才行,否则你们没有资格整我,我可以不听你们折腾!"主持会的副参谋长也感到这样做不妥,就说:"我们之间只是谈谈心,交换一下意见,我们想了解一下你修靶场和喝了 320 斤酒的事情。"二班长和这 3 位副参谋长关系挺好,就说:"修靶场是警备区首长定的,是吴副司令和参谋长通知我的,一切计划和经济开支,每项作训处都有报告请示过管训练的副参谋长批准的,有时副参谋长只同意没有签名,我即在报告上注明时间、那位首长同意的。修靶场的物资,是一位参谋和保管员管的,没有他们两人同意谁也拿不出去,包括作训处长、副处长。""至于喝了 320 斤酒的问题,是为了赶时间修好使用,地方工厂的工人下午 5 点下班来帮助我们干到晚上 7 点,人家那么辛苦无偿地帮助,晚上我们不请工人在执勤连队吃顿饭、喝杯酒行吗?都是一师自己烧的酒,一元一斤,320 斤酒 320 元钱。我给一师打电话买酒,我给去买酒的参谋 10 元钱,给我捎回 10 斤酒泡药有问题吗?犯法吗?"他们无言可对,不欢而散!

那位造反派的副参谋长确实没有好下场。一天,李志民上将到大连在接见旅大警备区师以上干部时,发现了曾动手打过他的这位造反派,喊着他的名字说:"××,原来你躲在这里了,我说怎么找不到你!"沈阳军区鉴于他的错误行为,决定将其隔离审查,最后撤了他的职,由副军职降为正师职，进了干休所。他在干休所恶习不改，搬弄是非，制造矛盾，名声很臭。

九、京城百万群众洒泪相送周恩来总理

解放军的创造人之一，敬爱的周恩来总理逝世。尽管"四人帮"一伙，百般限制和压制人民群众对周总理的悼念活动，但当中国人民听到总理逝世的噩耗，第一感觉是不相信自己的耳朵。渐渐地，大滴大滴的泪，从老年人、中年人、青年人的眼眶涌出来，妇女们抽泣着。京城处处皆白花，风吹热泪洒万家。11 日下午，周总理的遗体由邓颖超同志和治丧委员会人员护送到北京八宝山革命公墓火化。从北京医院到八宝山沿途数十里长街上，首都百万群众很早就自发地聚集在街道两侧，扶老携幼，想最后看一眼自己的总理，这是中国历史上第一次出现没有人动员、没有人组织的如此巨大而又秩序井然的送别队伍，世界史上也未有过如此隆重、如此悲壮的葬礼。人们在凛冽寒风中肃立致敬，送别总理。当载着遗体的灵车缓缓通过时，人们含悲饮泣，泪眼相送，整个长安街头笼罩在一片哀痛气氛中。这种感人的情景，在中国和世界历史上还从来不曾有过。

十、"九一三事件"

二班长以后了解"九一三事件"的情况是：

（一）林彪反革命集团

中共九大以后，国内局势一度趋于缓和；各地在进行"整党建党"过程中，陆续建立或恢复了党的组织；长期以来由于派性引起的大规模武斗明显减少，社会秩序相对稳定；令人忧虑的国民经济连续两年下滑的状况得到扭转，工农业生产迅速上升。1969 年，国内生产总值比上年增长16.9%，其中工业总产值比上年增长 34.3%，当然这样高的增长是带有恢复性质的。

毛泽东对局势的发展相当乐观。在他心目中，已经进行了 3 年的"文

化大革命"该准备收尾了。他考虑在适当时候召开第四届全国人民代表大会，制定第 3 个国民经济发展 5 年计划，把局势逐步纳入正轨，认为这样做是完全可能的。

毛泽东完全没有料到，就在九大开过后不久，一场新的政治风暴正在迅速形成和发展起来，中心是林彪集团急于攫取更高的地位和更大的权力，一直演变到生死搏斗的地步。这场生死搏斗，首先在林彪和江青两个集团之间爆发。

"中央文革小组"的除消，在客观上削弱了江青一伙的权力。尽管九大江青等通过九大进入了中共中央委员会和政治局，但江青、康生、张春桥、姚文元在政府和军队中并没有实职，对充满野心的他们来说，便有了一种失落感。江青后来发牢骚说："自九大以后，我基本上是闲人。"而事实上，他们自"文化大革命"以来，已经积累起相当大的力量和影响，同各地造反派有着密切的联系，仍有很大的活动能量。

林彪集团的权势在九大后达到前所未有的高峰。他们已经拥有相当的政治资本：林彪不仅成为法定的"接班人"，而且通过黄永胜、吴法宪、叶群等控制的军委办事组，比过去任何时候都能更多和更直接的掌握军权；而在实行"三支两军"以来，军队在全国各地和各部门中处于举足轻重的地位。这使林彪集团的权力和野心空前膨胀起来。但他们仍担心江青、康生、张春桥等的势力发展有超越自己的可能。

林彪和江青两个集团，在"文化大革命"初期互相勾结，尽管在有些问题上也曾发生矛盾，但总的说是密切合作的。九大以后，情况发生了微妙的变化：一边是野心勃勃的林彪集团，另一边是不甘寂寞的江青一伙，互相倾轧，愈演愈烈。张春桥嘲笑黄永胜："是个大老粗，什么也不懂。"林彪在同陈伯达、黄永胜、吴法宪会面时说："张、姚是无名小卒，不知是从哪里冒出来的，也没有做过什么大的工作，不过是个小记者。"他们之间的明争暗斗，越来越频繁，越来越尖锐，越来越不能相容。但毛泽东对这种变化，却没有多少察觉。1968 年，毛泽东关心的问题发生了明显变化，越来越把注意力更多地转到经济形势方面来。在武汉期间，他多次听取当地党政军负责人的工作汇报，主要内容是工农业生产和重点工程项目的发展建设等。他对湖北农业生产十分关心。当他们汇报到战胜这年长江洪水、早稻长势很好、丰收在望时，毛主席说："对，人是要吃饭穿衣的。

湖北是个好地方，是鱼米之乡，自古以来就有'湖广熟天下足'之说。中国的文字很有道理，'饭'字缺了'食'就剩下'反'字。如果老百姓没有饭吃，就要起来造反的，民以食为天嘛。农业是国民经济的基础，粮食是基础的基础。我们的经济形势好坏，依农业的好坏而转移。湖北这个地方盛产粮食和棉花，你们要抓住不放，人民有饭吃、有衣穿，事情就好办了。"

（二）林彪的"第一个号令"

1968 年 3 月，中国和苏联边防部队在中国黑龙江省珍宝岛等地区接连发生武装冲突，中苏双方有多人伤亡。这时毛泽东关注的还有一个重要问题——"准备打仗"。9 月 16 日晚，新华社发表经毛泽东审定的《庆祝中华人民共和国成立 20 周年口号》（共 29 条），其中第 22 条是他加上的，即："全世界人民团结起来，反对任何帝国主义、社会帝国主义发动的侵略战争，特别要反对以原子弹为武器的侵略战争！如果这种侵略战争发生，全世界人民就应以革命战争消灭侵略战争，从现在起就要有所准备！"

10 月 15 日，毛泽东再次离开北京到达武汉。两天后，林彪也以"紧急战备"名义"疏散"到江苏省苏州市。10 月 18 日（星期六），刚到苏州的林彪，没有报告毛主席，即向在北京的军委办事组组长、总参谋长黄永胜，发出一个"关于加强战备、防止敌人突然袭击的紧急指示"，要求"立即组织精干的指挥班子，进入战时指挥位置"。"各级要加强首长值班，及时掌握情况。"这个指示，由军委办事组以"林副主席指示（第一个号令）"名义正式下达。当晚这个号令迅速用电话、电报传达到部队，全军立刻进入紧急临战状态，引起极大震动。

林彪的这个"紧急指示"，是一个极不寻常的举动。尽管它是根据毛泽东和中共中央对当时国际形势的估计，特别是针对苏联军队有可能入侵这种估计作出的，但对这样一件牵动全局的大事，林彪竟在事先没有得到军委主席毛泽东批准的情况下，就自行作出这样的紧急指示，并立即向全军各大单位下达，采取行动。命令下达的第二天，林彪才用"电话记录"（急件传阅）的方式报告毛泽东。这是新中国成立以来不曾发生的事情。

住在武昌的毛泽东看到林彪的"第一个号令"时，立刻敏锐地意识到问题的严重性，作出强烈反应，非常气愤地把它烧掉了。林彪采取这种"先斩后奏"的做法，确实是一种非同小可的事情，此例一开，就造成一种既成事实：副统帅可以不经过统帅而在一夜之间调动全军进入临战状态。这个"第一个号令"，去掉了"毛主席"几个字以后，就成了只有林彪可以"直接指挥"人民解放军了。所以，后来有人说：这是林彪要搞武装政变的预演。

南巡途中，毛泽东敏锐地察觉出一些不正常的可疑迹象。在南昌时，听取江西省负责人的汇报，引起他注意的主要有3点：一、这年7月周宇驰两次秘密来江西活动；二、庐山会议期间叶群确有"不设国家主席，林彪往哪里摆"的说法；三、林彪之女林立衡关于"同林彪家人来往，搞不好要杀头"的警告。据说听了这些话，毛泽东"略有所思"。

（三）林彪的阴谋失败

9月5日、6日，在北戴河的林彪、叶群先后得到周宇驰、黄永胜的密报，获悉有人透露的毛泽东南巡谈话的主要内容。觉得自己"末日"即将来临的林彪一伙终于作出疯狂的决定：要将毛泽东杀害于南巡途中，发动武装政变。7日，林立果向"联合舰队"下达了"一级战备"的指令。8日，林彪亲笔写下行动手令："盼照立果、宇驰同志传达的命令办"。林立果、周宇驰二人多次召集"联合舰队"成员密谋杀害毛泽东的具体方案。林立果宣称：现在首长（指林彪）下了命令，要主动进攻，要把"B—52"（林立果等用作对毛泽东的代称）搞掉。"联合舰队"成员、南京军区空军政委江腾蛟被指派为在上海谋害毛泽东的"第一线指挥"。

林立果等人准备用来谋害毛泽东的手段有：用火焰喷射器或"四0"火箭筒轰击毛泽东乘坐的专列；用炸药炸毁毛泽东专列必经的苏州硕放铁桥；派强击机轰炸专列或炸毁专列停放的油库；派王维国（驻上海的空4军政委）乘毛泽东接见时直接下手等。在布置"南线"行动的同时，林立果等还研究了"北线"计划，攻击目标是中南海和钓鱼台，准备"消灭"的对象有周恩来、朱德、叶剑英、聂荣臻、徐向前、刘伯承等，也有江青、张春桥和姚文元。

毛泽东安全回到北京，使林立果等在途中谋害毛泽东的计划落空，完全打乱了林彪一伙的部署。9月11日晚，王维国从上海打电话给林立果、周宇驰，告诉他们毛泽东离沪北上的消息，林立果闻讯后绝望地说："全完了！……没有完成首长（指林彪）交给的重托，首长把生命交给我，用什么向首长交待！"林彪、叶群、林立果又紧急策划南逃广州，企图另立中央、分裂国家，宣称"如果要动武，就联苏联，实行南北夹击"。王飞（空军司令部副参谋长）等据此拟定了南逃名单，除林彪一家外，还有黄永胜、吴法宪、李作鹏、邱会作等。在安排去广州的几架飞机当中，有一架256"三叉戟"飞机被秘密调往离北戴河不远的山海关机场，这是专为林彪一家准备的。这一切，进行得极秘密，对所有稍有不放心的人都严加封锁，包括林彪的女儿林立衡在内。

（四）林彪的出逃

林彪于1971年9月13日仓皇出逃，林彪等人乘坐的"三叉戟"飞机在蒙古温都尔汗坠毁。

9月13日晚，周恩来总理照常在人民大会堂福建厅主持讨论在四届人大上所作的《政府工作报告》稿，22时许，总理接到在北戴河的中央警卫部队负责人的电话，说林立衡感到情况异常，通过警卫部队向中央报告了北戴河的林彪等的动向。周总理立即追查已停在山海关机场的那架"三叉戟"飞机的情况。负责安排林彪飞机的胡萍（空军司令部副参谋长）谎称飞机出了"故障"。林彪一伙得知周总理紧紧追查飞机情况的消息后，顿时惊慌万状，感到阴谋已经败露，南逃广州的计划也难以实现，决计向北逃往国外。

9月13日23点40分，林彪、叶群、林立果、刘沛丰等驱车从北戴河急驶山海关机场。到机场后，林彪等在混乱中匆忙登机，在副驾驶员、领航员和报务员都没有上机的情况下，下令飞机在一片漆黑中强行起飞，向西北方向逃去。

中共中央事先并不知道林彪一伙的计划。接到"三叉戟"飞机强行起飞的报告后，周总理命令开动雷达监视天空，以掌握飞机的去向，向林彪的飞机呼叫，要他们返回来，但飞机上一直没有回答。后来周总理又下达全国禁空的命令：关闭所有机场，停飞所有飞机。

在中南海的毛泽东主席很快从赶来向他报告的周恩来那里得知林彪等出逃的情况。他在周恩来安排下，秘密转移到人民大会堂南侧的118室。这时，林彪的"三叉戟"飞机已经飞行了30多分钟，快接近中蒙边境。有人请求是否派飞机拦截。由于当时中央对林彪一伙策动政变的计划和他突然出逃的原因还没有掌握，毛主席仍采取慎重的态度，表示："林彪还是我们党中央的副主席呀。'天要下雨，娘要嫁人'，不要阻拦，让他去吧!"

9月13日凌晨1时50分林彪的飞机飞出国境,进入蒙古人民共和国。林彪一伙的叛国面目终于彻底暴露。

凌晨3时许,毛主席、周总理又接到报告说,北京沙河机场有一架直升飞机起飞,现正向北飞行,机上有周宇驰、于新野、李伟信。毛主席、周总理指示:"下命令,要空军派飞机拦截。"原来这是周宇驰等得知林彪一伙出逃后,用林彪的手令劫持一架直升飞机,携带机密文件资料,企图跟随林彪北逃。因为驾驶员陈修文发现了周宇驰等的阴谋,在凌晨6时半将飞机强行降落在北京北郊怀柔的空地上,陈修文被枪杀,周、于等开枪自杀,李伟信被抓获。从直升飞机上缴获的大量罪证,对后来弄清林彪一伙策划政变的事实起了重要作用。

林彪飞机越出国境后,根据毛主席的指示,周总理在人民大会堂召开在京中央政治局成员紧急会议,宣布林彪叛逃一事,并研究部署各种应变措施。当晚22时15分,空军司令部送来报告:18时零4分,蒙古人民共和国雷达团团长向所属各连发报说:凌晨2时半有一架不明飞机在温都尔汗地区坠落焚烧,因此,从18时起进入一等戒备。周总理立刻将这个情况报告毛主席。

9月14日下午,已经连续工作两昼夜的周总理从中国驻蒙古大使馆发来的特急电报中,确知这是林彪等乘坐的"三叉戟"飞机已在蒙古温都尔汗坠毁。他立刻要汪东兴向毛主席报告这一情况。

几天后,根据中国驻蒙古使馆人员前往坠机现场察看的报告和有关专家的分析认证,终于揭开了林彪飞机坠毁之"谜":"三叉戟"飞机飞临温都尔汗上空时,因油料不足,机上又没有领航员和报务员,不得不就地迫降。迫降时因机身擦地起火爆炸,机上人员全部死亡。

9月24日,鉴于林彪集团的重要成员黄永胜、吴法宪、李作鹏、邱会作10天来一直拒不交待问题、反而加紧烧毁罪证,毛泽东主席决定对他们实行隔离审查。在这前后,林立果"联合舰队"在各地的骨干分子也相继被捕归案。至此,林彪集团的政变阴谋彻底粉碎。

林彪叛逃事件和他们一伙策动政变计划的暴露,是令人惊心动魄的重大变故,以后被称为"九一三事件"。这个事件给毛泽东主席的震动和打击极大。

（五）弄清的问题

其一，飞机是怎么坠毁的？

前苏联安全局长说三叉戟上的油足够飞机到伊尔库茨克，他的说法是建立在飞机加满油的前提下。而后来调查证明，这架飞机在北京起飞前加了15吨油，飞到山海关用了2.5吨。这架三叉戟平均每小时耗油4－5吨，坠毁前它飞了118分钟——也就是说，到了蒙古上空飞机只剩下1吨多一点的油，所以它必须迫降。通常，飞机迫降前或者空中放油，或者低空盘旋将油耗尽。但这两项驾驶员都不敢操作：三叉戟的发动机在后面，空中放油会着火；盘旋又担心对方国家雷达发现，他们最后只好采取带油迫降。从现场来看，飞机肚皮擦地长达29米，速度太快引起震动，导致油箱在贴近地面的位置上爆炸，这也可解释为何那些尸体相对完整。

其二，飞机上是否发生了搏斗？

没有过搏斗，飞机一直在正常飞行状态。"九一三事件"发生后，为了避免突然引起太大震动，中共中央没有立刻公开宣布这件事，暂时将《关于林彪叛国出逃的通知》先在9月18日传达到党内高级干部。28日，扩大传达到地、师一级。国庆节期间，尽管北京城照例披上节日盛装，但人们都注意到：和往年不同，"十一"当天天安门前的庆祝集会和游行以及晚上的焰火晚会都被取消，理由是"节约开支"和"战备需要"。这是建国20多年来第一次用这种形式庆祝国庆。从此毛泽东主席没有在国庆上过天安门城楼。

林彪事件给毛泽东精神的打击是沉重的。从这时起，他的健康状况迅速恶化。

（六）林彪的四员干将

1971年9月12日，是个平静的星期天。被卷进"九一三事件"的黄永胜、吴法宪、李作鹏、邱会作没有想到，第二天即将发生震动新中国历史的大事。当然更没有想到，这是他们政治生涯的最后一天。直到1980年开始审理"两案"时基本搞清：没有证据表明黄吴李邱与林彪的出逃有关系。而林彪的死党李伟信、周宇驰等得悉林彪外逃后，即从沙河机场乘直升飞机叛逃，被逼迫降落在怀柔县境内。

第五章

伟大领袖与世长辞

二班长在旅大警备区时，听到毛主席逝世，悲痛欲绝。他流着眼泪在电视上收看了毛主席追悼大会。毛泽东主席是中国各族人民尊敬、爱戴的伟大领袖，二师长常把毛主席的伟大事迹和一些重大事件记在、抄录在笔记本上，或剪板。巨星陨落、伟大事业、准确评价、影响"四人帮"的丧钟部分系抄件，在此展示，以期共享。

一、巨星陨落

1976年9月9日零时10分，一代伟人毛泽东的心脏停止了跳动。中共中央、全国人大常委会、国务院、中央军委发布《告全党全军全国各族人民书》，极其悲痛地宣告中国共产党中央委员会主席、中国共产党军事委员会主席和中国人民政治协商会议名誉主席毛泽东逝世的消息。《告人民书》说：

"毛泽东主席是当代最伟大的马克思主义者。半个多世纪以来，他根据马克思列宁主义的普遍真理和革命具体实践相结合的原则，在同国内外、党内外阶级敌人的长期斗争中，继承、捍卫和发展了马克思列宁主义，在无产阶级革命运动的历史上写下了极其光辉的篇章。他把自己毕生的精力，全部贡献给了中国人民的解放事业，贡献给了全世界被压迫人民的解放事业，贡献给了共产主义事业。他以无产阶级革命家的伟大毅力，同疾病进行了顽强的斗争，在病中继续领导了全党全军和全国的工作，一直战斗到生命的最后一息。他为中国人民、为国际无产阶级和全世界革命人民立下的丰功伟业，是永存的。他赢得中国人民和全世界革命人民衷心的热爱和无限尊敬。""毛泽东主席的逝世，对我党我军我国各族人民，对国际无产阶级和各国革命人民，对国际共产主义运动，都是不可估量的损失。"

同日，华国锋、王洪文、叶剑英、张春桥等375人组成毛泽东治丧委员会。中共中央、全国人大常委会、国务院、中央军委发布有关毛泽东治丧活动安排的公告。

毛泽东逝世的消息播出后，全国各族人民沉浸在巨大的悲痛中。

9月9日至17日，北京人民大会堂举行毛泽东主席吊唁仪式，党和国家领导人守灵。中共中央委员和候补委员、中央党政军机关和北京市等各方面负责人、在京的国际友人、首都工农兵以及其他各方面的群众代表30多万人参加吊唁，并瞻仰毛泽东遗容。60多个国家和政党团体献了花圈。全国各机关、部队、厂矿、企业、商店、人民公社、学校、街道等基层单位，分别举行各种悼念活动。

9月18日下午，首都各界群众百万人在北京天安门广场以最隆重的仪式举行"伟大的领袖和导师毛泽东主席追悼大会"。下午3时，追悼大会开始。在悲壮的哀乐中，全场肃立，向天安门前毛泽东遗像默哀。接着，军乐团高奏中华人民共和国国歌和《国际歌》。中共中央第一副主席、国务院总理华国锋在大会上致悼词，他说：

"几天来，全党全军和全国各族人民，都为毛泽东主席逝世感到无限地悲痛。伟大领袖毛主席毕生的事业，是同广大人民群众血肉相连的。长期受压迫受剥削的中国人民，在毛主席的领导下翻身作了主人。灾难深重的中华民族，是在毛主席领导下站起来了。中国人民衷心地爱戴毛主席，信赖毛主席，崇敬毛主席。国际无产阶级和进步人类，都为毛主席的逝世而深切哀悼。"悼词回顾和缅怀了毛泽东的生平业绩，提出："中国人民的一切胜利，都是毛泽东思想的伟大胜利。毛泽东思想的光辉将永远照耀着中国人民的前进道路。"悼词最后说："全党全军和全国各族人民，一定要积极响应党中央的号召，化悲痛为力量，继承毛主席的遗志，'要搞马列主义，不要搞修正主义；要团结，不要分裂；要光明正大，不要搞阴谋诡计'，在党中央的领导下，将毛主席开创的无产阶级革命事业进行到底。"追悼大会在庄严的《东方红》乐曲中结束。

毛泽东追悼大会的实况，通过电视和广播电台传遍全国所有城乡。在工厂矿山，在行进的列车里，在江河海洋的轮船和军舰上，汽笛长鸣，人们就地肃立默哀。

200 多个国家、政党和组织及其领导人发来唁电、唁函，向中国党和政府表示深切哀悼，对中国和世界的杰出政治家毛泽东主席表示深切敬意。朝鲜等 30 多个国家和政党举行了追悼活动，法国、坦桑尼亚等国家的一些城市街头出现上万民众的悼念流游行。9 月 9 日，联合国总部下半旗志哀。10 日，联合国安理会为毛泽东主席逝世发来唁电。21 日，在联合国第 31 届大会开幕式上，与会 140 多个国的代表为悼念毛泽东主席肃立默哀。

二、丰功伟业

毛泽东是中国共产党、中国人民解放军、中华人民共和国缔造者，是中国各族人民的伟大领袖和导师，他永远活在我们心中，指引我们前进！

毛泽东是伟大的思想家，是接受世界最先进的科学思想——马克思主义，又批判地吸取了中国民族五千年优秀文化的第一人，为中华民族留下了一笔巨大的精神财富。毛泽东一生追求变革，把马克思主义原理同中国革命实践相结合的性格、思想、行为颇有相通之处。毛泽东反对将马克思理论视为不能再攀登的顶峰，他曾几次讲过："现在我们已经进入社会主义时代，出现一系列的问题，如不适应新的需要，写出新的著作，形成新的理论，也是不行的。"毛泽东在中国革命的实践中，每临雪压冬云、高天滚滚、风云变幻等难以把握的局势，每临令人恐惧、不敢前进境地之时，与他生存同一代的人，都会深刻地感觉到：毛泽东那想人未敢想，言人未敢言，行人未敢行的过人胆识，特立独行，不让僵死的教条捆住自己的手脚，敢于向权威挑战，敢于否定传统的规范教条，敢于走前人没有走过的路，敢于做前人没有做过的事，敢于创新精神，这正是毛泽东成为中国共产党和中国人民拥戴的领袖、伟人的性格和独特魅力；毛泽东那思如泉涌，学贯中西，博古通今，睿智过人，高超的想像力和超越常人的气魄，正是毛泽东成为开创和领导崭新的伟大革命事业的政治家和战略家必不可缺少的非凡气质和雄伟气势。

毛泽东的肩上挑着中国人民和世界人民最可宝贵的遗产：他一肩挑着

新民主主义革命理论与实践；另一肩挑着社会主义革命和建设的理论与实践，即他精心构建的无产阶级专政下继续革命的理论与实践。

在毛泽东的领导下，中国人民站起来了，中国实现了空前的统一（虽然还没有完全统一），结束了一百多年受帝国主义压迫的屈辱历史和几千年的封建统治，中华民族终于昂首挺胸地自立于世界民族之林，中华人民共和国真正成为世界大家庭的一员，在联合大厦前升起五星红旗。1971年10月25日，第26届联合国大会通过2758号决议：恢复中华人民共和国在联合国的一切合法权利，并立即将蒋介石集团的代表从联合国及其所属一切机构中驱逐出去。从此，中华人民共和国的五星红旗开始飘扬在联合国大厦前的广场上。

在毛泽东的领导下，中国经济建设虽然经过曲折，但毕竟以旧中国不可想象的速度向前发展，建成了独立的、比较完整的工业体系和国民经济体系，为以后我国经济高速度增长打下了很好的基础。

在毛泽东的领导下，中国的科学技术特别是国防尖端技术取得了重大突破，有的还处于世界前列，有了"两弹一星"。1964年10月16日，我国爆炸了第一颗原子弹。1967年6月17日，爆炸了第一颗氢弹。1970年4月24日，我国卫星上了天，以后我国核潜艇又下了水。毛泽东主席在氢弹试验成功后说："没有一声巨响，世界是不会理你的。"然而，1945年7月16日，美国在新墨西哥州试爆了第一颗原子弹。它那次爆炸改变了世界，它使美国感到无比的骄傲，认为自己是世界上最强大的国家，开始拥有核武器。1945年8月6日，美国投出的第一颗原子弹落在日本广岛，由于核爆炸和辐射，总共造成20万人死亡。第二颗原子弹3天后投在日本长崎，又造成11万人死亡。朝鲜战争美国计划打36颗核武器，在半个世纪的时间内，全球经历了17次危机，总共制造了17万件核武器，其中有4.5万是冷战末期部署的。正式宣布拥有核武器的国家有6个，他们是美国、俄罗斯、英国、法国、印度，当然包括中国在内，我们没有核武器能行吗？我们没有原子弹、氢弹、导弹就得挨打，我们有了这种武器美国就不敢小瞧中国。

毛泽东主席还极其关心我军的海军、空军的建设和发展，关心特种兵的建设和发展。他知识渊博，懂得甚多。1962年2月5日，他在中南海第2次接见孔从洲同志（解放军南京炮兵工程学院院长）时说：

"我们祖先使用的18般兵器中，刀矛之类属于进攻性武器，弓箭是戈的延伸和发展。由于射箭误差大，于是又有了弩机，经诸葛亮改进，一次可连发10箭。准确性提高了。他征孟获时使用了这个先进武器，可孟获也有办法，他的3000藤甲军就使诸葛亮武侯的弩机失去了作用。诸葛亮经过调查研究，发现藤甲是用油浸过的，于是一把火把藤甲军给烧了。后来又有人制成了抛石机，依靠机械的力量，可以把10几斤重的石头抛出50步以外，成为古代攻打城池的重要武器。这些都是冷兵器，只有在火药发明以后，才出现了历史性的变化。"

毛主席继续说："我们的祖宗发明了火药。可是后来落后了。在南宋时有一个叫陈规的，他把火药装在一个管子内，装上弹丸，点着火药，喷出火焰烧伤敌人。这是管形火器的鼻祖。因为竹子容易被火烧毁，后来有人改用金属制作，就是火铳（铳子，即冲子），是世界上最早的火枪。13世纪，火药传到阿拉伯国家，14世纪又传到欧洲。15世纪，欧洲人制成了滑膛炮，笨得很呐！要35匹马才能拉动它。到17世纪，牛顿和欧勒研究了弹丸的飞行，空气的阻力，制成了线膛炮。18世纪，德国开始使用后装火炮。从此线膛炮正式代替了滑膛炮。1907年，法国制成世界上第一门155毫米半自动式炮闩的加农炮。从那时起，火炮就日新月异的向前发展了。现在出现了导弹，将来还会有更新的武器。"

"解放战争中，我们靠缴获国民党的火炮装备自己。由于国民党的火炮品种繁杂，规格不一，有德国的，美国的，还有日本的。全国解放后，我们靠买苏联的。像我们这样一个大国，靠买别国的武器是不行的，要自己研制。"

"我们是一个大国，必须强调自力更生。外国好的东西，要实行'拿来主义'，但不是'拿来'就算了，而是要在他们的基础上，研制出自己的东西来。"

在毛泽东领导下，中国的国际地位和国际威望空前提高，敢于同任何超级大国的霸权主义行为进行针锋相对的斗争，谁也不敢再来任意欺侮我们这个民族了。抗美援朝战争，中国人民志愿军打败了武装到牙齿的美帝国主义，遏制了野蛮侵略，拯救了和平，就是最好的例证。毛泽东在他的晚年，又打开了中美建交的大门，实现中日关系正常化，为后来的对外开放创造了十分有利的条件。

在毛泽东的领导下，中国人的精神面貌根本地改变了，什么"一盘散沙"、"东亚病夫"的帽子统统被甩掉了。中国人民不仅站起来了，而且被称为"东方巨人"。

在毛泽东的领导下，一度取缔了妓院、赌场、烟馆，清除了贪污、腐败、偷盗、拐骗等毒瘤，社会安宁，可以夜不闭户，儿童自由活动，无人拐骗。

三、俭朴作风

毛泽东主席的俭朴作风，是全党全军全国人民的榜样，这是人所皆知的。吴连登同志从1964年至1976年给主席当管家。他说：

主席原来工资610元，后来国家遇到了困难，主席带头把自己的工资降到408.80元，江青的工资343元，两人各有一本明细账。

主席几项大的开支：吃饭100元左右，包括请客；抽烟近100元，茶叶几十元，李敏、李讷上学费用，孩子的花费如果这个月花多了，就要从下个月扣回来，江青的姐姐李云露的花费由主席管。

另一大项：房租、水电、家具租用费，每月84元左右，交取暖费30多元，共120多元。

还有一笔开支：老家来人，经济困难的补贴、看病、路费、走时给一点。

这12年主席买书8000多元。

所以手头较紧，如用稿费，打报告附上账单，主席签字，才能到中央特别会计室去取钱。

首要任务是保证主席吃饭。主席从来不吃补品，不吃山珍海味。

他有个小灶，家人、孩子不能跟他一起吃，都和工作人员一样到中南海的食堂排队打饭。（据另一同志说：李敏结婚后，就被江青撵出中南海。）

主席吃饭4菜一汤，一个肉菜，一个鱼必须的，一个半荤半素，一个全素。主席爱吃小鱼小虾，爱吃猪皮。看到他吃得简单，我说："主席，加点菜吧！"主席说："中国不缺毛泽东吃的，但如果我拿了公家的，不花钱，部长们、省长们、村长们都可以拿。"他没有一杯茶是不花钱的，吃的用的，都是按价付款。谁能想到困难时期主席的腿也肿？主席也有供货本，布票、油票，北京市民是多少，主席就多少。他的粮食定量 17 斤，如果有剩余，就给孩子补贴。

送给主席的礼品很多，吃的用的都有。这些礼品给主席看，每晚散步，就把礼品摆上，写上数量给他看。吃的数量多了送到食堂去，把钱给人家寄去，数量少的就给司机班或别的地方。重要礼品一律送到中南海礼品库。礼品如果要用要打借条。

他说了一个借条的故事：1945 年以前，主席没有手表，到重庆谈判时，一下飞机，郭沫若一看主席没有表，为了让主席掌握好谈判的时间，就把自己的表摘下来，主席欣然戴上了。这块表一直用到 1969 年，越走越慢，有一天主席说："我这个表要拿去修理了。"我就向汪东兴借一块表给主席暂用。主席说："借东西要打借条，这块表修好了再还回去。"借的表用了两个月就还回去了。

主席最好的服装是他出访苏联时的大衣和帽子，但出访回来就从来没有穿过。20 多平方米的房间里有 5 个柜子，主席 3 个，江青 2 个。他的内衣好多都是缝缝补补的。几乎每条毛巾被都有补丁，最多的打了 75 个补丁，补丁布用的都是旧毛巾。主席的袜子大都是我补。主席一件毛衣，还是在延安时江青织的，袖子短了，接一截。直到主席逝世，打开主席的衣柜，里面都是旧衣服。对于毛主席的礼品问题，吴连登同志还进一步说："他曾劝过主席，反正这些礼品是送给您的，你吃了用了都是应该的。不料，主席作了这样一番解答：党有纪律，这些礼品不是送给我个人的。我要是生活上不检点，随随便便吃了拿了，那些部长、省长们都可以了，那这个国家还怎么治理呢？主席是这样的：第一、要讲规矩。礼品必须按照党的纪律、国家的规定来办。主席表现出一个革命家的清醒意识，把自己的生活琐事，置于纪律和制度约束之下。第二、摆正位置。外宾、内宾的礼品虽然都是指名送给主席的，但主席知道，礼品不是送给他个人的，而是送给中国人民的。第三、严以律己。领导者要做到清廉自守，率先垂范，就不难了。但主席以政治家的敏锐，深明上行下效的官场堕性。最高领导不检点，随随便便将礼品据为己有，底下的官员就会跟着干，送礼、收礼之风势必越刮越凶，以至酿成治国的危机。主席身体力行，贵重礼品一律交公，不宜保存的土特产品，或转送幼儿园，或拿到机关食堂，有的送人民大会堂招待外国客人。1959年庐山会议期间，得知身边工作人员收受了地方送的水果、茶叶、丝绸等物，主席回到中南海立即进行整风。"我的话你们就是不听，遇到暂时困难都过不去，脱离群众。主席大发雷霆，并大刀阔斧地作了人员调整。后来主席根据统计情况，从自己的稿费中支出3万多元，代工作人员向有关省市作了经济退赔。自律铁腕，防微杜渐，歪风遂止。这是二班长的笔记本上记载的，他一直在学习。

四、准确评价

从共和国诞生的礼炮隆隆，到"大跃进"的热浪滚滚；从庐山的风云激荡，到"文革"的历史失误；从林彪结党营私、红极天下，到折戟沉沙、面目全非；从江青一伙风光无限，到"四人帮"被人民审判；从中共十一届三中全会的历史转折，到改革开放……共和国昨日的风云历程，是由一系列关键人物在关键时刻创造的。以毛泽东为首的中国共产党人呕心沥血，上下求索，前进与曲折，光荣与梦想，几度大悲大喜，多少是非曲直。

当然，在新中国成立之后，毛泽东有过失误和错误，特别是发动"文化大革命"这样的重大错误，给党、国家和人民造成了重大损失。这些错误，有的在毛泽东在世时，已由他本人领导作过某些纠正；其他错误，已在十一届三中全会以后，得到纠正。毛泽东所犯的错误，不是为他个人利益犯的错误，而是为党、为国、为人民的利益犯的错误。

1980年8月，邓小平会见意大利记者法拉奇。当谈到毛泽东时，邓小平深情地说："他多次从危机中把党和国家挽救过来。没有毛主席，至少我们中国人民还要在黑暗中摸索更长的时间。"他接着说："毛主席最伟大的功绩是把马列主义的原理同中国革命的实际结合起来，指出了中国革命胜利的道路。应该说，他60年代前或50年代后期以前，他的许多思想给我们带来了胜利，他提出的一些根本的原理是非常正确的。"他又说："尽管毛主席过去一段时间也犯了错误，但他终究是中国共产党、中华人民共和国主要缔造者。拿他的功和过来说，错误毕竟是第二位的。他为中国人民做的事情是不能抹煞的。从我们中国人民的感情来说，我们永远把他作为我们党和国家的缔造者来纪念。"

1981年6月，中共十一届六中全会一致通过由邓小平主持起草的《关于建国以来党的若干历史问题的决议》，在一系列重大问题上统一了全党的思想，成功地实现党的指导思想上的拨乱反正。《决议》科学地评价和总结毛泽东的历史地位和毛泽东的思想，指出：

> "毛泽东同志是伟大的马克思主义者，是伟大的无产阶级革命家，战略家和理论家。他虽然在'文化大革命'中，犯了严重错误，但就他的一生来看，他对中国革命的功绩远远大于他的过失。他的功绩是第一位的，错误是第二位的。他为我们党和中国人民解放军的创立和发展，建立了永远不可磨灭的功勋。他为世界被压迫民族的解放和人类进步事业作出了重大贡献。"

> "以毛泽东同志为主要代表的中国共产党人，根据马克思列宁主义的基本原理，把中国长期革命实践中的一系列独创性经验作了理论概括，形成了适合中国情况的科学指导思想，这就是马克思列宁主义普遍原理和中国革命具体实践相结合的产物——毛泽东思想。""毛泽东思想是马克思列宁主义在中国的运用和发展，是被实践证明了的关于中国革命的正确的理论原则和经验总结，是中国共产党集体智慧的结晶。我党许多卓越领导人对它的形成和发展都作出了重要贡献，毛泽东同志的科学著作是它的集中概括。"

《决议》将毛泽东思想的活的灵魂概括为3个基本方面，即：**实事求是，群众路线，独立自主。**
《决议》指出：

> "毛泽东思想是我们党的宝贵的精神财富，它将长期指导我们的行动。"在指出对待毛泽东思想上存在的两种错误倾向，《决议》写道："这两种态度都是没有把经过长期历史考验形成的科学理论的毛泽东思想，同毛泽东晚年所犯的错误区别开来，这两种区别是十分必要的。我们必须珍视半个多世纪以来在中国革命和建设过程中把马克

思列宁主义普遍原理和中国实际相结合的一切积极成果，在新的实践中运用和发展这些成果，以符合实际的新原理和结论丰富和发展我们的理论，保证我们的事业沿着马克思列宁主义、毛泽东思想科学轨道继续前进。"

1993 年 12 月 26 日，迎来了毛泽东诞辰 100 周年。

这天首都各界代表一万多人在北京人民大会堂隆重举行"毛泽东同志诞辰一百周年纪念大会"，江泽民总书记在会上讲话。他阐述了纪念毛泽东的重要意义。再一次正确地评价毛泽东和毛泽东思想。他说：

"今天，我们在这里隆重集会，纪念中国共产党、中国人民解放军、中华人民共和国的主要缔造者，中国各族人民的伟大领袖毛泽东同志诞辰一百周年。"

"毛泽东同志最伟大的历史功绩，是把马克思列宁主义基本原理同中国具体实际结合起来，领导我们党和人民，找到一条新民主主义革命的正确道路，完成反帝反封建的任务，结束了中国半殖民地半封建社会的历史，建立了中华人民共和国，确立了社会主义制度。接着，他又从实际出发，开始探索社会主义建设的道路。""在党和毛泽东领导下，中国社会发生了天翻地覆的变化。中国从一个半殖民地半封建社会，进入到社会主义新时代。一个受帝国主义掠夺和奴役的国家，变成一个享有主权的独立的国家。一个四分五裂的国家，变成一个除台湾等岛屿外实现统一的国家。一个人民备受欺凌压迫的国家，变成一个人民当家作主人、享有民主权力的国家。一个经济文化落后的国家，变成一个走向经济繁荣、全面进步的国家。一个在世界上被人看不起的国家，变成一个受国际社会普遍尊重的国家。所有这些都是建立富强、民主、文明的社会主义现代化国家的基本经济、政治和文化条件，为我国迈向光明的未来奠定了坚实基础。"

"毛泽东同志把马克思列宁主义基本原理同中国具体实际结合起来，使马克思列宁主义在中国深深地扎下了根。毛泽东思想是完整的科学思想体系。它在新民主主义革命、社会主义革命和社会主义建设，革命军队建设、军事战略和国防建设，政策和策略，思想政治工作和文化工作，党的建设等广泛的方面，以独创性的理论，丰富和发展了马克思列宁主义。""毛泽东思想永远是中国共产党人的理论宝库和中华民族的精神支柱，永远是我们建设社会主义现代化国家的行动指南。"

"毛泽东同志是伟大的马克思主义者，无产阶级革命家、战略家和理论家，是近代以来中国伟大的爱国者和民族英雄。毛泽东同志在艰苦漫长的革命岁月中，表现出一个革命领袖高瞻远瞩的政治远见，坚定不移的革命信念，得心应手的斗争艺术和驾驭全局的领导才能。他是从人民群众中成长起来的伟大领袖，永远属于人民。毛泽东同志的革命精神具有强大的凝聚力，他的伟大品格具有动人的感染力，他的科学思想具有非凡的号召力。他和他的战友们所创造的彪炳史册的丰功伟绩，为世界一切正直的人们所尊重。他的革命实践和光辉业绩已经载入史册。他的名字，他的思想和精神永远鼓舞着中国共产党人和各族人民，继续推动着中国历史的前进。毛泽东同志作为一个伟大的历史人物，属于中国，也属于世界。毛泽东同志永远生活在我们中间，我们要认真学习他的科学著作，从中汲取智慧和力量。中国出了个毛泽东，是我们党的骄傲，是我们国家的骄傲，是中华民族的骄傲。我们对毛泽东同志永远怀着深深的尊敬和爱戴之情！"

五、敲响"四人帮"的丧钟

毛泽东在患病时，照样关心党和国家的事情，批判了"四人帮"。1975 年 4 月 23 日，他在姚文元报送的新华社《关于报道无产阶级专政理论问题的请示报告》上批示："提法似应提反对修正主义，包括反对经验主义，二者都是修正马列主义的，不能提一项，放过另一项。"

他又指出："我党真懂马列的不多，有些人自以为懂了，其实不大懂，自以为是，动不动就训人，这也是不懂马列的一种表现。"

最后，毛泽东要求将这个问题在中央政治局"一议"。他这里批评的"自以为是，动不动就训人"，其实"是不懂马列的一种表现"，显然是针对江青的。

按照毛泽东的意见，中央政治局于 4 月 27 日召开会议，传达这个批示。邓小平、叶剑英等在会上发言，用事实揭露和批评江青等 1973 年以来屡次伺机发难、把矛头对准周恩来等的行径。对"四人帮"发起的反对"经验主义"的宣传，邓小平更是气愤地指出："很明显，这是一次有计划、有组织的反对总理的行动！"江青等认为这次会议是对他们搞"突然袭击"、搞"围攻"，是 1970 年"庐山会议的再现"。会后，王洪文写信给毛泽东，攻击邓小平、叶剑英等总是把形势说得一团漆黑。信中还说："这场争论，实际上是总理想说而不好说的话，由叶、邓说出来，目的是翻前年 12 月会议的案。"

江青也给毛泽东处打电话，接电话的张玉凤向毛泽东报告了。她当时留下一份记录："1975 年 5 月我向毛主席报告江青同志来电话说这几天政治局开会对她进行围攻的情况（大意）。毛主席说：这个会有成绩，把问题摆开了。批评江青还是第一次。她这个人只能批评别人，很凶。别人不能批评她。批林批孔，什么叫孔老二她也不懂，又加了走后门。几十万人都走后门，又要这几十万人批林批孔。有走前门，就有走后门，几万年还会有。以上谈话，毛主席当时没有指示传达。张玉凤记，1975 年 5 月。"

在这种情况下，毛泽东决定亲自召集在京中央政治局成员开会，直接表明他对这件事的态度。

5 月 3 日深夜，10 几名政治局成员聚集在中南海毛泽东住地，周恩来也抱病出席会议。这是毛泽东回京以后第一次同大家见面。开会前，毛泽东同到会者一一握手，并关切地询问周恩来的病情。在同陈永贵握手时，他提醒陈永贵说："不要住在钓鱼台（指江青、王洪文等人住地），那里没有'鱼'钓，你和吴桂贤都搬出来。"

随即，毛泽东把话转入正题："多久不见了。有一个问题，我与你们商量。一些人思想不一致，个别的人。我自己也犯了错误，春桥那篇文章（应为姚文元的《论林彪反党集团的社会基础》一文），我没有看出来。只听了一遍，我是没有看，我也不能看书，讲了经验主义的问题我放过了。新华社的文件（指姚文元报送的新华社《关于报道学习无产阶级专政理论问题的请示报告》）文元给我看了。还有上海机床厂的 10 条经验（指'四人帮'授意下写出的上海第一机床厂批'经验主义 10 条表现'的材料），都说了经验主义，一个马列主义都没有，也没有说教条主义。"

他接下来说:"要安定,要团结。无论什么问题,无论经验主义也好,教条主义也好,都是修正马列主义,都要用教育的方法。""现在我们一部分同志犯了错误要批评。'三箭齐发',批林、批孔、批走后门。""我说的是安定团结。教条主义,经验主义,修正主义,又要批评资产阶级法权,不能过急。你们谁要过急就要摔下来。"(打手势)

关于团结问题,毛泽东进一步指出:"不要分裂,要团结。要搞马列主义,不要搞修正主义;要团结,不要分裂;要光明正大,不要搞阴谋诡计。不要搞'四人帮',你们不要搞了,为什么照样搞呀?为什么不和200多个中央委员搞团结?搞少数人不好,历来不好。庐山会议反对林彪是对的。"

在重申"三要三不要"的原则后,他说:"其他的事你们去议,治病救人,不处分任何人,一次会议解决不了。我的意见,我的看法,有的同志不信3条,也不听我的,这3条都忘记了。九大、十大都讲这3条,这3条要大家去议一下。""我看问题不大,不要小题大做,但有问题要讲明白。上半年解决不了,下半年解决;今年解决不了,明年解决;明年解决不了,后年解决。我看批判经验主义的人,自己就是经验主义。""我看江青就是一个小小的经验主义者。""不要随便,要有纪律,要谨慎,不要个人自作主张,要跟政治局讨论。有意见要在政治局讨论,印成文件发下去,要以中央的名义,不要用个人名义,比如也不要以我的名义,我从来不送什么材料的。"

会上,毛泽东还回顾党的历史,着重谈了教条主义给中国革命造成的危害,强调"不要看低教条主义"……

这又是一次不寻常的政治局会议。在长达两个小时的会议中,与会者主要是听毛泽东讲话。他讲的内容,主要是批评以江青为首的"四人帮",他甚至把"讲了经验主义的问题我放过了"称为"我自己也犯了错误"。可见,毛泽东很清楚,这时十分需要由他本人出面,在政治局会议这样的场合,郑重提出"四人帮"的问题。毛泽东的本意,是想让大家在认同"坚持马列主义"、"反对修正主义"和肯定"文化大革命"的大前提下,促进党内首先是中央政治局内部的"安定团结"。会上,他旁征博引,谈古论今,也隐含着他对于"后事"的某种担忧。他曾预见到:"我死以后,她(指江青)会闹事的。"后来的事实果然不出毛泽东所料,"四人帮"

把毛泽东病重和不幸逝世，看作是他们篡夺党和国家最高权力的最好时机。

毛泽东再次批评"四人帮"，这对支持周恩来、邓小平等，遏制江青等气焰，起到关键性的作用。解决"四人帮"问题，铲除党的肌体上的毒瘤，是毛主席生前的一个凤愿。

这是毛泽东最后一次主持中央政治局会议。

毛主席的伟大、丰功伟绩，正像全国各族人民、解放军干部战士颂扬、歌唱、怀念的那样："东方红，太阳升，中国出了个毛泽东；他为人民谋幸福，他是人民大救星。""太阳最红，毛主席最亲，您的光辉思想永远照我心；春风最暖，毛主席最亲，您的光辉思想永远指航程；您的功绩比天高，您的思想比海深，心中的太阳永不落，您永远和我们心连心。""天大地大，不如党的恩情大；爹亲娘亲，不如毛主席亲……"

二班长敬重党、国家、军队所有的领袖、领导同志，他更崇敬毛泽东主席、周恩来总理、朱德总司令。二班长想用几句话概括毛主席的伟大，他就用了广大人民常说的："古今中外，还没有哪一位领袖人物，能够赶上或超过毛泽东的。"

第六章

欢呼粉碎"四人帮"

一、"四人帮"的主要罪行

江青、张春桥、姚文远、王洪文这个人，在"文化大革命"前，既不是中央领导人，也不是什么权威。他们在"文化大革命"中一跃成为中央核心人物。江青于1966年5月出任"中共中央文化革命领导小组"第一副组长，之后又进入中央政治局，使他身处显赫地位，拥有"第一夫人"特殊身份，大权在握，成为"四人帮"反革命集团首领。张春桥是中央常委、"四人帮"的军师。姚文远是江青的"棍子"和打手，他的秃笔所到之处，冤狱遍地，惨祸四起，被人民称为"中国帽子公司"和"中国谣言公司"的总经理。王洪文在党的十届三中全会上成为中共中央副主席，从而确立了他作为毛泽东接班人的地位。王洪文深知他的平步青云，完全是靠江青、张春桥的一手提拔，因此，他一到中央就投入到江青的帮派之中。

1976年9月9日，毛泽东逝世，举国悲痛，"四人帮"却暗自高兴。他们认为邓小平已被打倒，叶剑英靠边站了，华国锋刚刚上任，政局不稳，真是天赐良机，大权唾手可得。他们乘毛泽东逝世之机，网罗死党，制造舆论，拼凑非法武装，企图实行武装夺权，使党和国家的前途命运处于极其危险的境地。就在全国人民深切哀悼伟大领袖毛泽东的时候，以江青为首的"四人帮"加紧夺取党和国家最高领导权的阴谋活动。他们认为夺权的时机已到，得意忘形，好像天下已经是他们的了。

"四人帮"横行肆虐，祸国殃民，危及党和国家的前途命运，不铲除不足以平民愤。"四人帮"已迫不及待地要动手了，挽救党和国家的危亡已是刻不容缓。对如何解决"四人帮"的问题，一些老一辈革命家早就有所考虑。1975 年 12 月，周总理在医院对叶剑英等嘱咐说："要注意斗争方法，无论如何不能把权落在他们手里。"朱德在逝世前曾派人向叶剑英等打过招呼，要他们对江青一伙提高警惕，并要及早做准备。聂荣臻让杨成武转达他的意见说："'四人帮'一伙是反革命，什么坏事都干得出来的，要有警惕性，防止他们先动手。如果他们把邓小平暗害了，把叶帅软禁了，那就麻烦了。只有我们先动手，采取断然措施，方能防止意外。"

二、粉碎"四人帮"的行动

1976 年 9 月 21 日，担任党中央第一副主席、国务院总理的华国锋找到李先念副总理，请李先念代表他去西山找靠边站、但还没有罢掉的中共中央副主席、中央军委副主席的叶剑英转达他对"四人帮"采取措施的意见。9 月 24 日，李先念秘密到叶剑英住处，传达了华国锋的意见，并一起研究了以什么方式、什么时候解决"四人帮"的问题。接着，华国锋与叶剑英经过几次长谈，取得了一致意见，决定经过充分准备，在适当时机，以召开会议的形式对"四人帮"实行"隔离审查"，并作了周密部署。

原先设想在国庆节后准备 10 天再动手，但"四人帮"的夺权活动日趋加紧，上海民兵突击发放武器，毛远新秘密向北京调遣部队，一场反革命政变已迫在眉睫。于是叶剑英和华国锋、汪东兴紧急磋商，果断决定：先发制人，"以快制慢"，提前采取行动。10 月 6 日下午 1 时，中共中央办公厅发出当晚在中南海怀仁堂召开中央政治局常委会的通知。通知说 10 月 6 日晚 8 时开会。当晚叶剑英、华国锋正襟危坐在怀仁堂，汪东兴站屏风后面，注视着门口。晚 8 时，张春桥第一个刚刚进入，几个战士立即架到正厅。张春桥恶狠狠地问："你们为什么抓我？"华国锋代表党中央向他宣读中共中央的决定："最近一个时期，王洪文、张春桥、江青、姚文远趁毛主席逝世之际，相互勾结，阴谋篡党夺权，犯下了一系列反党、反社会主义的罪行，中央决定对以上 4 人进行隔离审查。"华国锋念毕，张春桥被戴上手铐，从后门押走。接着来的是王洪文，当行动小组在走廊把他扭住时，他一边挣扎，一边拳打脚踢，大叫："我是来开会的，你们要干什么?"警卫人员把他押进正厅。华国锋向他宣读了中央的决定后,警卫人员冲上前去,给他戴上了手铐。姚文远来后,没有让他进入正厅,而是让人领他到东走廊休息室,由警卫团的一位副团长向他宣读了中央的决定。姚文远没有争辩,也没有反抗,只说了一声"走吧",就随几个卫士出了门。同一时间,由另外的行动小组对住在中南海的江青、毛远新采取了同样的措施,没有遇到反抗,顺利地把他们押送到关押的地方。根据中央的决定,耿飚、迟浩田顺利地接管了中央电台和《人民日报》社。整个行动,没费一枪一弹,没有流一滴血,干净利落地从组织上解决了"四人帮"反革命集团。当晚10时,在玉泉山9号楼,召开了紧急政治局会议。华国锋宣布了党中央采取断然措施,对"四人帮"实行隔离审查的决定。中央政治局的委员们纷纷表态,一致拥护党中央的英明决定,一致通过叶剑英同志关于华国锋为党中央主席、中央军委主席的提议。

"四人帮"被抓后,在上海的死党们成了热锅上的蚂蚁。他们召开紧急会议,实行紧急动员,策划组织武装叛乱。党中央及时作出果断决策:把"四人帮"余党头目先后召到北京,使叛乱分子陷入群魔无首的境界;调集解放军陆、海、空军部队,在江苏、浙江和吴淞口海面,严阵以待;派遣一批有政治经验和军事斗争经验的干部到上海主持工作,稳定局面,控制事态的发展。党中央的决定,代表了全国人民的意愿,得到了上海人民的坚决支持,人们涌向街头,声讨"四人帮",欢庆胜利。"四人帮"在上海的死党策划的反革命武装叛乱,顷刻土崩瓦解。在这场斗争中,华国锋、叶剑英、李先念等起了重要作用。全党、全军和全国人民热烈欢呼粉碎"四人帮"的伟大胜利。

第七章

到院校育人才

一、他怎么就来到军事学院的

二班长虽然算是大专文化，但系军校毕业的大专，实际文化水平不高，仍属老粗之列。他曾因差一点被南京军事学院调去当教员，决心不再进学校的门，可是命运不是他自己能决定得了的，最后还是进了军事学院的大门，当了战役战术教员。

1974年，旅大警备区搞"城市防卫"演习，取得了圆满成功。1975年军事学院开门办学，陶汉章、贾若瑜副院长、张副教育长带领教员、学员800多人到大连搞这一课题。二班长负责安排参观人防工事等事宜。旅大警备区参谋长负责介绍城市防卫情况、讲课，在就要介绍情况的头天晚上，这位参谋长打着军区"太上皇"毛远新政委的旗号，给甘政委打电话说："毛远新政委让我明天到沈阳去，不能给军事学院介绍情况了！"甘政委措手不及，只好给二班长打电话让他去讲。二班长说：我一个副师职处长去给最高学府的首长、专家、教员、学员介绍情况不合适，另外我一点也没有准备，时间又这么仓促，讲不了。甘政委说："人家是给我出难题的！"甘政委是老首长，为人正直，二班长非常敬重他。二班长听到老政委这么说，只好硬着头皮接下这个烫手的山芋。

写讲稿肯定来不及了，二班长当晚就在脑子里构思了一个提纲几个要点，第二天上午在后勤礼堂，一个大字没有，胡乱讲了3个小时。说是胡乱讲，在这么多的高级首长、专家、学者面前，谁也不敢胡乱讲。二班长因对情况比较熟悉，平时又作过一些研究探讨，所以讲得还是比较有条理。他从5个方面作了阐述：（一）城市防卫以外围作战为重点；（二）构成大纵深的、环形的防御部署；（三）打斯大林格勒式的战役；（四）深挖洞，广积粮；（五）打人民战争。他详细介绍了旅大地区部队的人员、指挥机构、火炮、岸炮、导弹都有坑道工事，飞机进了洞，导弹快艇进入了水下坑道；海洋岛民兵三八女炮兵班不仅能打85反坦克炮，还能打122加农炮，老太太班冲锋枪嘟嘟都中在靶子上，在场的人都听得津津有味。在讲到经过海上打击，岛屿阻击，滩头作战，敌人仍强行登陆上岸向城市攻击时，我即以防御部队顶住，使用强大预备队实施反突击，将敌消灭在城市之外，万一敌攻入城市，我就打斯大林式的战役，将敌全歼城市之中，专家们对二班长讲的内容认为可行。中午，陶副院长、贾副院长和张副教育长在大连饭店请二班长吃饭。当时他丝毫没有想到一个老粗会被调去当教员。不久，他就奉命到1师报到当副师长去了。令他万万没有想到的是，他这一次介绍情况之后，军事学院调他去当教员，警备区首长不同意，给顶着了。顶了几年，最后还是没顶住。1978年5月，总政通知沈阳军区，限二班长10天内到军事学院报到，军区通知警备区。二班长连忙给已到沈阳军区任政委的甘政委打电话恳求说："我是个老粗，水平低当不了教员，我不能去。"甘政委说："我给你顶了3年啦，现在邓主席刚主持军委工作，还刚同我谈了话，不好再顶了，你先去，我一定给想办法！"事已至此，军人只有服从命令，就这样二班长去军事学院当了教员。走时，旅大警备区首长还对他说："你的家不要搬去，准备回来。"谁知这一去，就回不来了。

二、当教员

到军事学院，二班长被分配在第二战役战术教研室当教员、教学组长，10多位教员，负责城市防卫和教学法两个课题。在一位教研室副主任的领导下，首先编写城市防卫战役教材。拟好提纲后，到大连、哈尔滨、天津等地进行调研，并由二班长先试讲，然后座谈征求意见。经过大家两三年的努力，城市防卫教材基本定稿，二班长又给全校教员讲了一次，征求专家们的意见。接着又两次去哈尔滨看地形，以哈尔滨城市为依据研究制定战役想定——作战计划。到沈阳军区汇报时，军区首长听后认为可行，即确定为他们的作战计划。

教员给学员讲课要求很高，要写出讲稿，下功夫备课，不能看讲稿，能当场回答出 60 个问题才行。二班长负责讲城市防卫的大课，他让学员首先看教材和讲授提纲，讲课时只是重点讲解，然后解答学员的提问。

结合编写教材，二班长写几篇稿子。一篇《对城市防卫作战几个问题的研究》，其中阐述：一、以外围作战为重点；二、形成党政军民总体防御；三、构成环形、立体、纵深的防御体系；四、打斯大林格勒式的保卫战刊登在军事学院《学术研究》1979 年第 7 期。一篇《城市防御作战必须以外围为重点》，其中阐述：一、守住了外围阵地，就能掌握作战的主动权，确保城市的稳定；二、在城市外围歼敌适应未来作战的特点，便于反空袭、反坦克和打破敌人的合围；三、历史上很多战例说明，城市外围是歼敌的主要战场刊登在军事科学院《军事学术》1980 年第 9 期。

三、当队长

（一）学员的情况

1980 年，中央军委决定：选一批年经的，高中以上文化程度的，政治、思想、工作优秀的，有发展前途的军、政师团职干部，到院校培训后下部队担任军以上领导干部。据说是总政 7 个工作组用了半年时间一个一个挑选的。军事学院、政治学院分别担任军事干部、政治干部的培训任务。军事学院确定将召来的培训干部放在高级系学员一队。

当时二班长正在忙着组织教学组备课、授课，院政治部干部部副部长连续数天在二班长办公室扯来扯去，问这问哪，二班长没有在意。可没过几天是因二班长带过兵，打过仗，部队、机关都工作过，未征求本人和教研室的意见，院里就下令，让二班长到高级系一队去当队长。二班长感到突然，就急问教研室主任："是怎么个事？"主任说："你问我，我问谁？把我们都甩到一边了，根本没有征求我们的意见！"二班长没有办法，只得服从命令，到一队去了。

院首长、机关对这个队很重视，除原有的副队长、副政委外，让二班长去当队长，让院政治部宣传部长去当政委。让宣传部长去当学员队政委是否委屈人家了。开学前，肖克院长兼政委亲自到一队与学员座谈，作指示。开学典礼时，副院长讲了话，提出了要求。开学后，院政治部派工作组，高级系一位副主任带干事经常深入指导。

一队共95位学员，其中团长40名，其他的是师职干部，机关处、科长和少数副团职干部，编为3个区队，8个班，每班编一个党小组，全队一个党支部。他们都是高中毕业或大学、大专文化，个个英姿飒爽，人们都刮目相看，称之为"将军队"。

这期学员制两年，课程安排既多要求又高。军事课：团进攻、团防御，打下战术基础；师进攻、师防御，为全期的重点，掌握合成军的合同战术；军进攻、军防御，为兵团的战役打下基础；军、兵种课，主要是炮兵、装甲兵和空军航空兵的知识与使用。政治课：学习马列主义、毛泽东思想、哲学、党史、军队政治工作、我党我军优良传统和优良作风。

（二）这个队长怎么当

说实在的，这个学员队长，二班长还真不会当，刚开学政委又到疗养院去了。二班长想这批学员将来要带兵打仗，是国家的栋梁之才，是军队的精英，个个身负重任，队里就必须从严要求他们，于是定下了完全连队化，过战士生活，当普通一兵的指导思想。队里干部就是连长、指导员、副连长、副指导员，与学员同吃、同住、同学习，既严格要求，又关心体贴。给他们以自由发挥的时间与空间。空余时间由学员自行安排，自由活动……在副队长、副政委的大力支持下，就这样将全队的学习、训练和生活秩序有条不紊的建立了起来。

按当时情况来说，生活环境和学习条件已是很不错了。学员每人一室，室内有一床、一桌、一柜、一衣架、一脸盆、一马扎，一套统一的被褥，每班有一大学习室，每层楼有洗漱室、卫生间，上课有各种课堂。一个课题有合成教员和军、兵种教员40-60位。每班有一位合成教员、多位军兵种教员上辅导课、参与讨论、解答问题。

为了创造一个清洁卫生、整齐划一的学习环境，在开学典礼前，队干带领学员自己动手，用了一天时间打扫整理室内外卫生，统一室内布局和东西摆放位置，床底下只能放一双鞋并固定位置，全队一致，队干部也一样，以身作则。一队的生活秩序、室内外和厕所卫生，处处像模像样，深受好评，不仅其他队来参观学习，连海淀区机关、学校也多次来参观。全队往课堂上课、到食堂就餐，早晨出早操，第一周由队长带队，第二周由副队长带队，以后由值星副班长带队，步伐整齐，口号响亮。上课、自习、讨论都很认真，这样一丝不苟，一直坚持两年。高级系有一、二、三、四队，全院有10个学员队，学员一队不仅学习成绩、生活秩序第一，连拔河比赛也得第一名，得到全校赞扬："不愧是将军队！"

二班长从未当过学员队长，高级系的领导有些担心。开学一个月后，系政委对二班长说："你能否搞好一队，开始我们心里没底，有点担心，现在看你这个队长完全合格，我们完全放心了！"

开学前，队里秘书问二班长："你的讲话稿怎样写？""什么讲话稿？""开学典礼后，你在全队讲话不得写个讲话稿吗？以前的队长讲话都是我给写讲话稿！"二班长笑了说："一个学员队就是一个连队，连长给全连讲话还用讲话稿吗？"秘书说："这些学员与战士不同，他们是干部，将来他们是要当将军的！"二班长说："不就百十个人吗？不管他们将来当什么，现在他们就是连队的战士，普通一兵，我就是个连长，随便说说就行了，不用写稿子！"二班长想说："我过去是给别人写讲话稿的人，现在有人为我写讲话稿了，看起来这个小队长官还不小啊！是否得摆出个官架子，可惜不会。"院开学典礼后，回到队里，二班长给学员讲话，实实在在地提出了几项要求，一句套话也没有就结束了。主要是身体力行，以身作则，做到既要严格要求，又要处处关心他们。

二班长在要求学员遵守规章制度上一丝不苟，但在生活上又细心照顾，关心爱护。开学当年春节放假，二班长要求所有学员必须按时归队，不准一人一分钟超假。张家口65军一位师作训科长，老岳母、老婆都有病住院，孩子无人照看，打电话要求续几天假。二班长对他说："孩子托人照看，你按时归队。"然后，马上又写请假条向院务部给他请假10天。这位学员按时归队后，二班长对他说："你若不按时归队会影响全队的，你家有困难，给你又请了10天假回去把家安排好，但这次路费不能报销。"这位学员高兴地说："你这个队长真行！"

有一天二班长到二班见一位学员情绪不高，闷闷不乐，问他遇到什么难事了？他说老婆得了乳腺癌，昆明不能治。二班长当即说："让她到北京来，北京有这么多的大医院还不能治吗？"他说刚开学不久能行吗？二班长说："怎么不行？你到招待所去联系个房间，让她马上来！"他连忙让老婆来了，在北京几个大医院检查结论：是良性的，不用手术，他一块石头落了地。

开学不久，昆明 14 军给学院来了一封信，说一个团长学员有问题，不够培养对象，要求让他退学，学院将此信转到队里。二班长与队干研究认为："总政去选学员时他们同意，开学了他们又不同意了，这里面肯定有问题。一致提出不予理采。"事后证明这个团长学员并不差，以后当了军长、大军区副司令，授予少将、中将军衔。

学院规定不放暑假，学制一年的不放，学制两年的也不放。想这些学员一两年不和老婆孩子见面肯定会影响情绪，于是他就想了一个补救的办法。二班长在一次会上他对学员说："地方学校快放暑假了，你们回不了家，欢迎你们的夫人带上孩子到北京来，看看首都！"这么一句说，学员个个高兴，当年暑假一下子就来了 72 户。这下给学院招待所增加了不小的负担，队里又赶紧做招待所的工作，副队长带领几位学员代表打锣敲鼓给招待所送感谢信，大红感谢信从二楼挂到一楼大厅，非常醒目。招待所领导同志也高兴地说："我们一定把一队客人接待好。"家属越来越多，招待所的平房都安排满了还是住不下。60 军一位团长家属带着 3 岁的孩子来队，副队长告诉二班长实在无处安排了。二班长连忙和副队长去看望他们。这位团长撅着嘴坐在马扎上一个劲抽烟。二班长上前打趣说："你这么胖，铺个凉席、褥子睡在地上，床那么宽，夫人带孩子睡在床上不就行了嘛！"这位团长见队长、副队长亲自上门看望，队里又这么体贴，脸色才由阴变晴，高高兴兴有说有笑起来。后来，二班长还确定学员家属来就住在他们个人宿舍，大点的男孩、女孩分别集体住在学习室桌子上，由招待所提供被褥。为了使家属孩子能好好游览北京，平日学员上课，每天派两辆大轿车、星期日学员无课派 3 辆大轿车，由副队长带领进城，一直到暑假结束。遇到节假日学员会餐，请家属、孩子一同进餐。学员，家属、孩子都很满意。

（三）重视学员的鉴定与分配

二班长不仅对学员生活上关心爱护，对涉及学员政治前途的问题尤其关注。在给学员作毕业鉴定和毕业分配时，党支部、队干部根据两年来对每个学员的考核了解，对其评价尽量做到恰如其分。在做法上也非常周到细致。首先个人写自我坚定，党小组评议，队干部分别进行审阅、与区队长（支委）交换意见，给予修改，最后队长、政委、副队长、秘书集体讨论，再交本人看。这样做虽然麻烦点，但符合学员的实际情况，上下也都满意。二班有一位学员是总参谋部一位处长，本人写得缺点是："说话不注意。"这句话在一般人说没什么大问题，而对一位总部参谋人员来说，会不会使人理解成是政治上、工作上或保密上不注意呢？二班长考虑再三，将其改为："说话的方式方法不够注意。"加上个限制词就不会引起误解了，该学员看到后非常满意。

这期学员是由总部、院校直接分配。毕业分配的时候，学员队根据两年的考核了解，按提升一至两级提出任职意见，由总政召开总政、各大军区（各大单位）、军事学院干部部长在军事学院开会，共同研究确定其任职。原副师职、团长、处长绝大部分任师长、少数任师副职；科长、副团职大部分任团长、少数任副师职。任何职，主要是按学员队经过两个考核了解提出的任职意见。总政要求不受无单位、无位置的限制、必须妥善安排。各大军区（各大单位）干部部长向其首长报告，即可定下。由于学员队工作做得细致，安排得较好，学员、领导均较满意，二班长还根据自己当团长的切身体验，深感在基层当一把手对干部是最好的磨炼，所以在动员时非常恳切地对学员说："凡是没有当过团长的最好先当团长，没有当过师长的最好先当师长。"多数科长、副团职干部都表示愿意先当团长。一位副团长，军里想让他当师副参谋长，他接受队里的意见坚决要求当团长锻炼，结果团长当得很好，后来当了师长、军参谋长、军长、大军区参谋长、总长助理、大军区司令，工作很出色，上将军衔。

当然，也出现一些杂音。24军一位师作训科长，是个尖子，问题是在当团作训股长时，团长、政委闹矛盾他站在政委一边，得罪了团长。分配时让他回去当团长，那位团长当时当了师长，坚决不要。在军事学院坚持下，北京军区让他到守备师当了团长，并干得不错。但命运捉弄人，部队整编时，守备师归24军建制，那位师长又当了军长，硬说他不行，最后逼得这位团长转业回到武汉市。他给二班长写信说："军事学院什么都教了，就是没教关系学。"

学员一队95位学员，以后曾任过军以上干部、或授予将军军衔的有68人。其中任过副总长2人、总参助理2人、大军区司令员4人、国防大学校长1人，大军区、武警总部副司令、参谋长11人，军长、省军区司令、大军区副参谋长 26 人，军、省军区副职 22 人。学员同学之间、学员与队干部之间感情至深，至今有些学员与队长、副队长、队医生尚有联系。学员毕业后，二班长写了一篇《学员队管理教育要抓好三个时期》稿子，刊登在军事学院《军学》1983 年第 7 期上。

（四）他是来革命的，不是为升官的

1. 师长没有当成

二班长在旅大警备区（原志愿军第 3 兵团）当作训处长时，1973 年春的一天，曾在旅大警备区当过参谋长的沈阳军区炮兵司令对二班长说："军区炮兵要你到炮 10 师去当师长，军区曾绍山政委已经同意了。"旅大警备区分管作战的老陈副司令对二班长说："你哪里也不要去，常委已经决定了你到守备 1 师当师长。"然而，1 师的老师长到旅大警备区后勤部当副部长（平调），他坚决不去，即让二班长到守备 1 师当副师长。之前，二班长曾想到艰苦地方去锻炼，上岛，外长山要塞区（正军单位）司令、政委也要他，现在让他当副师长不好再提了。二班长认为自己就是一块砖，只能任党搬。

2. 未能去成武警总部

这期学员毕业时，正是成立武警时，总部让军事学院推荐一位同志到武警总部当参谋长（当时武警总部为正兵团级，后为大军区级）。学院以肖克院长兼政委的名义推荐二班长去当参谋长。组建武警的班子派人到大连进行了调查，学院通知二班长准备去报到。据说公安部长、总政主任、中央组织部长 3 人最后定武警总部常委时，这位组织部长因在"文化大革命"时被触动过，他说了一句："凡是支过'左'的人一个不用。"二班长在大连时算是在海校支过两个月的"左"，于是被排除了候选人名单之外。

3. 院务部也未去成

后来学院常委又准备让二班长到学院院务部去当副部长、另有总后来的一位后勤干部当副部长兼财务部长，可等新编制下来，只设一位副部长，当然用了总后来的那位后勤干部当了副部长。

二班长 1973 年没有当成师长、1983 年未去成武警总部和院务部，他一贯淡泊名利，不计较个人得失，对此无所谓，毫无怨言，思想、工作和生活如常，毫无影响。二班长能注意时事政策的学习，遵纪守法，争取少

犯或不犯错。他决心不犯政治性和男女关系的错误，这两条他做到了。至于工作上的错误，虽然在所难免，但他能尽量注意。

四、奉命离休

（一）不向组织伸手

1984 年干部大离休，凡是 1928 年以前出生的一律"一刀切"，全部离休。二班长是 1927 年的自然在被切之列。用"一刀切"这么简单的方法处理干部，所以，大家意见甚大。

二班长于 4 月请假去大连看孩子，火车票已买了，就在要走的前一天上午，学院政治部周家鼎主任找他谈话。周主任很客气说："你到武警被人顶了，没有去成；到院务部我们政治部报晚了，又未落实，实在对不起，请能谅解！根据现在的形势，让你离职休养，你有什么意见?"二班长说："为个人问题，从未给组织上添麻烦，过去不添，现在不添，进了火葬场也不添，听组织上的安排!"周主任没有想到谈话这么简单、顺利。第二天上午，周主任的秘书给二班长打电话说，今天上午主任请你到他办公室再与你谈谈。二班长想：一是可能再做思想工作；二是可能再给安排一下职务；三是他如果去了，就算向组织上伸手了。随即向秘书说："请报告主任，我马上就要上火车去大连，今天来不及了，回来再向主任汇报!"就没有去见周主任，到了大连。学院干部部急急忙忙将一大批原职干部上报了总政，于 5 月以军委邓小平主席名义下了离休命令。

二班长就这样离休了，有人为他鸣不平。有的知情同志说："他来校前，部队是准备用的，到院校来吃了大亏！他不到院校当教员，在部队早当司令了!"还有同志说："能当将军队队长、去武警总部当参谋长、到院务部当副部长的人，就这么离休不公平。"甚至有的同志说："他真傻，就这么算了!"他本人也感到自己有点傻，从来不会算个人得失的账。是的，若他在 1973 年去当师长，1983 年到了武警总部、院务部，1984 年向周主任稍微伸伸手，说说自己的情况，可能比现在好一点，待遇高一点。但他始终认为当兵是来革命的，不是来当官、要官的，"吃什么亏呢?"

其一，没有"光荣"了。抗战时，八路军、新四军伤亡了 61.7 万余人，解放战争人民解放军伤亡了 1312700 余人；抗美援朝志愿军伤亡 36.5 万余人，光牺牲就是 18 万人，有的烈士连名字也未能留下；与二班长一起入伍的 200 多人，据在大连的一位战友告诉他：在山东打昌乐车站和打平度城日伪军据点时就伤亡了近一半，到东北后几个战役几乎打光了，现在能联系上除你以外，只有广州的一位了。当然其他同志不一定都伤亡了，但毫无音信。二班长要问："这账怎么算？"他自己没有"光荣"了，而且已活到 85 岁了。自当兵那天起，他做梦也没有想到能活着下战场，能活到现在，是个幸存者，也算是个奇迹吧！

其二，人民没有忘记我们，知足了。二班长很欣赏中国科学院院士裘法祖同志的一个座右铭："做人要知足，做事要不知足，做学问要知不足。"二班长理解，做人要知足，就是说一个人在物质条件、名利地位、生活待遇上，要知足，知足才能常乐，淡泊方可明志。二班长认为自己虽然为人民为革命做了一点贡献，但人民没有忘记，党和国家很关心，给予优厚待遇，有饭吃、有衣穿、有房住、给看病治病，过上了丰衣足食的生活，尽管还很朴素，这样就很不错了，心满意足了。

（二）离休不褪色

离休后，二班长始终牢记党的纲领、党员义务和全心全意为人民服务的宗旨，生命不息，战斗不止，活到老、学到老、改造到老，加强学习，不断增强政治敏感性和辨别能力，旗帜鲜明，立场坚定，自觉地在政治上、思想上和行动上同党中央、中央军委保持高度一致。一直严以律己，遵纪守法，加强组织观念，关心他人，助人为乐，发挥余热，读点书，写点东西，保持晚节，做一个永不褪色的共产党员。他自离休后，先后 4 次被评为先进。第一次，1998 年被评为国防大学先进离休干部；第二次，2006 年被评为国防大学优秀共产党员；第三次，2008 年被评为国防大学政治部优秀党员。第四次，2010 年被评为国防大学政治部先进离休干部，获得荣誉证书。为人民争了点光荣。这些情况他从不宣扬。

（三）幸福度晚年

二班长有一个幸福的家庭。这是一个婆媳关系好、夫妻关系好、教育子女好、邻里关系好、家庭卫生好的五好家庭，是一个和睦幸福的家庭。二班长的老伴，是位老兵、老党员、转业军人，参加过抗美援朝，立过功受过奖，多才多艺。1955年转业后，当教师、大队辅导员，育才树人。退休后，一直是国防大学老战士合唱团的骨干。她善良、朴实，不仅能发挥余热，而且能勤俭持家，尊敬婆母，爱护子女，为儿女的表率，称得上贤妻良母。多年被评为社区的五好家庭，1998年她被评为国防大学五好家庭标兵，获得荣誉证书和奖品。全家人夸她，外面的人也夸她。一天干休所的同志看到二班长的照片，女副所长与他有几句对话："你怎么能找到阿姨这样漂亮、身材好的夫人？""你是说一朵鲜花插到牛粪上了！""我没有这么说！""是这个意思吧！"众人哈哈一笑。甚至有人说她不次于我国古代四大美人。二班长则认为：杨贵妃、西施、貂蝉、王昭君算什么？她们的美虽然可以沉鱼落雁、闭月羞花，但他们亦有不足之处：杨贵妃腋下有狐臭，所以不得不浓施粉黛；西施患有心绞痛，就露出以手捂胸的病态；貂蝉是个吊肩膀，穿衣只好垫肩；王昭君一只脚大一只脚小，平时只好长裙拖地、不露双脚。她们更不能从事革命、当兵穿军衣、吃苦耐劳、过艰苦生活，故他们根本不能与他的老伴相比。他的3个儿子、儿媳、一个女儿（外甥女），虽然没有大的能耐，但都能勤勤恳恳的为人民工作，为国家尽力，遵纪守法，自力更生，勤俭持家，和睦过日子。两个孙子、一个孙女都长得很好，很懂事。两个孙子大学毕业一个当兵、一个参加了工作。小孙女刚上初中，学习很好，还能天天看到她。他们对爷爷奶奶很亲，两位老人很高兴，很满意，这就是天伦之乐吧！现在他们老两口已无什么心思和后顾之忧，只想好好地再多活上几年了！

二班长的老伴和他一样，从不计较个人得失。她虽是1949年12月入伍，差两个月不够离休。1955年志愿军3兵团回国到旅大，部队女同志按国防部长彭德怀的规定，除医务、文艺人员外一律转业到地方。她按照副连级转业到兵团八一学校当教导主任，当时工资比地方的同志稍高一点。1978年随二班长调到北京，她被分配在海淀区供销社宣传科当副科长。每次长工资时因她的工资比党委书记的工资高，均没有她的份，一直数十年，到有她的份时，已退休了，所以她的工资低，与地方同期参加革命工作的同志相比，差距很大，仅是一个中等保姆的工资。还因是军队干部的家属，房补一分不给。尽管如此，她不攀比，常说够吃饭的就行了！照样发挥余热，安度晚年。

二班长对家中之事考虑也较周到。有人问他为什么不把大儿子也带到北京全家团圆。他大儿子当兵，部队送他到北航学习，是学电子计算机的。当时会此技术的人不多，总参三部要他。二班长考虑大儿子也到北京来，大连就只剩女儿（外甥女）不合适，人家会说你们亲生的都带到身边，不是亲生的就不管了。所以二班长确定把大儿子也留在大连，与他姐作个伴，互相照应。尽管大儿子不如到北京生活好，有发展，住房等生活待遇能好一点，但二班长这样处理正是他高明之处，无人挑理，说三道四。

（四）婚恋之事

说到找对象的问题，二班长讲了这样一段：在团里当参谋时，虽然宣传队、卫生队女同志较多，但那时他只是个连级干部，离规定的"二五八团"——25 岁、8 年军龄、团职干部才够结婚条件相差甚远，根本没有想找对象的念头。到军区炮司机关工作，虽已是营级干部、条件放宽到营职，那时他刚到大机关才 20 多岁，脸皮也薄并不着急。1951 年真遇到姓吴的同志，江苏常州人，姊妹俩都是归队列科管的保育员，她本人有点意思，他姐嫌"只是个小参谋"不同意。尽管二班长的作战科长和他上海籍的夫人作战科资料员积极支持，二班长虽然才 22 岁已是营职、吃中灶，但他一再考虑：一个农村出来的穷孩子，文化不高，当时跳舞成风，自己不爱不会跳舞，不会交际，只知埋头工作的小参谋，找这样的参军来时，穿旗袍，烫发，抹口红，既时髦又漂亮，现虽穿上军衣，仍好打扮，爱跳舞的女朋友能行吗？二班长正在犹豫之时，1951 年底，接到命令过阳历年后即到朝鲜去，她们怕回不来了，就这样拉倒了。

志愿军开始规定也是团职干部才够条件，加之炮火连天，随时都可能"光荣"了，工作又忙，更不能考虑。1953 年 7 月停战后才放宽到营职。司令部协理员想给二班长介绍机要处姓程的译电员。协理员在向机要处领导一提时，人家说："机要处的女同志不能与外人婚恋。"司令部张副参谋长很关心地说："她今天是译电员明天就不一定是了！"意思让二班长别放弃。不久这位女同志就调到司令部当保密员了。8 月二班长就回国探家去了，在北京等火车时，到帅府园去看曾副司令，曾副司令对他的婚事也很关心，听他说八字还没有一撇，当即拿起电话机给兵团北京办事处领导打电话，让女同志都到他这里来，吓得二班长急忙告辞跑了。后来认识了现在的老伴，1955 年回国，二班长已是副团级干部，两人于 9 月 13 日在旅顺结了婚。从此，携手并肩走到今天。

第八章

访问朝鲜　告慰英魂

2010 年 8 月 4 日至 11 日，二班长作为原中国人民志愿军的一名老战士，有幸由儿子陪同参加了"中国国际友好联络会、中朝友好人士访问团"，应朝鲜友好协会邀请，在中国国际友好联络会副会长辛旗同志为团长的率领下，到朝鲜民主主义人民共和国进行为时 8 天的访问。阔别了近60 年之久，重访友好邻邦，心情之激动，实在难以言表。一踏上朝鲜的国土，二班长的第一感觉就是："变样了，大变样了！"朝鲜大地青山绿水，树木成林，城乡整洁，秩序井然，农作物长势良好，丰收在望。而二班长在 1952 年初入朝参战时，那里都是满目疮痍，惨不忍睹。在美国侵略者的蹂躏下，到处是断壁残垣，破砖烂瓦，美国飞机不时到朝鲜上空袭扰，狂轰滥炸，无辜百姓家破人亡，苦不堪言，我们的战士看到那种情景无不义愤填膺，仇恨满胸。如今炮火连天的战场已经变成了宁静的家园，朝鲜人民在工厂、田野里劳作，过着和平的生活，二班长在内心不禁发出一声感叹：中国人民志愿军英勇的将士、中国人民的优秀儿女，当年在这片土地上抛头颅、洒热血，为朝鲜人民抵御美国侵略者的进犯，保卫祖国的安全，赢得了和平与安宁，烈士们的鲜血没有白流，中国人民为之付出的重大牺牲是值得的。

一、缅怀先烈　告慰英灵

缅怀先烈、祭奠英灵，是我们此行的重要内容。在访问期间，我们参观了"朝鲜祖国解放战争纪念馆——志愿军馆"和中朝友谊塔等，拜谒了志愿军烈士陵园。

抗美援朝期间，英雄的中国人民志愿军将士，在党中央和毛泽东主席的领导下，高举保卫和平、反对侵略的正义旗帜，同朝鲜人民一道，在交战双方武器装备水平对比极为悬殊的条件下，英勇奋战，打败了美帝国主义，赢得了抗美援朝战争的伟大胜利。中华民族的优秀儿女有 18 万人献出了年轻宝贵的生命，有 15 万烈士至今长眠在朝鲜的国土上。他们是我们的亲密战友，我们怀着敬仰的心情，来看望他们，缅怀他们的丰功伟绩，赞颂他们的大无畏革命精神。

在"朝鲜祖国解放战争纪念馆——志愿军馆"里，二班长看到陈列的志愿军使用过的枪炮感到非常亲切，看到墙壁上挂着 60 位志愿军战士英雄和烈士的照片，不禁肃然起敬而又十分悲痛。与人民军老战士座谈共同回忆当年并肩作战的情景，倍加兴奋。在中朝友谊塔大厅中央的石函里，安放着志愿军政治部送存的 10 本记载战斗英雄和烈士的名册，当二班长看到由朝鲜政府授予的"朝鲜民主主义人民共和国英雄"称号的 12 人，除彭德怀同志外，只有胡修道、杨育才两人活着走下朝鲜战场，其他 9 位都在这烈士的名册上时，尤其是当看到 9 兵团 26 军的杨根思，我们 3 兵团 15 军的黄继光、邱少云、孙占元及 12 军的杨春增的名字时，心如针扎，泪水遮住了眼睛，悲痛地哭出声来。

访问团先后祭奠了桧仓、安州、金化、昌道、开城等烈士陵园，二班长站在烈士墓前，不禁想起用胸膛堵住敌人枪眼，为部队冲锋开辟道路的黄继光、李家发、许家朋、赵永旺；忍受烈火烧身的剧疼，保证潜伏作战胜利的邱少云；抱起炸药包，奋勇冲向敌群的杨根思、伍先华、方新；为坚守阵地，拉响最后的手榴弹、手雷、爆破筒与敌人同归于尽的孙占元、杨春增、王万成、朱有光、李云华；不畏艰险，为保证运输线畅通而牺牲的杨连弟；身负重伤继续杀敌，流尽最后一滴血的王志、张世秀、刘保平、曹玉海；奋身跳进冰窟勇救朝鲜落水儿童而献身的罗盛教……千千万万惊天地、泣鬼神的英雄业绩，使我们志愿军老战士再次受到深深地震撼，一致向烈士们庄严宣誓：我们永远缅怀和敬仰光荣牺牲的烈士，永远不会忘记你们。

在开城烈士陵园，二班长还对长眠在异国他乡的志愿军烈士们说："我们的儿女，就是你们的儿女，将来我们老得走不动了，不能再来看你们，他们会来看望你们的，缅怀和祭奠你们的。"面对烈士英灵，二班长不禁想起所知道的：开城烈士陵园安葬的大都是 1950 年 12 月 31 日至 1951 年 1 月 8 日的第三次战役——岁末大战中，浴血奋战牺牲的志愿军战友。当时三八线以南的百姓跑光了，房屋和粮食被敌烧光了，给养供给不上，志愿军指战员只能靠"一把炒面、一把雪"，在风雪严寒的除夕之夜冲锋陷阵，打过三八线，将敌人赶到三七线地区，最后炒面袋子也空了，很多战友是被饿死、冻死在战场上的。彭德怀司令员说过："这些可爱的战士在敌人飞机坦克大炮的轮番轰炸下，就趴在雪地里忍饥挨饿，抗击敌人猛烈地进攻。我们的战士赤脚在零下 40 度追击敌人，脚都冻黑了……其艰苦程度甚至超过红军长征时期……"想到这里，二班长禁不住悲痛欲绝，有点站不住了，幸亏工作人员组长邓文庆同志扶住才没有倒下去。

在志愿军总部所在地桧仓的志愿军烈士陵园，登上象征 240 万志愿军大军的 240 级台阶，步入墓地，看到 134 位烈士的坟墓排列得整整齐齐，每座墓前的石碑上都雕刻着烈士的英名，毛岸英烈士的石像、石碑也坐落在其中。

这些记载着历史的烈士陵园，将永远是我们心中的圣地，在祭奠中，我们感到可以告慰烈士英灵的是：你们当年用鲜血与生命赤诚捍卫的祖国强大了，经济实力、军事实力都大大加强了。你们可以为之骄傲，为之自豪了。

二、回忆战斗　颇有感慨

二班长重访当年旧战场，回想起在战斗中，也曾不失时机地与敌交锋过，做过几件实事。

（一）坦克当炮摧毁美军一个师指挥所

1952 年 3 月，志愿军炮兵师回国换装尚未回来，美军欺负我前沿阵地的火器打不到它，竟将师指挥所设在距我前沿阵地约 4000 米的平地上，帐篷一大片，其人员活动和架设的天线我均能望见。这个可恶的师指挥所还指挥美军炮兵不断向我射击，我干部战士气得咬牙切齿。我时任炮兵 41 团作战股参谋，经与坦克部队研究：用坦克当炮兵摧毁它。上级同意后，在我的指导下，战车 3 团 1 连 4 辆坦克从后山坡爬到前沿阵地上，在丛林里占领阵地，将炮管仰高增大射程，用间接瞄准方法射击。开始全连一发试射，炮弹近 100 多米、方向偏右。增加距离修正方向全连 4 发齐射，略加修正又是 4 发齐射，效果甚好。接着 8 发连射，最后又是 8 发急促射，96 发坦克炮弹准确地炸在美军师指挥所范围之内，一片大火，炸得美军人员、电台、器材飞上天，这个美军师指挥所被彻底摧毁了。待敌人炮兵还击时，我坦克连已撤下山来，即使弹片击中坦克也无济于事。从此美军的师指挥所再也不敢设在逼近我前沿阵地的平地上了。

（二）办阵地课堂

1952 年 10 月 14 日，炮 41 团参加上甘岭战役，团长、政委、参谋长、作战股长带领侦察、观测分队在前方观察指挥所指挥射击，能看到敌我行动和打击目标，炮阵地设在五圣山后的右侧小山沟里，由副团长、副政委、当作战参谋的二班长指挥炮兵分队间接瞄准射击，炮阵地看不到目标。

部队由于新改装苏式 122 榴弹炮，只进行突击训练，尚未很好地掌握技术，射弹远近左右散布很大，不能有效地打击目标。为提高部队战术技术，狠狠打击敌人，二班长经首长同意，以他为主组成教学组，以阵地为课堂利用战斗间隙，一个连一个连给干部、炮长、瞄准手、装填手上课，二班长亲自传授准确瞄准、填炮弹的技能和经验。经过几周的实际训练，分队提高了战术技术，炮弹打准了，打狠了，大量摧毁目标，杀伤敌人，二班长等受到首长的表扬。1953 年 3 月，二班长被调到志愿军第 3 兵团部工作。

（三）让炮兵对美国军舰射击

1953 年 5 月的一天，美国密苏里号战列舰无视我军的战力，竟在光天化日之下窜到元山港湾来耍威风。我和张振邦同志两个 3 兵团兼东海岸防御指挥部的参谋，正在元山港湾右侧坚守连太山的志愿军 15 军、人民军 25 旅团检查战备工作，面对这种情况，请示领导是来不及了，我们两人就协同和指挥 15 军炮兵团——炮 9 团 2 个值班炮兵连和 25 旅团岸炮连一齐对其射击，炮弹在敌战列舰周围四处爆炸，吓得这个像座小山一样的庞然大物掉头就跑，以后未敢再来。据说我炮兵打坏了它的一个扫雷器。我立即报告兵团首长。许世友司令员对曾绍山副司令员说："参谋也能干大事，好！"

（四）建议命令火箭炮射击抗击敌人反扑

二班长和另一位参谋程方略同志，奉兵团首长命令到 60 军去参加从 1953 年 7 月 13 日开始的"金城战役"。在突破敌阵地时，他们随突击部队 180 师行动，部队勇如猛虎，奋不顾身，冲向敌阵。有的突破口重叠的铁丝网未被我炮火摧毁，步兵跳越不过去，来不及剪断和爆破，战士们即趴在铁丝网上，以身体为跳板，让冲锋战士踏着人背通过，消灭敌人。而趴在铁丝网上的勇士们的胸膛被扎烂，血流不止，经紧急救护才得以保住性命。

部队纵深进攻，兵团部两个参谋来到军前指时，因道路又少又窄，路况极差，堵塞严重，支援炮兵除火箭炮 209 团跟上来外，其他大口径炮兵均未上来。在敌人成团、成师、甚至几个师一齐反扑时，黑压压一片向我步兵阵地冲击，由于没有大量炮火支援，眼看着我步兵快顶不住了，军前指 60 军副军长王诚汉急得大喊："炮兵没有上来，火箭炮我们又无权使用，怎么办？"当时火箭炮 209 团就在跟前，但按规定火箭炮的使用权属于志司和兵团，军以下单位无使用权。在这紧急时刻，二班长就大胆地进言："你是前线总指挥，你的命令谁敢不执行！"他说："火箭炮我也能指挥？"我毫不含糊地说："那当然！"于是王副军长命令火箭炮 209 团射击，抗击敌人反扑。

火箭炮 209 团对着密集冲击的敌群一次齐放后，接着一个营一个营地齐射，黑压压的敌群中一片火海，成营成团的敌人被炸死烧焦，幸免的敌人纷纷向后逃命。火箭炮射击时，空中一道道一片片火箭弹把敌机也吓跑了。

过了一会儿，敌人醒悟过来，火箭炮还未来得及撤出阵地，几十架敌机对着 209 团俯冲扫射、猛烈轰炸，该团伤亡严重，火箭炮被毁大部。

火箭炮是苏联制造，别名"喀秋莎"，这个名字是美丽姑娘之意。二战中，斯大林称炮兵为"战争之神"。一发火箭弹长达一个汽车车厢，威力顶三四发大口径榴弹，并有数千度的高温，两个战士抬着才能装填上一发，一辆炮车有 8 个发射管，装 8 发火箭弹，8 秒钟即可发射完毕。一个团有 36 辆炮车，一次齐放就有 288 发火箭弹发射出去，其威力之大在当时是罕见了，敌人是受不了的。

在我军粉碎了敌人的反扑，守住了阵地后，二班长立即将火箭炮 209

团的使用和被炸的情况，报告了兵团 3 号首长曾绍山副司令员。晚上志司追查时，曾副司令员说："不用追了，给他们立功就行了！"战后二班长也受到表扬。

就在金城战役打到底时，被中朝军队打痛打败了的美国侵略者终于被迫于 7 月 27 日在停战协定上签字停战了。"联合国军"总司令、美国四星上将马克·克拉克在朝鲜停战协定上签字后说："朝鲜半岛的战争，是我们美国在一个错误的时间，错误的地点，同一个错误的对手，打了一场错误的战争。而我成了历史上签订没有胜利的停战条约的第一位美国陆军司令官……我感到一种痛苦……我们失败的地方是未将敌人击败，敌人甚至较以前更强大，更有威胁性。"

1953 年 7 月 27 日晚上 12 时，这是一个具有重大历史意义的时刻——驻守军事分界线两侧的双方军队的步兵、炮兵、坦克兵、航空兵在横贯朝鲜中部 200 公里的战线上同时停止射击、轰炸和一切作战行动——夜幕降临，在停战前的一刻钟，双方阵地上祝贺停战对空射击枪炮声四起，照明弹、曳光弹五颜六色，照得漫山遍野一片通红。24 时整，顷刻间万籁俱寂。当时，二班长和程参谋与中朝军队指战员一起高兴地跳起来，齐声欢呼："和平了！和平了！""胜利了！胜利了！""胜利来之不易！胜利是打出来的！""中国人民伟大领袖毛主席万岁！""朝鲜人民伟大领袖金日成主席万岁！"

（五）又捡了一条命

二班长没有死在炮火连天的战场上，差一点死在晚上睡觉时。1953 年冬天，朝鲜特别冷，冰天雪地。他住在山坡上原主任住的防空洞。那天晚上北风凛冽，大雪纷飞。睡觉时通信员又往火盆里加了几块木炭，把门关严。二班长夜里起来解手，大雪封门，费力推开，刚一出门，昏倒在地，不省人事。过了好久才苏醒过来，一看趴在深雪里，再稍向前一步即滚到深沟里摔死了，或再晚一点起来解手就会煤气中毒而死。这是他第 6 次遇险而未乌乎。二班长虽然苏醒过来，但头晕起不来，趴在深雪中想了一些事情，其中一项是在战斗中没死的原因。他想可能命大，再就是与当炮兵有关。1946 年让他由步兵改当炮兵，他还很不乐意。觉得当炮兵不如当步兵一冲一打痛快。

三、友好情谊　万古常青

朝鲜人民是英雄的人民，中朝两国人民的友谊是用鲜血凝成的。志愿军老战士访问朝鲜就像久别的亲人重回故里一样，受到了热情的欢迎和盛情的接待。

朝鲜朝中友好协会中央委员会副委员长田英进到机场迎接访问团，多次接见并与访问团交谈，两次宴请访问团，出席访问团答谢宴会，并到机场为访问团送行，他笑容可掬，友好热情。

朝鲜对外文化联络会亚洲局副局长金贤景，是位女同志，不辞辛苦，与其他陪同人员一直陪同带领访问团 8 天的参观与祭奠活动。她在面部摔伤后，仍带伤带领陪同，工作认真，友好热情，深受敬佩。

朝鲜劳动党常委、朝鲜最高人民会议常任委员会副委员长杨亨燮于 11 日在平壤万寿台议事堂会见了访问团。并对访问团热情地说：

"中国人民志愿军入朝参战距今已经 60 年了，现在回忆起来仿佛还是昨天的事情。此次访问团拜谒中国人民志愿军烈士墓并与朝鲜老兵一起回忆当年并肩战斗，这些情景非常令人感动。"他还说："朝鲜人民将继续竭力巩固发展朝中友好关系。朝中两国人民的友谊是用鲜血凝成的，这样的友谊世界罕见，朝鲜人民将一代接着一代管理好志愿军烈士墓，把老一辈领导人缔造和培育的朝中友谊继续向前推进。"

朝鲜人民对我们的盛情接待，使二班长不禁想起当年和朝鲜人民亲密无间、团结战斗的情景。当年朝鲜人民在极端艰难困苦的情况下，踊跃支援前线，关怀爱护志愿军战士，涌现了许许多多感人至深的事迹。记得那是 1952 年 3 月的一天，太阳刚出来时，4 架美国飞机对着只有十几户人家的村庄猛烈轰炸、俯冲扫射，不一会儿村庄没了，亲人死了，剩下的人瞪着仇恨的眼睛欲哭无泪。掩埋亲人后，男女青年参加了人民军，拿起武器与美国鬼子拼命，为死者报仇。留下的老人和少年就在山边挖个洞子住着，帮助志愿军送弹药、抬伤员、修路、扫雪、扫三角钉（美军飞机投撒下的能扎汽车轮胎的三角钉子）、支援志愿军作战，与志愿军成了一家人。

上甘岭战役，是志愿军打得最惨烈的一次战役，也是志愿军得到朝鲜人民大力支援取得巨大胜利的一次战役。上甘岭周围地区的朝鲜人民迅速动员起8000多人的支前队伍，他们组成了很多运输队、担架队，设置了茶水站、苹果站和鼓动站。在担架队里有舍身救护伤员的国际主义战士朴在根；在野战医院里有多次为伤员输血的朴丙玉；在战斗中的40多天里，一位被敌人炮火打断腿的年轻姑娘石吉荣，一直坚持在公路边设立茶水站慰问志愿军，一天内有上千人喝到她的开水；在上甘岭附近的一个小村庄里，有一位叫咸志福的大娘，对保卫自己的祖国充满信心，对志愿军的热爱就像对自己的亲儿女一样，战斗中不管炮火打得多激烈，她总能镇静地为志愿军洗衣、烧水、照顾伤员，总共为志愿军洗了1300多件衣服，志愿军深受感动，亲切地称她为"志愿军妈妈"。朝鲜人民这样的支援，给了志愿军指战员很大的鼓舞。

其实，中朝两国人民早就是一家人了，不分彼此。二班长还记得，在反登陆作战准备时，1953年2月，3兵团兼东海岸防御指挥部召开志愿军、人民军师以上干部作战会议，金雄副司令员讲话时，他先问翻译小崔讲什么话好，小崔说他讲朝语好些。金副司令员即说："那好，你讲朝鲜话，我讲中国话。"就这样他讲中国话、翻译讲朝鲜话。金雄同志曾是中国军队的老兵，抗日战争时期，他当过新四军团的参谋长，解放战争时期，他是东北野战军李红光支队的支队长，1948年带领部队回国，担任朝鲜劳动党和人民军的高级职务，抗美援朝时，他还是中国人民志愿军、朝鲜人民军联合司令部的副司令员。

为了联系指挥方便，人民军第2军团、第5军团在3兵团兼东海岸防御指挥部司令部派有联络组，两位组长都姓金，2军团组长是大尉军衔，5军团组长是少校军衔，我们都在一起吃饭，除工作一联系就办成外，什么话都随便说。

一天早晨，我们去吃饭，发现有一位穿粉红色衣服的女同志从2军团联络组长掩蔽部走出来。我们几个人一起商量诈他，让他说实话。在他来吃饭并打饭带回去时，我们便对他说："你作风不好，有男女关系问题。"他吓了一跳，急忙说："我们是试婚。"大家哈哈一笑，他才知道我们是在"诈"他。几天后他俩结婚，全由兵团司令部管理处给他操办得很好，情同家人。

多年来二班长一直珍藏着一张"不是亲人，胜似亲人"的朝鲜阿妈妮

（大娘）与志愿军战士热情拥抱的照片，当二班长将复印放大的这张照片珍重地送给朝鲜同志时，他们非常欣喜。在送给朝中友好协会中央委员会田英进副委员长时，他看了激动地说："这就是朝中人民友谊的象征，应当珍惜。"并与二班长亲切地握手、拥抱。

访问中在与朝鲜同志交谈时，他们都异口同声地对我们说："在我们国家最困难的时候，中国人民优秀儿女组成的志愿军来了，帮助我们打败了美国侵略军，朝鲜人民对中国人民抗美援朝的功绩是不会忘记的。"他们还表示："朝鲜人民一定会像当年关怀爱护志愿军战士一样，精心地将志愿军烈士陵墓管理好保护好，请中国同志放心。"二班长看到坐落在山丘上松柏常青、草地碧绿、保护完好的志愿军烈士墓，听到朝鲜同志介绍每年都有朝鲜民众自发地到志愿军烈士墓，缅怀志愿军烈士；还有一个非常感人的故事：桧仓中学的一位同学在下大雨时，披上雨衣奔上桧仓烈士陵园，将雨衣披在毛岸英烈士石像上，自己却淋得湿透了衣衫。二班长听了之后，对朝鲜人民的感激之情油然而生，朝鲜人民没有忘记志愿军、没有忘记志愿军烈士啊！感到非常欣慰。

二班长在接受媒体采访时，对朝鲜劳动新闻的记者说：

"我们虽然是几十年后再次踏上朝鲜土地，却像回到故乡一样亲切。美帝国主义的炮火几乎把平壤夷为平地。美帝国主义曾夸口，朝鲜花100年也无法恢复重建。但朝鲜人民就是在这片被破坏殆尽、形同废墟的土地上建成了这座美丽的城市。看到朝鲜人民自力更生、艰苦奋斗的革命精神建成的纪念碑式建筑，我十分感动。"二班长还说："中朝友谊经受了历史的考验，在实现共同发展宏伟事业的奋斗中不断得到巩固和发展。两国军队和人民用鲜血凝成的中朝友谊万古长青！如果帝国主义势力胆敢侵犯朝鲜，他们一定会像朝鲜战争时那样遭到惨败。"二班长和其他志愿军老战士同记者的谈话，均被刊登在8月30日朝鲜的《朝鲜日报》上。

《朝鲜日报》还刊登了访问团乘机到达平壤的消息并附在机场合影的照片、参观金日成主席故居的消息和照片、瞻仰金日成主席遗体的消息和照片，还刊登了朝鲜劳动党常委、朝鲜最高人民会议常任委员会副委员长杨亨燮会见访问团和访问团结束访问乘机回国等的报导。

朝鲜是中国的友好邻邦，朝鲜战略地位非常重要，我们不能没有这个友好邻邦和亲密朋友。朝鲜国土上有200多处中国人民志愿军烈士陵园，有 15 万志愿军烈士长眠在朝鲜大地上，访问团的志愿军老战士郑重声明，严正警告那些战争狂人，任何侵略者都不要侵略朝鲜，谁若进攻朝鲜，就是破坏志愿军烈士陵园，挖掘志愿军烈士的陵墓，全中国人民志愿军老战士绝对是不能答应的，13 亿爱好和平的中国人民也是绝对不能容忍的。

二班长说，他们怀着依依惜别的心情结束了对朝鲜的短暂访问，但心情却久久不能平静。今天在纪念伟大的中国人民志愿军抗美援朝出国作战60 周年的时候，我们要缅怀为朝鲜人民、中国人民捐躯的志愿军烈士，永远不要忘记他们，要牢记毛泽东、周恩来、彭德怀等开国元勋和志愿军广大指战员"抗美援朝、保家卫国"的卓越功勋和伟大贡献铭记在心中。要让我们和我们的子孙后代都晓得抗美援朝战争的胜利来之不易，这胜利是全国人民与志愿军用鲜血和生命换来的。要把抗美援朝精神代代相传下去，自强不息，热爱祖国，建设祖国，保卫祖国，报效祖国。

我是一个兵！

二班长经常哼着这首歌，现在他兴奋地高唱着雄壮有力的这首歌：

我是一个兵，
来自老百姓，
打败了日本侵略者，
消灭了蒋匪军。
我是一个兵，
爱国爱人民，
革命战争考验我，
立场更坚定，
嘿！嘿！嘿！
枪杆握得紧，
眼睛看得清，
敌人胆敢侵犯，
坚决把它消灭净！

二班长始终没有忘记自己是："我是一个兵，一个革命战士，一个共产党员！"

图书在版编目（CIP）数据

我是一个兵：二班长军中岁月 / 栾克超著. —北京：
华艺出版社，2013.7
ISBN 978-7-80252-365-4

Ⅰ. ①我… Ⅱ. ①栾… Ⅲ. ①纪实文学—中国—当
代 Ⅳ. ①I25

中国版本图书馆CIP数据核字(2013)第155043号

我是一个兵：二班长军中岁月

著　　者：栾克超
责任编辑：郑治清
装帧设计：王　烨
出版发行：华艺出版社
社　　址：北京市海淀区北四环中路229号海泰大厦10层
电　　话：010-82885151
邮　　编：100083
电子信箱：huayip@vip.sina.com
网　　站：www.huayicbs.com
印　　刷：北京天正元印务有限公司
开　　本：1/16
字　　数：200千字
印　　张：14.875
版　　次：2013年7月北京第一版第一次印刷
书　　号：ISBN 978-7-80252-365-4
定　　价：30.00元

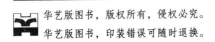